LETTRES

A

M. PANIZZI

393

CALMANN LÉVY, ÉDITEUR

OUVRAGES

DE

PROSPER MÉRIMÉE

Format grand in-18

1386-80. — Corbeil. Typ. et stér. Crété.

A LEVEILLE

PROSPER MÉRIMÉE

LETTRES

A

M. PANIZZI

1850 – 1870

PUBLIÉES PAR

M. LOUIS FAGAN

DU CABINET DES ESTAMPES AU BRITISH MUSEUM

TOME PREMIER

TROISIÈME ÉDITION

PARIS

CALMANN LÉVY, ÉDITEUR
ANCIENNE MAISON MICHEL LÉVY FRÈRES
3, RUE AUBER, 3
1881

PRÉFACE

Stendhal avait fait copier, dans les archives du Vatican, plusieurs manuscrits contenant l'analyse de procès célèbres ou d'aventures scandaleuses des petites cours d'Italie. La sœur de Stendhal, après la mort de l'auteur de *la Chartreuse de Parme*, cherchait à vendre ces manuscrits. Mérimée s'adressa à M. Panizzi, qui était alors conservateur des imprimés du British Museum, et lui écrivit, le 31 décembre 1850, la première des lettres contenues dans ces deux volumes.

Tel fut le point de départ d'une correspondance qui ne devait être interrompue que par la mort de Mérimée, et qui constitue une œuvre de la plus haute valeur et de l'intérêt le plus puissant.

Au point de vue littéraire, cela va sans dire : ces lettres sont de Mérimée ; mais cette publication

a

présente un caractère particulier, un caractère
complètement inattendu ; elle va révéler un nou--
veau Mérimée, un Mérimée politique. La longue
suite de ces lettres est, en somme, une véritable
histoire du second empire, écrite par l'auteur de
Carmen et de *Colomba*. Quel témoin pourrait-on
souhaiter plus brillant et mieux renseigné ? Vivant
dans l'étroite intimité de l'empereur et de l'impératrice, placé au premier rang pour tout voir et
tout savoir, Mérimée rapportait fidèlement à son
ami Panizzi tout ce qu'il voyait et tout ce qu'il
savait. Et, comme il avait en son correspondant la
plus entière confiance, il lui disait aussi tout ce
qu'il pensait. Voilà comment l'histoire de l'Empire
venait se glisser, au jour le jour, sous la plume de
Mérimée, dans l'abandon d'une affectueuse causerie,
et voilà pourquoi ces deux volumes pourraient avoir
pour titre : *le Second Empire raconté par Mérimée.*

Mérimée ne se bornait pas à écrire l'histoire de
son temps. Il y était mêlé très étroitement et très
activement. Il faisait lui-même de l'histoire. Ce sera
la grande surprise, ce que nous pourrions appeler
le coup de théâtre de cette publication.

Il est pour les souverains une tentation si forte,
qu'ils y échappent très rarement. C'est un vrai plai-
·sir de roi que de faire personnellement de la poli-

tique extérieure, en dehors et à l'insu de son ministre des affaires étrangères et de ses ambassadeurs attitrés, quelquefois même contre ce ministre et contre ces ambassadeurs. On a lu le bel ouvrage de M. le duc de Broglie, *le Secret du roi*, cette piquante et profonde étude sur la diplomatie secrète de Louis XV. Eh bien, Napoléon III avait, lui aussi, un très vif penchant pour la politique personnelle. Son esprit était sans cesse hanté par ce rêve de *refaire la carte de l'Europe*, et l'on peut dire que l'empereur Napoléon III a continué sur le trône la conspiration que le prince Louis Bonaparte avait commencée dans l'exil.

Dans un récent article de la *Revue des Deux Mondes*, M. Cherbuliez a crayonné une esquisse très fine et très ressemblante de l'empereur Napoléon III.

« C'était, dit-il, un grand essayeur, un joueur téméraire et fantaisiste qui ne proportionnait pas les chances du jeu à l'importance de l'enjeu. Napoléon III avait l'âme aventureuse. Longtemps proscrit, il avait du goût pour les proscrits. Quelqu'un qui le connaissait bien avait dit de lui : *Grattez le souverain, et vous trouverez le réfugié politique.* »

Panizzi était précisément un de ces proscrits

pour lequel Napoléon III avait du goût. Ces deux
volumes contiennent de véritables dépêches diplomatiques de Mérimée, où l'histoire dès maintenant peut rechercher les secrètes pensées et
les secrètes espérances de la politique impériale.
Panizzi était l'ami de M. Gladstone, et certaines
lettres de Mérimée au directeur du British Museum
étaient, en réalité, des lettres de Napoléon III au
chancelier de l'Échiquier.

Mais cette correspondance n'est pas seulement
une correspondance politique. Mérimée était de
l'école de Stendhal. Le spectacle de la vie humaine
l'intéressait et l'amusait par tous ses côtés, graves
et plaisants, sérieux et gais. Il ne haïssait pas les
histoires un peu vives, et il les racontait avec un
art délicieux.

Nul n'a vu de plus près que Mérimée la cour du
second empire. Il n'était pas seulement des grandes séries de Fontainebleau et de Compiègne ; il
était des petits lundis des Tuileries et des petites
séries de Biarritz. Aussi la chronique mondaine de
l'Empire tient-elle une place considérable dans ces
lettres, qui foisonnent en anecdotes hardies, très
hardiment contées.

Cette correspondance abonde en détails curieux
et piquants sur la vie intime de l'empereur et de

l'impératrice. Mérimée raconte à son ami Panizzi les
petites brouilles et les petites bouderies de ménage,
les petites querelles et les petites scènes de famille :
C'est, par exemple, le 15 novembre 1863, à Compiègne, le jour de la fête de l'impératrice. Le prince
Napoléon est assis à la droite de l'impératrice...
L'empereur lui dit de porter un toast et de faire un
speech. Le prince fait la grimace. Très spirituellement l'impératrice s'empresse de dire : « Je
ne tiens pas beaucoup au speech... Vous êtes très
éloquent, mais vos discours me font un peu
peur. » Nouvelle sommation de l'empereur. Le
prince répond : « Je ne sais pas parler en public.
— Alors, dit l'empereur, vous ne voulez pas porter
la santé de l'impératrice ? — Si Votre Majesté le veut
bien, je m'en dispenserai. » Le prince Joachim
Murat porte le toast. On quitte la table un peu
ému...

« Cependant, » dit Mérimée, « *l'hôte* et *l'hôtesse* ont
» gardé leur sang-froid ordinaire, et l'impératrice a
» même pris le bras du prince pour passer au sa-
» lon. Le prince est resté là fort isolé, tout le monde
» l'évitant et, lui, faisant une mine boudeuse et mé-
» chante qui le faisait ressembler fort à Vitellius. »
De cette scène extraordinaire, la lettre du 18 novembre fait le tableau le plus animé, le plus vivant.

Elle raconte ensuite et les allées et venues du lendemain, et le *replâtrage*, etc., etc. Toutes les lettres
datées de Compiègne, de Fontainebleau, de Biarritz présentent le même intérêt et nous font pénétrer au cœur même de toutes les passions et de
toutes les ambitions qui s'agitaient autour de l'empereur. C'est, en quelque sorte, la petite histoire
de l'Empire, écrite de main de maître... Or petite
et grande histoire se touchent et se confondent
sans cesse, se tiennent par mille liens secrets et,
l'une par l'autre, se commentent, s'expliquent et se
complètent.

Mérimée, au fond, avait peu de goût pour tous
ces divertissements de cour. Il trouve, à certaines
heures, que ces fêtes perpétuelles ne vont pas sans
beaucoup de fatigue et sans un peu d'ennui. Il serait volontiers de l'avis de lord Palmerston, qui disait que la vie serait supportable sans les plaisirs.
De Compiègne, Mérimée, dans ce même mois de
novembre 1863, écrit à Panizzi :

. « Nous vivons ici en grande occupation. Votre
» serviteur est directeur de théâtre, auteur et ac-
» teur. Il fait de plus des révolutions dans les beaux-
» arts et de la polémique avec l'Institut. Dans ses
» moments de loisir, on lui donne des recherches
» à faire dans l'histoire romaine. Il est, d'ailleurs,

» libre de faire ce qui lui plaît depuis une heure
» du matin jusqu'à huit heures. Heureusement que
» mercredi je redeviens homme libre. »

Quelques années plus tard, à Biarritz, il a un nouvel accès de révolte :

« Bien qué je m'acquitte très honorablement de
» mon métier de courtisan, dit-il, je me sens pris
» parfois d'idées à la Bright, et j'ai envie de m'en
» aller vivre en homme libre dans quelque auberge
» au soleil. »

Mais ce n'était là que des boutades passagères.
Mérimée, en définitive, retombait assez facilement
sous le joug. Il était si bien reçu, si bien traité par
ceux qu'il appelait le maître et la maîtresse de la
maison. Et puis c'était un grand curieux que Mérimée. Il se trouvait là aux premières loges pour
assister à l'histoire de son temps, qui l'intéressait
violemment. Mérimée, qui s'était fait une réputation d'insensibilité et d'insouciance, était, en
somme, le moins insensible et le moins insouciant
des hommes.

Ces lettres vont montrer tout ce qu'il y avait
d'ardeur et de passion dans l'âme de Mérimée. A
tel point que cette publication, qui va mettre encore une fois tout le monde d'accord sur le talent
et l'esprit de Mérimée, n'aura certainement pas la

même bonne fortune au point de vue religieux et
au point de vue politique. Mérimée était, en même
temps, très anticlérical et très antirévolutionnaire.
Absolu dans ses opinions, Mérimée les expose avec
une extrême netteté et avec une extrême franchise, dans la pleine liberté d'une correspondance
familière. Ces opinions appartiennent aujourd'hui
à la libre discussion, et, de cette libre discussion,
la grande mémoire de Mérimée n'a rien à redouter.

Il eut, en effet, ce très rare mérite d'être, tout
le long de sa vie, parfaitement sincère et parfaitement désintéressé. Placé à la source même des
honneurs et des faveurs, Mérimée n'avait aucune
ambition ; son indifférence était égale pour le pouvoir et pour l'argent. Il lui eût été bien facile de
s'enrichir ; il ne s'enrichit pas ; sa très modeste
aisance, il la devait tout entière à sa plume. On
verra dans ces lettres que Mérimée fut sur le point
d'être nommé secrétaire des commandements de
l'impératrice ; mais il souhaitait de tout son cœur
que le choix de l'empereur ne tombât pas sur lui ;
et, quand il apprit qu'un autre avait la place, il
poussa un long soupir de soulagement. Mérimée
fut sénateur ; et vraiment c'était peu de chose pour
l'auteur de tant de chefs-d'œuvre. Tout l'honneur
était pour le Sénat.

A côté de cette absence d'ambition et de cette indifférence pour l'argent, Mérimée eut une autre vertu peu commune chez ceux qui vivent dans l'entourage des souverains. Un jour, — c'était le 16 avril 1835, — M. Thiers était à la tribune de la Chambre des députés. Il parlait de Napoléon Iᵉʳ. Faisant allusion à la servilité des hommes du premier empire, il disait :

— Savez-vous à quoi servait cette timidité devant l'empereur ? à lui faire ignorer ou méconnaître la vérité.

Le maréchal Clauzel interrompit M. Thiers :

— J'en demande pardon à monsieur le ministre de l'intérieur, on pouvait dire la vérité à l'empereur.

— Oui, répondit spirituellement M. Thiers, quand on avait du courage ; mais, quand on est réduit à n'entendre la vérité que de la bouche de ceux qui ont le courage de la dire, on l'entend de très peu de monde.

Eh bien, Mérimée était de ce *très peu de monde*. Il avait le courage de dire la vérité. Lisez la lettre du 1ᵉʳ octobre 1863. L'impératrice projetait un voyage en Espagne. Tout le monde blâmait et redoutait ce voyage... Mais tout le monde se taisait. C'est Mérimée seul qui a le courage de parler.

« J'ai eu, » dit-il, «·une bataille à soutenir contre
» l'impératrice. Vous ne serez pas surpris quand
» je vous dirai que, bien qu'elle fût un peu irritée,
» elle n'a pas cessé un·instant d'être bienveillante
» et bonne pour moi, comme à son ordinaire. Mon
» attachement pour elle et le danger très réel de
» la chose m'ont donné hardiesse et franchise, et
» je lui ai débité très nettement ma râtelée, quel-
» quefois avec plus de vivacité que le respect ne
» l'exigeait. Elle a discuté longuement, mais en
» avocat qui soutient une mauvaise cause. Son
» grand argument était qu'elle était bien libre de
» faire tout ce qu'un particulier peut faire. J'ai ré-
» pondu qu'elle n'était pas un particulier, qu'elle
» avait des charges et qu'elle devait les suppor-
» ter. Après une demi-heure de dispute très ani-
» mée, ayant dit tout ce que j'avais sur le cœur,
» j'ai conclu qu'une grande souveraine comme elle
» ne pouvait rien faire qui compromît et son mari
» et son pays, et qu'elle devait se persuader qu'elle
» n'était pas libre; qu'un roi l'est moins que per-
» sonne, et que c'était pour cette raison que
» j'avais refusé toutes les couronnes qu'on m'avait
» offertes. »

Voici l'année terrible. L'Empire va s'écrouler
devant l'invasion. Mérimée est aux Tuileries un

dés fidèles de la dernière heure. Après avoir raconté les fêtes et les splendeurs des jours écla-
tants, il raconte les tristesses et les deuils des jours
tragiques. Il faut bien reconnaître que l'impératrice, dans cette crise suprême, montra beaucoup
de courage et de dignité.

« Je ne sais rien de plus admirable que l'impé-
» ratrice, » écrit Mérimée le 16 août 1870 ; « elle ne
» se dissimule rien, et cependant montre un calme
» héroïque, effort qu'elle paye chèrement, j'en suis
» sûr. »

« J'ai vu notre hôtesse de Biarritz, » dit-il le
» 22 août ; « elle me fait l'effet d'une sainte. »

Et, dans sa lettre datée du 4 septembre, il écrit :
« Je vais essayer d'aller aux Tuileries. »

C'est presque le dernier mot de la dernière let-
tre datée de Paris. Si Mérimée put aller jusqu'aux
Tuileries, il n'y trouva pas celle qu'il voulait voir.
Il n'y avait plus d'impératrice.

En somme, Mérimée — cette affirmation va
paraître paradoxale, et elle n'est cependant que
l'expression de la stricte vérité, — Mérimée n'a jamais été très bonapartiste. Le régime impérial ne
lui a jamais inspiré une grande confiance. L'Empire, en 1862, paraissait encore bien solide et bien
puissant... Eh bien, Mérimée, le 31 mars 1862,

écrivait à Panizzi : « On souffre, on s'inquiète. ». Et
il ajoutait très finement : « On aspire vers quelque
« chose qui ne soit ni le passé ni le présent. »

Le plus tendre et le plus respectueux dévouement
pour l'impératrice, tel était le fond des opinions de
Mérimée. Eugénie de Téba avait deux ans quand
Mérimée fut présenté à la comtesse de Montijo.
Quelques années plus tard, un des amis de Mérimée
le rencontra rue de la Paix ; il tenait par la main
une adorable petite fille de cinq ou six ans. Frappé
de la grâce et de la gentillesse de cette enfant, l'ami
de Mérimée demanda qui elle était.

— C'est, répondit-il, une petite Espagnole, la
fille d'une de mes amies... Je vais lui faire manger
des gâteaux.

Et Mérimée entra chez un pâtissier pour faire
manger des gâteaux à cette petite fille, qui devait,
vingt ans plus tard, devenir impératrice des Français et passer par de si éclatantes et de si tragiques
destinées. La tendresse que Mérimée portait à cette
enfant devint une fidèle et respectueuse affection
qui jamais ne se ralentit ni ne se démentit.

L'impératrice Eugénie quittait Paris le 4 septembre, et Mérimée, six semaines après, mourait à
Cannes, échappant ainsi à toutes les douleurs qui
allaient déchirer les âmes françaises. Il mourut pen-

dant son sommeil, et si doucement, qu'on l'aurait
pu croire endormi.

La dernière lettre de ce recueil annonce à Panizzi
qu'il ne verra plus son ami. Cette lettre est écrite
par l'une de ces nobles femmes qui avaient consacré
leur existence à Mérimée et qui, jusqu'à la dernière
heure, l'entourèrent des soins les plus dévoués.

Nous croyons devoir faire suivre ces quelques
explications d'une notice de M. Louis Fagan sur
l'homme éminent qui recevait ces lettres et qui les
a précieusement conservées, sentant bien qu'elles
faisaient partie de l'œuvre de Mérimée et qu'elles
devaient, en fin de compte, appartenir au public.

X X X

PANIZZI

Antonio Panizzi naquit à Brescello, duché de Modène, le 16 septembre 1797 ; le Modenais faisait alors partie de la république Cisalpine. Panizzi passa sa jeunesse au lycée de Reggio ; il suivit ensuite les cours de l'université de Parme. Reçu docteur en droit en 1818, Panizzi avait l'intention de se consacrer à l'étude de la jurisprudence. Mais, ardemment patriote, il se jeta dans le mouvement révolutionnaire qui éclata à Naples en 1820 et l'année suivante en Piémont. Un des conspirateurs, pris de lâcheté, le dénonça aux autorités révolutionnaires comme un des chefs de l'insurrection. Panizzi fut obligé de s'enfuir. On instruisit son procès, et il fut, par contumace, condamné à la peine de mort et à la confiscation de ses biens.

Panizzi avait cru pouvoir trouver un asile à Lugano ; mais, sur les réclamations de l'Autriche, il dut quitter cette ville et partit pour Genève. Il ne put y demeurer en paix. Les représentants de l'Autriche, de la France et de la Sardaigne exigèrent son expulsion du territoire helvétique. Panizzi se réfugia en Angleterre.

Après un séjour de quelques mois à Londres, Panizzi, d'après les conseils et avec la recommandation d'Ugo Foscolo, alla s'établir à Liverpool. Il y passa cinq années, donnant des leçons d'italien.

Lorsqu'en 1828 l'université de Londres fut fondée sous les auspices de lord Brougham, celui-ci offrit à Panizzi la chaire de langue et de littérature italiennes. Panizzi accepta et vint s'établir à Londres.

Le 27 avril 1831, il fut appelé, en qualité de conservateur adjoint, au département des imprimés du British Museum. Dès lors Panizzi put se donner tout entier à sa passion pour les livres ; il ne tarda pas à se placer au premier rang parmi les grands bibliographes de l'Europe.

La bibliothèque du British Museum était, à cette époque, dans un état très peu satisfaisant. Les sections littéraires présentaient de nombreuses lacunes ; le classement était défectueux ; la bibliothèque ne recevait aucune subvention régulière ; tout était sinon à faire, du moins à refaire. En 1835-36, la Chambre des communes nomma un comité chargé de procéder à une enquête sur la situation du British Museum. Panizzi fut entendu.

Il soumit au comité tout un plan de réforme et de réorganisation de la bibliothèque. Panizzi fut chargé d'une mission à l'étranger ; il visita les grandes bibliothèques de l'Europe, réunit une masse considérable de documents et, à son retour, démontra clairement quelles réformes étaient indispensables.

L'enquête et la mission de Panizzi eurent de féconds résultats. On se mit sérieusement à l'œuvre ; mais on sentait bien que ce qui manquait surtout au département des imprimés, c'était un directeur jeune, plein de résolution et de vigueur. Aussi, quand le conservateur se retira en juin 1837, Panizzi fut-il choisi pour lui succéder.

Les hautes capacités de Panizzi trouvèrent leur emploi et la bibliothèque prit, très rapidement, un merveilleux développement. La main d'un maître se fit sentir. Il y eut là un immense travail d'organisation, d'installation, de surveillance. Panizzi voulait que la bibliothèque nationale fût digne du pays qui lui avait si généreusement offert asile et protection. Il consacra sa vie à cette grande tâche.

Panizzi rencontra bien des difficultés et bien des résistances. Il se heurta à des habitudes prises... On blâmait la forme nouvelle du catalogue, on critiquait les acquisitions de livres, et ceux qui criaient le plus fort étaient naturellement ceux qui n'entendaient absolument rien à la question.

Un tel état de choses amena la nomination d'une

commission, chargée d'examiner la constitution et
l'administration du British Museum. Là, en champ
clos, Panizzi tint brillamment tête à tous ses ennemis. Après un débat de dix-huit jours, la commission se prononça en faveur de Panizzi. A partir de
ce jour, aucune plainte ne se fit plus entendre.
Tout le monde rendit justice à Panizzi ; son œuvre
ne fut plus contestée.

Cependant, s'enrichissant chaque jour, la bibliothèque manquait d'air et d'espace. Un grand nombre
de projets furent proposés pour son agrandissement. Le plan de Panizzi fut adopté ; il était de
la plus grande hardiesse et de la plus grande originalité. Panizzi, au centre même de la bibliothèque, dans l'intérieur quadrangulaire du Museum, éleva une immense salle de travail pouvant
contenir plus de trois cents lecteurs. Le buste de
Panizzi, exécuté par Marochetti, a été placé au-dessus de la porte d'entrée de la salle de lecture ;
ce n'est que le juste témoignage de la reconnaissance
du département des imprimés.

Le 6 mai 1856, Panizzi fut nommé administrateur
en chef du Musée britannique, qui, sous son énergique et brillante direction, ne cessa de grandir et
de prospérer.

Panizzi fit connaître, en juillet 1866, son intention
de prendre sa retraite ; le 27 du même mois, le Parlement délibéra sur cette démission. M. Disraeli,

aujourd'hui lord Beaconsfield, prononça l'éloge de
Panizzi et la Chambre des communes lui accorda
comme pension de retraite l'intégralité de son traitement. Le 27 juillet 1869, Panizzi fut créé K. C. B
chevalier de l'Ordre du Bain, honneur qu'aucun Italien n'avait encore obtenu.

Telle a été la carrière officielle de cet homme
éminent. Il mourut à Londres, dans sa résidence de
Bloomsbury-Square, le 8 avril 1879. Bien que strict
et inflexible observateur de la discipline dans son
administration de la bibliothèque, Panizzi était bon
et indulgent pour ses subordonnés. Quand il prit sa
retraite, il reçut d'unanimes témoignages, non pas
seulement d'estime et d'admiration, mais aussi
d'affection et de reconnaissance.

LOUIS FAGAN.

LETTRES

A

M. PANIZZI

I

Paris, 31 décembre 1850.

Mon cher Monsieur,

Il y a quelque temps, j'ai remis à un ami de M. Libri un mot pour vous qui, je pense, ne vous est pas encore parvenu. Je vous demanderai la permission de vous répéter, par la poste, mon humble requête. Voici en quoi elle consiste :

Un de mes amis, M. Beyle, connu sous le pseudonyme de Stendhal dans la littérature contemporaine, avait fait copier au Vatican, dans les archives, quatorze volumes in-folio manuscrits, contenant l'analyse d'un certain nombre de procès célèbres ou d'aventures scandaleuses de la cour papale et d'Italie. A l'époque où cette copie fut faite, il était difficile de pénétrer dans les archives du Vatican. M. Beyle, qui était consul de France à Civita-Vecchia, avait obtenu, avec beaucoup de peine, la permission de copier les susdits manuscrits. Ils forment quatorze volumes in-folio, écrits d'une belle main italienne, et sont en italien ou en latin.

M. Beyle est mort, et sa sœur, qui est dans la misère, cherche à vendre ces manuscrits. Le British Museum pourrait-il, voudrait-il s'en accommoder? Quel prix en donnerait-il? Y a-t-il à Paris quelqu'un que vous pourriez charger de les examiner?

Voilà, mon cher Monsieur, ce que je vous ai mandé par cette occasion infidèle. Je vous serais extrêmement obligé de me répondre un mot, si cela vous est possible.

Agréez, mon cher Monsieur, l'expression de tous mes sentiments de haute considération et d'amitié.

II

Paris, 4 juillet 1855.

Mon cher Monsieur,

Permettez-moi de vous présenter mon ami,
M. de Lagrené, qui mène sa fille voir Londres.
Soyez assez bon pour lui faire montrer les bijoux
antiques et le fameux manuscrit de la *Grande
Chartreuse*. M. de Lagrené a été un de mes meilleurs consolateurs dans les désagréments que ce
manuscrit m'a causés, et je le recommande très
instamment à votre obligeance.

Nous avons ici la moitié de l'Angleterre. Notre
exposition, mal commencée, est devenue vraiment curieuse et vaut la peine qu'on fasse le
voyage. J'espère qu'elle vous tentera.

Adieu, mon cher Monsieur, veuillez agréer l'expression de tous mes sentiments bien dévoués.

III

Paris, 11 octobre 1857.

Cher monsieur Panizzi,

Je suis charmé que vous ayez eu un beau temps
pour passer ce bras de mer si ennuyeux. Du
reste, vous aviez trop peu mangé pour qu'un gros
temps fût profitable aux poissons.

J'ai passé la soirée avant-hier chez lady Holland. Nous avons tenu beaucoup de mauvais
propos sur Dieu, les rois et les hommes, notamment contre vous.

M. Cousin, que vous connaissez sans doute,
m'adresse une question à laquelle je ne sais
que répondre. Il y a, à l'exposition de Man-
chester, un portrait attribué à Mignard, celui de
Julie d'Angennes, qui appartient à lord Spencer. Or, à l'époque où le portrait *paraît* avoir
été fait, Mignard n'était pas en France. Vous
qui connaissez l'univers, il ne se peut pas que
vous ne connaissiez lord Spencer. Lorsqu'il vous
tombera sous la main, soyez assez bon pour

lui demander ce qu'il sait de l'origine de son portrait.

Tenez pour assuré que l'impératrice n'est pas allée à Stuttgart afin de montrer une attention particulière pour la reine Victoria. Ne croyez à rien de ce qu'on peut vous dire sur le relâchement de l'alliance...

Adieu, cher monsieur Panizzi. Sachez que j'ai accroché une petite provision de champagne sec. Vous devriez venir m'en dire votre avis aux vacances de Noël.

IV

Cannes, 5 décembre 1857.

Mon cher Panizzi,

J'ai quitté Paris il y a quelques jours pour chercher le soleil ici, tout près de l'Italie, et, selon mon usage, j'ai oublié cent choses que j'aurais dû faire avant mon départ. La plus importante était de vous remercier de la lettre de lord Spencer, de la part de Cousin, et, de plus, de vous importuner encore au sujet des maîtresses ado-

rées de ce grand philosophe. Il ne rêve à présent
qu'à Julie d'Angennes, et voici ce qu'il m'avait
donné pour vous, où plutôt pour lord Spencer.
Il voudrait réponse aux questions suivantes :

Dans le tableau que possède lord Spencer, Julie
d'Angennes, duchesse de Montausier, est-elle en
buste ou jusqu'à la ceinture ? est-elle maigre, où
a-t-elle de l'embonpoint ? a-t-elle les cheveux
noirs ou blonds, les yeux noirs ou bleus ? peut-on
discerner si elle a une belle taille et si elle est
grande ?

Si vous pouvez obtenir ce signalement avec
l'exactitude d'un gendarme autrichien (dont vous
avez la robe de chambre), vous m'obligerez infiniment de me l'envoyer ici, où je pense que
M. Cousin ne tardera pas à venir. Il se plaint
fort de la poitrine; pourtant, ses passions pour
les belles mortes sont des moins fatigantes.

Adieu, mon cher Panizzi. Je suis un peu pous-
sif, mais je me suis déjà assez agréablement
remis par ce beau climat. Je voudrais que vous
pussiez en faire l'essai.

V

Paris, 25 janvier 1858.

Mon cher Panizzi,

Je voulais vous écrire il y a longtemps, mais j'ai eu tant de tribulations que le courage m'a manqué. C'est vous qui êtes la cause de tous mes tourments, en faisant votre diable de bibliothèque qui empêche M. Fould de dormir. Il veut en avoir une aussi, et je m'écrie comme Mercutio : *A plague on both your houses !*

Depuis quelques jours, je préside la commission chargée de porter la lumière dans cette noire caverne. Nous avons envie de bien faire ; mais, pour bien faire, il nous faudrait avoir des hommes, et de l'argent. Je ne sais où les trouver. Vous devriez bien venir nous organiser notre affaire, et vous guérir de tous vos rhumes en mangeant ici de la soupe grasse et du macaroni.

Mille remercîments et excuses de toute la peine que vous avez prise pour apprendre à Cousin la couleur des yeux et des cheveux de sa bien-aimée.

Il attendra que le présent lord Spencer puisse
écouter ses vœux, et un amour comme le sien
n'est pas si pressé qu'il ne puisse vivre encore
cinq ou six mois sans nouvel aliment.

Adieu, mon cher ami. On m'a joué hier le tour
de me nommer rapporteur de la commission de
la Bibliothèque. Si vous ne venez pas à Paris cet
hiver, il faudra que j'aille vous relancer à Londres
et vous embêter d'une série de *queries* aussi longue que l'échelle de Jacob. Entre nous, mon métier est des plus désagréables. J'ai à tourmenter
des confrères et des maîtres, et, ce qu'il y a de
pis, à leur dire de temps en temps qu'ils me font
des contes à dormir debout. Que résultera-t-il de
tout cela ? Je n'en sais trop rien en ce qui concerne la Bibliothèque ; mais, en ce qui me concerne personnellement, le plus sûr est un embê-
tement immense.

VI

Paris, 12 mai 1858.

Mon cher Panizzi,

Je suis arrivé hier dans mes foyers après un

passage assez peu orageux qui m'a permis de
digérer tranquillement votre bon dîner, et, à dix
heures, je déjeunais solitairement en pensant à
nos bons tête-à-tête du British Museum. J'ai
dormi merveilleusement cette nuit et je ne me
ressens plus du tout des cahots du chemin-de fer,
lequel a grand besoin de réparations, à ce qu'il
me semble.

Bien que je n'aie pas vu encore beaucoup de
monde, je suis frappé de l'ignorance totale où
l'on est ici de l'état de l'opinion en Angleterre.
J'ai trouvé des gens qui me demandaient sérieusement si je n'avais pas été insulté dans les rues
de Londres. *Tutto il mondo è paese.* On me demandait à Londres combien il y avait d'électeurs
en France.

Il paraît que mon rapport n'est pas encore publié, et je ne serais pas étonné qu'on ne l'escamotât
en douceur. Au reste, je n'ai pas encore vu le ministre, et je ne sais que ce que m'a dit un de nos
collègues de la commission. Quoi qu'il arrive, je
m'en lave les mains, et la fantaisie d'ordre qu'a eue
Son Excellence aura eu du moins ce résultat de
me faire passer un mois très heureux avec vous.

Le reste est son affaire et je m'en soucie peu.

. Tout est ici fort tranquille, sauf un reste d'excitation contre la perfide Albion, à qui les épiciers ne pardonnent pas la bataille de Waterloo et l'acquittement de votre habitué du *reading room* [1].

Le Corps législatif a eu quelques petites velléités d'opposition, le sage Sénat a même les siennes. Quand ce peuple-ci n'a rien à faire, il a besoin de faire quelque malice. Les Français sont comme les singes, qui, dans l'oisiveté, se mangent la queue.

- Lord Cowley a dit ici, en bon lieu, que, plutôt que de céder la place, lord Derby dissoudrait la chambre. *Ci vedremo.*

· Malgré la sainte horreur que j'ai pour l'éloquence, je regrette un peu de ne pouvoir assister à la grande bataille qui va se donner. Il me semble que le résultat le plus infaillible sera force blessures très cuisantes à des vanités personnelles, spectacle très divertissant pour la galerie. Mais qui gagnera en considération dans ce débat? Personne assurément. Un grand mathématicien pourrait peut-être prédire, au train dont

---

1. Bernard, impliqué dans l'affaire Orsini ; son extradition fut refusée par l'Angleterre.

vont les choses, en quelle année l'Angleterre sera démocrate, en quelle autre elle vendra par mesure d'économie les marbres de Phidias et les livres colligés par M. Panizzi. Ce sera dans assez longtemps, je pense; mais nos petits-enfants, surtout si nous ne nous pressons pas de les faire, pourront bien voir tout cela.

Adieu, mon cher Panizzi ; mille et mille rémercîments pour votre si aimable et si bonne hospitalité.

VII

Paris, 16 mai 1858.

Mon cher Panizzi,

J'ai vu le maréchal Vaillant, président de la commission de la *correspondance de Napoléon*, et je lui ai montré la note de mistress Tennant. Il m'a dit que l'empereur déclarait les lettres apocryphes; mais, comme je lui en avais déjà dit le prix, j'ai lieu de soupçonner que c'est ce prix de huit mille francs qui lui fait trouver les raisins trop verts.

« Je vais, la semaine prochaine, à Fontainebleau
pour huit jours. J'aurai sans doute occasion
de causer avec l'empereur lui-même et de lui
dire mon opinion sur l'authenticité. Le malheur,
c'est que l'exagération du prix rend l'affaire
très difficile à conclure. On m'a dit ici que les
autographes de Napoléon Ier ne se vendaient
pas plus de cent ou cent cinquante francs; il est
vrai qu'on en trouve rarement d'aussi vifs de
passion et de style que ceux de mistress Tennant.
Si vous la voyez, et elle est bonne à voir, vous
pourrez lui dire qu'on est prévenu contre ses
lettres; mais que cette prévention sera détruite
par moi; alors restera le prix, qui, si elle y persiste, rendra la négociation inutile.

La nomination de Picard n'a pas fait beaucoup
d'effet. Nous sommes habitués à voir nommer à
Paris des députés exagérés. Cependant, c'est un
mauvais symptôme. Le nouveau ministre de l'intérieur est peu adroit, et paraît connaître assez
mal les hommes et les choses.

Adieu, mon cher ami; je suis plus triste que
je n'étais autrefois de déjeuner et de dîner seul.

VIII

Paris, 7 juin 1858.

Mon cher Panizzi,

Les oreilles ont dû vous corner, ces jours passés. Sa Majesté la reine des Pays-Bas et votre serviteur ont passé, à dire du mal de vous, tout le temps d'une chasse au cerf dans la forêt de Fontainebleau. C'est une étrange femme, qui sait tout, qui parle bien de tout et qui serait la perfection, si elle ne voulait pas paraître Française, ayant eu le malheur de naître en Wurtemberg. Elle se fait vive à la manière des Allemands, qui se jettent par la fenêtre pour avoir l'air dégagé.

La reine est du moins très aimable. Nous avons sué sang et eau pour amuser Sa Majesté : bals, fêtes champêtres, charades, etc. Si vous ne me trahissez pas, je vous avouerai que ma courtisannerie est allée jusqu'à lui faire de petits vers en manière de compliment, et que cependant, par respect pour la vérité, je me suis borné à la com-

parer à Vénus, Minerve, etc. Comme les princes
sont toujours ingrats, je n'y ai pas même gagné
une bouteille de curaçao ou un fromage de
Hollande. Rien qu'un rhume effroyable pour avoir
eu l'insigne honneur d'être trempé de pluie à
côté de Sa Majesté.

L'autre jour, il y a eu à Fontainebleau une foire
où l'impératrice est allée acheter du pain d'épice.
Le prince de Nassau, qui l'accompagnait, a acheté
une blouse et une casquette sans qu'elle s'en aper-
çût et, dans ce nouveau costume, il est venu lui
parler. Elle ne l'a pas reconnu et a poussé un
grand cri ; les gens de la suite sont accourus, et le
quiproquo a été traduit à Paris en une tentative
d'assassinat. Tenez ma version pour exacte.

Vous trouverez dans le Constitutionnel d'aujourd'hui, 7 juin, un article assez curieux sur
les échanges de livres faits par la bibliothèque
d'Augsbourg, d'où résulte qu'ils vendent les bons
et gardent les mauvais. Cela s'appelle se défaire
des doubles.

Adieu, mon cher ami ; je pense aller faire un
tour en Suisse. On ne vit pas ici : il y a 33 degrés Réaumur. Si je revenais par Venise, je vous

demanderais un mot pour quelque bon chrétien
de ce pays que vous connaissez sûrement.

IX

Berne, 7 juillet 1859.

Mon cher Panizzi,

Nous nous verrons sans doute, et nous reman-
gerons ensemble du macaroni à Recoaro, si cette
partie du monde est aussi près de Venise que
vous le dites, d'accord avec les géographes. Je
pense être à Venise dans les premiers jours
d'août, selon la recommandation de lady Holland,
dont je me méfie un peu. Je me demande ce que
doivent sentir les lagunes à cette époque, et combien de cousins doivent les habiter. Les cousins
ne m'ont pas épargné, même en ce pays de froi-
dures. Ni la neige ni les montagnes ne les arrê-
tent. J'ai les mains plus épaisses que des épaules
de mouton, par suite de leurs piqûres. Que sera-
ce lorsque le soleil d'Italie leur prêtera une activité nouvelle !
Selon l'usage des Parisiens, je suis sans la

moindre lettre et par conséquent sans nouvelles.
Je suis sûr que M. Rouland n'a pas encore publié
notre rapport. Notre travail aura eu ce résultat
admirable d'achever la désorganisation, déjà si
avancée, de la Bibliothèque.

Adieu, mon cher Panizzi ; mille et mille amitiés
bien vraies.

X

Venise, 11 août 1858.

Mon cher Panizzi,

Je suis ici depuis quelques jours, assez bien
installé, ayant vue sur le Grand Canal ; nourriture
satisfaisante et bon appartement. Je vous donne
ces détails parce que M. Brown dit que vous allez
arriver ici, avec votre amie, qui ne jure que par
l'*immacolata*. Je suis ici avec deux dames anglaises [1] (d'un âge respectable), anciennes amies

1. Miss Lagden et mistress Ewers, par qui Mérimée a été,
jusqu'à son dernier jour, entouré d'attentions délicates et de
soins dévoués.

de ma mère et de moi, faisant très bon ménage.

De toute façon, je vois que nous avons fait ce qu'on appelle de la bouillie pour les chats. Le ministre s'est moqué de nous. On ne m'y rattrappera plus. Je crois que Taschereau sera le directeur ; mais il ne faut répondre de rien avec des gens qui tournent à tout vent. Une seule bonne chose sera faite, c'est qu'on ne poussera pas plus loin la facétie du catalogue imprimé, et que les employés de la Bibliothèque ont une augmentation de traitement. Ils ne me mangeront pas à mon retour.

Hier, nous avons eu une sérénade très belle. Nous avons badaudé et passé sous le Rialto au milieu de la bagarre. On devient aussi bête que les natifs à ces *fonctions*, et j'aurais préféré voir ma gondole en pièces plutôt que de reculer d'un pied.

Il me semble que le discours de l'empereur est très bon. J'espère qu'il sera bien pris en Angleterre. Ici, il fait bon effet auprès des autorités, qui ont un peu peur de Sa Majesté.

Adieu, mon cher Panizzi ; à bientôt ! M. Brown a été on ne peut plus aimable pour moi. C'est un Vénitien complet.

1. 2

XI

Paris, 17 octobre 1858.

Mon cher Panizzi,

Il n'y a rien de si beau que la cathédrale de Sienne, si ce n'est celle de Lucques, si ce n'est la vue depuis Savone jusqu'à Fréjus, le long de la rivière de Gênes. Gîtes excellents tout le long de la route, excepté à Oneglia. Connaissez-vous la soupe aux cailles et au riz? Je pense qu'on ne mange que cela en paradis.

Adieu, mon cher ami; mille tendresses à vos marbres et à vos bouquins.

XII

Cannes, 7 janvier 1859.

Mon cher Panizzi,

Je suis ici depuis quelques jours, à deux pas de votre chère Italie, en face d'une mer magnifique et d'un soleil resplendissant. Il faut, je suppose, une force d'imagination peu commune pour se représenter ce que c'est que le soleil au 7 janvier, lorsqu'on est au British Museum. Cependant, il fait ici un peu froid, et, à quatre heures, il faut prendre un paletot. Nous y avons lord Brougham et toute sa famille. Il est encore vert et actif, malgré ses quatre-vingt-deux ans, et va faire à pied des visites dans les environs. En fait de célébrités, nous avons encore M. de Tocqueville, qui est très gravement malade, et qui, je le crains, ne quittera ce pays-ci que pour un autre bien éloigné d'où personne n'est revenu apporter des nouvelles.

Que dites-vous du compliment de bonne année fait par l'empereur à M. de Hübner ? Selon ce qu'on m'écrit, la version officielle est la seule vraie, et il ne faut pas prendre celle du *Nord* et d'autres journaux étrangers. Quelle que soit la phrase, elle montre que notre ami Salvagnoli est un grand diplomate ! Assurément on doit lui en faire les honneurs à Florence. Bien que je me dispense de croire une grande partie des bruits qui circulent, je trouve que la situation doit être bien tendue pour que Sa Majesté ait jugé nécessaire d'en avertir ainsi le public dans une occasion où il était si facile et si simple de ne rien dire.

On m'écrit, de bonne part, que l'état de l'Italie est encore plus bouillonnant que lorsque nous nous y trouvions ensemble. Mais à quoi cela aboutira-t-il? Les Russes de l'ambassade, à Paris, ne parlaient de l'Autriche qu'avec la tendresse qu'on lui porte à Milan et à Venise. Malheureusement, je ne crois pas qu'en cas de rupture complète, ils prennent franchement parti pour nous. Que feront les Anglais? *Hic jacet lepus.* Ils sont probablement trop occupés dans l'Inde et chez eux pour se mêler *d'abord* de nos affaires ; mais comment croire qu'ils laisseraient leur bonne amie dans la débine ! Observez que la guerre, pour l'Autriche, c'est un duel à mort. Une bataille perdue amène la dislocation de la monarchie, et, par conséquent, la recomposition de l'équilibre européen. La partie est trop grosse pour que l'Angleterre n'y intervienne pas, et, si elle est l'alliée de l'Autriche, nous ne nous y frotterons probablement pas ; car alors notre position serait tout aussi mauvaise que la sienne, abandonnée à ses propres forces. Il y a des choses si graves, qu'elles sont impossibles.

Adieu, mon cher ami. Mistress Ewers et miss

Lagden, qui sont ici, regrettent beaucoup de ne pas vous avoir. Elles se rappellent à votre souvenir.

XIII

Paris, 12 mars 1859.

Mon cher Panizzi,

Me voici de retour à Paris depuis quelques jours et regrettant déjà mon soleil de Cannes, qui n'est pas moins beau que celui dont nous avons senti la chaleur aux bords de l'Arno.

Que dites-vous de ce qui se passe? Lord Cowley vous a-t-il conté ses conversations avec Sa Majesté impériale et royale apostolique? Quant à moi, je ne sais rien. On est à la paix depuis vingt-quatre heures, ce qui rend très probable que demain on sera belliqueux. Ce qu'il y a de certain, c'est que les descendants de Brennus ne sont guère d'humeur à prendre le Capitole, n'y eût-il que leurs anciennes ennemies les oies pour le garder. Louis-Philippe, pendant dix-huit ans, a prêché à ce peuple-ci le culte des intérêts matériels,

et notre vieux sang gaulois s'est gâté. On est
d'une poltronnerie incroyable. Vous noterez que
le danger, malheureusement très réel, celui d'une
révolution nouvelle, est ce qui préoccupe le moins.
On ne pense qu'à l'effet que la guerre peut pro-
duire sur les fonds et les actions de chemins de
fer. Il va sans dire que la gloire et l'humanité,
c'est à quoi personne ne songe.

L'empereur se montre assez touché de la lâcheté générale, et il nous dit notre fait en termes
assez crus, et, ma foi, nous le méritons bien. L'armée heureusement est dans de tout autres dispositions. Tous les officiers voudraient être à
l'avant-garde, pour être des premiers à voir les
donne et manger du macaroni. On dit que, du côté
des Autrichiens, il y a aussi beaucoup d'ardeur
belliqueuse, et, ce qui est fâcheux, toute l'Allemagne reprend les colères de 1813, sauf peut-être
les socialistes, qui sont des alliés dont nous nous
passerions parfaitement. Je crois que l'empereur
veut la guerre, mais il n'est pas pressé de la faire.

Probablement il espère que cette paix armée,
qui existe en ce moment, ruinera l'Autriche et
qu'il trouvera peut-être les moyens de s'assurer

la neutralité de la Prusse et celle de l'Angleterre.
C'est là le grand point. Y parviendra-t-il? Notre
mauvaise réputation de conquérants rend notre
position bien difficile. Nous ne pouvons nous dissimuler que nous jouons bien gros jeu. Nos généraux ne sont pas aussi forts que celui qui commandait l'armée française en 1796. Cependant je
ne crois pas qu'ils en aient à combattre de supé-
rieurs. Nos soldats valent bien mieux que les Autrichiens; mais l'argent, mais l'Europe, mais les
Italiens! Que faire de Mazzini? Le fusiller, d'accord; mais que dire aux gens qui voudraient étri-
per le cardinal Antonelli ou le roi Bomba[1]? N'est-
il pas à craindre que, après le premier succès,
nous n'ayons des alliés qui nous embarrassent au
dernier point? Entre nous il me semble que deux
pots de terre vont se heurter, et il se pourrait bien
que, dans quelque temps, il ne restât que des tessons sur la place.

Vos Anglais ont une méchante attitude. Lord
Palmerston, qui voulait mettre le feu aux poudres
il y a quelques années, a bien changé de langage,

---

1. Sobriquet sous lequel on désignait le roi de Naples, Ferdinand II.

et, jusqu'aux radicaux, je ne vois partout que mauvais vouloir.

On fait ici sous main de grands préparatifs. On ramène d'Afrique les vieux soldats, on a changé tout le matériel de l'artillerie, et l'on a trois cents pièces nouvelles attelées, avec lesquelles on emporte, dit-on, à coup sûr, la tête d'une mouche à trois kilomètres de distance. Si l'on avait au moins l'ardeur qu'on avait au moment de la guerre d'Orient, j'aurais quelque espoir ; mais l'abattement de nos financiers et la couardise des bourgeois sont un peu beaucoup effrayants.

Il va paraître en Belgique un charmant pamphlet d'About qui vous divertira fort. Notre saintpère le pape et son cardinal y sont arrangés de main de maître. Cela s'appelle *la Question romaine* et ressemble beaucoup à un pamphlet de feu M. de Voltaire, auteur qui avait du bon.

Lorsque vous n'aurez rien à faire, dites-moi comment va la démocratisation de l'Angleterre. Malheureusement les idées de politique généreuse ne vont pas du même train.

Adieu, mon cher Panizzi. Je crains fort que nous ne nous rencontrions pas à Venise l'automne prochain. On m'annonce du vin de Schiraz. Je crains que ce ne soit de la drogue.

XIV

Paris, 8 avril 1859.

Mon cher Panizzi,

Il me semble que les cartes se brouillent terriblement. Qu'en dites-vous? Ici, le nez des boursiers s'allonge tous les jours davantage, et, aujourd'hui, il y a eu une vraie panique.

L'empereur va partir pour Lyon, afin d'y passer, dit-on, une grande revue. On forme les quatrièmes bataillons et on ne dit plus un mot des mouvements de troupes. Il est certain cependant qu'on fait venir d'Alger les vieux durs à cuire. Tout cela est assez *ominous*.

Et du congrès, en savez-vous quelque chose? Il paraît qu'en Italie, c'est un mouvement d'enthousiasme général. Tous les jeunes gens en gants jaunes se font soldats. Les vieux achètent de l'emprunt piémontais. Qu'arrivera-t-il? Ce pays-ci est aussi répugnant que possible à la guerre,

et sans doute c'est ce qui donne à l'Autriche sa
prépotence actuelle. Cela ne veut pas dire que, si
l'on en vient aux coups de canon, nous nous con-
duirons en lâches. L'armée est très belle, très al-
lègre, très confiante même, quoique ses généraux
ne passent pas pour des aigles. Mais le reste de la
nation ne voit dans la guerre que la perturbation
du commerce, de l'industrie et du *dolce far
niente*, sans parler de la chance d'une nouvelle
révolution.

L'empereur, que j'ai vu l'autre jour, me paraît
de belle humeur; mais il ne m'a pas fait confi-
dence de ses projets. Tout ira bien, tant que l'Angleterre ne se tournera pas contre nous. Dans mon
opinion personnelle (mais je suis le seul qui ai
cette opinion-là), elle ne se mêlera pas activement
de la querelle, tout en nous souhaitant un *accidente* lorsque nous aurons quelque succès. Il me
semble que, si j'étais homme d'État anglais, je
serais beaucoup plus franc. Supposé, ce que je ne
crois pas, que l'empereur ait des vues ambitieu-
ses sur l'Italie, le meilleur moyen de les contre-
carrer et de les rendre impossibles, n'est-ce pas de
s'associer franchement à la France et au Piémont?

Il est évident que, si l'Angleterre faisait cause commune avec nous, l'Autriche et tous les *Französenfresser* d'outre-Rhin rentreraient sous terre, sans brûler une amorce. Observez que la France, que la guerre peut mettre en contact avec une révolution, court de très grands risques pour la chance d'une reconnaissance plus ou moins grande, laquelle peut se traduire, un jour, par une demande de céder la Corse à l'*Italie unie.* Au contraire, l'Angleterre n'a rien à redouter du contact avec la révolution. Peut-être même y attrapperait-elle un lopin assez beau, comme la Sicile, par exemple, si l'anarchie se mettait dans la Péninsule, si, au lieu de se coaliser, les Italiens, comme ils ont fait souvent, se battaient entre eux.

Dans l'hypothèse d'une lutte, que je ne crois pas probable ; car, d'un côté, il y aurait de l'argent et du crédit ; de l'autre, ni argent ni crédit. Tout le mal serait pour la France. Les armées se battraient et l'Angleterre habillerait, armerait, nourrirait les Italiens, le tout à leurs frais. Après la paix, la reconnaissance des Italiens se partagerait entre leurs deux alliés, inégalement, et toujours l'Angleterre aurait la meilleure part. Nous aurions l'odieux d'avoir violé quelques filles et bu beaucoup de vin d'Asti et de Pomino sans payer. Les Anglais stipuleraient des avantages pour leurs cotons et leurs fers.

Si je savais écrire en anglais, je voudrais faire un pamphlet là-dessus, car le thème est riche. Au lieu de s'occuper de l'Italie, il me semble que John Bull patauge dans un étrange gâchis. On dirait que le gouvernement parlementaire fait ce qu'il peut pour se discréditer. Point de parlement, dans un moment où il faudrait l'avoir presque en permanence ; une administration qui peut être renversée, au moment où les affaires extérieures se trouveront le plus embrouillées ; tout cela n'est ni beau ni sensé.

Ici, on se persuade que, si lord Palmerston revient, il nous fera la guerre. Je n'en crois rien. Je crains, au contraire, que lord Derby ne sache dire ni oui ni non, et qu'il ne parvienne qu'à envenimer l'affaire. Tâchez de persuader à vos Anglais que nous n'avons pas la moindre envie de faire des conquêtes ; que nous voudrions seulement qu'on ne fît pas trop de bruit à notre porte. Vous voyez, tous les jours, que les propriétaires font mettre à l'amende les joueurs d'orgue qui leur cassent le tympan; c'est notre position.

Adieu, mon cher ami. J'ai vu que vous aviez dîné l'autre jour chez M. Gladstone. Beaucoup d'argenterie et de l'agneau, n'est-ce pas? J'aime mieux les dîners que nous avons faits tête à tête au Muséum.

XV

Paris, 29 avril 1859.

Mon cher ami,

Nous sommes une drôle de nation ! Je vous écrivais, il y a quinze jours, qu'il n'y avait en France qu'un homme qui voulût la guerre, et je crois avoir dit la vérité.

Aujourd'hui, tenez le contraire pour vrai. L'instinct gaulois s'est réveillé. C'est maintenant un enthousiasme qui a son côté magnifique, et aussi son côté effrayant. Le peuple accepte la guerre avec joie; il est plein de confiance et d'entrain. Quant aux soldats, ils partent comme pour le bal. Avant-hier, ils écrivaient à la craie sur leurs wa-

gons : « Trains de plaisir pour l'Italie et Vienne. »
Lorsqu'ils traversent les rues pour aller aux em-
barcadères, on les couvre de fleurs, on leur porte
du vin, on les embrasse, on les adjure de tuer le
plus d'Autrichiens qu'ils pourront. Le régiment
des zouaves de la garde a reçu son ordre de départ, il y a huit jours. Ils se sont écriés : « Voilà la
guerre, plus de salle de police ! » et le régiment a
disparu pour deux jours. Il s'agissait de dire adieu
à toutes les cuisinières de sa connaissance. Au moment du départ, pas un homme n'a manqué, chacun avec un bouquet de lilas au bout de son fusil.

Il y a dans cette gaieté française un élément de
succès considérable. Nos gens se croient sûrs de
vaincre, et c'est beaucoup à la guerre. L'accueil
qu'on leur fait en Italie redouble leur ardeur. Ils
se croient des chevaliers errants allant combattre
pour leur dame. Je tiens les Autrichiens pour de
très braves soldats; mais chacun des nôtres s'i-
magine qu'il va devenir au moins colonel, et un
Croate n'a pas de ces idées-là. Le général Allard
me jurait hier soir que nous avions déjà cent mille
hommes au delà des Alpes. Nous aurons sept cent
mille hommes sous les armes le 15 du mois pro-

chain. Le 1er juin, toute l'artillerie sera pourvue de nouveaux canons rayés.

Enfin, bien que lents à prendre nos mesures, nous avons le talent de bien faire en nous pressant, et, chaque jour, nous gagnons quelque chose. Le général Mac-Mahon écrit qu'il n'a jamais vu réception pareille à celle qu'on lui a faite à Gènes. Il n'y a pas jusqu'à un bataillon de Kabyles qui n'ait été littéralement couvert de fleurs par les dames. Je pense que ces honnêtes musulmans aimeraient autant autre chose. Ce sont, d'ailleurs, de rudes gaillards.

Hier soir, on annonçait l'acceptation par l'Autriche de la médiation anglaise, *et la prise en considération* par l'empereur. Je crois néanmoins la guerre inévitable. Quitter l'Italie maintenant est impossible, à moins de grandes concessions de la part de l'Autriche. Lord Cowley, avec qui j'ai dîné hier chez M. Baring, était impénétrable; mais il était facile de voir qu'il ne croyait pas à la possibilité d'un dénoûment pacifique.

L'important, c'est d'être uni, honnête et modéré, de faire des cartouches et pas de constitution. Tuer l'ours d'*ogni modo* sans penser à ven-

dre sa peau et surtout à la partager. Si vous pouvez
persuader aux Italiens d'être sages, tout ira bien,
j'espère.

Notre pauvre impératrice a les yeux gros
comme des œufs ; mais elle paraît pleine de résolution et de dévouement. Elle dit adieu en pleurant
aux régiments qui partent, qui la saluent de hour-
ras frénétiques ; et les boursiers mêmes se sentent
émus ; j'en ai vu un qui pleurait en regardant les
gardes défiler. Si l'Angleterre ne se mêle pas trop
tôt de la querelle, j'espère que nous aurons bientôt
rendu possible une paix avantageuse à l'Italie.

Les banquiers et les beaux messieurs déplorent
toujours le funeste entraînement ; mais la masse
est pour la guerre. L'empereur est plus populaire
qu'il n'a jamais été. Un ouvrier disait : « *Mous-
tachu* est le plus fort ; il a les papiers de son
oncle. »

Adieu, mon cher Panizzi. Prêchez les Anglais.
Empêchez-les de croire à l'ambition de l'empereur et persuadez-les que les Italiens sont *gente
de razon*, qui peuvent vivre sans Croates pour les
morigéner. Mille amitiés et compliments au Museum.

XVI

Paris, 10 mai 1859.

Mon cher Panizzi,

Alea jacta est! L'empereur est parti aujour-
d'hui. Il a été conduit au chemin de fer par une
foule immense et des acclamations frénétiques.
Il est maintenant plus populaire qu'il n'a jamais
été. Je parle des masses, car, bien entendu, les
salons sont aussi mauvais Français que possible.

Quelle étrange fatalité poursuit les partis vain-
cus! Les orléanistes font exactement les mêmes
fautes qu'ils ont tant reprochées aux légitimistes.
Voyez le duc de Chartres qui avait eu le bon sens
de rester en Piémont, où il était officier : sa famille le rappelle[1]. Le comte de Chambord, qui va
dans les Pays-Bas, est plus raisonnable.

Avant la fin du mois, selon toute apparence, il
y aura bien des bras et des têtes cassés. Dieu
veuille que nous nous en tirions à notre honneur!

1. Le duc de Chartres ne fut pas rappelé par sa famille : il
fit toute la guerre d'Italie.

I. 3

Les Autrichiens, jusqu'à présent, nous ont servis
à souhait.

Maintenant que tout le désordre est réparé,
vous pouvez dire aux Anglais, qui nous reprochent
d'être agressifs, de quelle façon nous étions préparés. Les premières divisions françaises sont arrivées en Italie sans canons et n'ayant que soixante
cartouches par homme. L'artillerie de l'ancien modèle n'avait plus de projectiles, et les canons
rayés du nouveau modèle n'étaient pas encore
prêts. Pour garder le plus longtemps possible le
monopole de ces canons, on en fabrique les pièces, ou, pour mieux dire, chaque pièce passe dans
trois ou quatre ateliers séparés, dont les ouvriers
ne connaissent qu'un genre d'opération. De cette
mesure est résultée, au premier moment, une certaine confusion. Pourtant il a suffi de quelques
jours de répit pour que tout s'arrangeât.

Nous avons actuellement en ligne quarante-cinq
batteries de canons rayés dont on attend merveilles. On en expédie de nouvelles tous les jours.
J'ai vu une lettre du général Mac-Mahon à sa
mère, où il lui dit qu'il n'a jamais vu une armée
mieux équipée et mieux disposée. Il y a actuelle-

ment plus de cent vingt mille Français en Italie.
L'armée sarde est de soixante-quinze mille hommes, dont cinquante mille excellents.

Si les Autrichiens, mieux avisés, eussent poussé
leur pointe, ils auraient pu écraser les Piémontais
avant que nous pussions venir à leur secours.
Cette bévue est d'un bon augure pour la campagne. Nos gens sont remplis de confiance, l'ennemi
semble inquiet. Il a beaucoup de malades et un
assez grand nombre de déserteurs.

Avez-vous vu la proclamation du général Giulay? Elle me paraît telle que nous pouvions la souhaiter. Peine de mort pour tout le monde. Si les
Lombards ont du sang dans les veines, le moment
est venu de le montrer. Il y a ici un nombre prodigieux d'enrôlements volontaires, et l'emprunt va
à merveille. Je suis allé hier au Trésor porter mon
obole, et j'ai trouvé une queue formidable. En ma
qualité de privilégié, je suis entré dans un bureau
séparé et l'on m'a dit que les souscriptions déjà
reçues faisaient croire qu'au lieu de cinq cents
millions, on aurait un milliard ou quinze cents
millions. Je pense que l'emprunt autrichien n'a
pas le même succès.

L'Allemagne du Midi est toujours très menaçante. Les étudiants s'enrôlent et ne parlent que
de marcher sur Paris. Vous avez vu que le princi-
picule de Nassau s'était enrôlé dans l'armée autrichienne : mais ce que vous ne savez peut-être
pas, c'est qu'il avait été comblé d'attentions par
l'empereur, qu'il avait été de toutes les parties !
pendant plus d'un an, qu'on lui avait fait des ca-
deaux de toute espèce, et même donné de l'argent, dont il avait grand besoin.

L'Angleterre commence, à ce qu'il me semble,
à regarder la question avec un peu moins de prévention. Je crois que Persigny sera utile pour démentir les mensonges du *Times*, et, s'il se peut,
renouer l'alliance. S'il ne réussit pas, je crains
bien que la guerre ne soit longue et que tout le
monde ne s'en mêle à la fin. Si l'Angleterre se
sépare de nous, tenez pour certain que nous verrons les Russes à Constantinople.

Adieu, mon cher Panizzi; nous sommes tous
dans l'anxiété. Si vous trouvez un moment, donnez-moi de vos nouvelles.

1. Voir un passage de la lettre VIII où il est parlé d'une aventure arrivée à Fontainebleau, dont le prince de Nassau fut le
héros.

XVII

Paris, 27 mai 1859.

Mon cher Panizzi,

Rien de nouveau du théâtre de la guerre, si ce n'est les progrès de Garibaldi, qui commence à courir les environs de Varèse. J'envie les émotions pittoresques de ce gaillard-là.

Tous les rapports sur le combat de Montebello rendent hommage à la bravoure de nos gens, qui se sont battus un contre trois et ont pris un village fortifié! Mais l'empereur est furieux contre un de ses généraux qui a oublié le premier principe de la guerre, lequel est de marcher au canon. Il y avait, à neuf kilomètres de Montebello, quatre mille chevaux français qui n'ont pas bougé. Nul ordre n'est venu. S'ils fussent arrivés à la fin de l'affaire, ils auraient ramassé peut-être tout le corps du comte de Stadon. Au reste, la division du général Forey était la moins bonne de toutes; de plus, elle avait détaché ses grenadiers et ses

voltigeurs. Ce sera une autre affaire quand les
Africains et la garde s'en mêleront.

L'esprit public est ici toujours bon. Les salons
même sont convenables. Beaucoup de jeunes
gens riches sont à l'armée, et les légitimistes
disent que, quoi qu'il arrive, il faut défendre le
drapeau.

Je ne sais rien de la Prusse, sinon que la fureur des *Franzôsenfresser* y est très grande.
Le gouvernement semble plus raisonnable ; mais
ne sera-t-il pas entraîné? Un Russe, M. de Tourgueneff, que je vous ai présenté; l'année passée, à
ce fameux banquet, arrive de Moscou. Il dit que
les Allemands veulent avaler d'une bouchée la
France et la Russie à la fois. Ils nous demandent l'Alsace, et aux Russes la Courlande et la
Livonie. Tourgueneff dit que tout le monde chez
lui est sympathique à la cause italienne, et
que toute l'armée brûle de se battre contre les
Autrichiens.

Que fait-on chez vous ? Lord Palmerston va-
t-il revenir? Je ne pense pas que nous y ga-
gnions beaucoup, mais nous n'y perdrons certainement pas.

Adieu, mon cher Panizzi. Miss Lagden et mistress Ewers, que j'ai vues aujourd'hui, se rappellent à votre bon souvenir.

XVIII

Paris, 9 juin 1859.

Mon cher Panizzi,

Le maréchal Vaillant, major général de l'armée, se venge, je crois, de son successeur en lui
faisant des niches. On n'a pas encore le bulletin
officiel de la bataille de Magenta, bien qu'on ait
reçu beaucoup de lettres et les rapports de tous
les chefs de corps. Cela fait très mauvais effet.
Les Autrichiens nous ont attaqués avec la plus
grande partie de l'armée de Giulay, plus un corps
détaché de Vérone sous Clam-Gallas. Le ministre
de la guerre atteste que nous n'avons pas plus
de trois mille hommes mis hors de combat, dont
environ deux cent cinquante manquants qu'on
suppose prisonniers. Nos gens se jettent en avant
comme des fous, à la baïonnette, et on vient de
faire un ordre du jour pour leur rappeler qu'ils

ont des armes à feu pour s'en servir. La grande
disproportion des pertes entre les deux armées
tient à notre nouvelle artillerie, qui foudroie les
secondes lignes formées en colonnes, tandis
qu'ils ne peuvent atteindre que notre première
ligne. On nous dit que les Kabyles des tirailleurs
d'Afrique ont été admirables. Leur colonel leur a
persuadé que les Autrichiens étaient tous des
juifs, et il ne se trompait peut-être pas beaucoup.
L'empereur s'est fort exposé. Maintenant que c'est
fini, c'est très bien ; mais il ne faudrait pas qu'il
en prît l'habitude. La veille de la bataille, il avait
menacé le roi de le mettre aux arrêts s'il conti-
nuait à faire le hussard.

Ellice m'écrit que probablement le parti libéral
l'emportera et que lord Palmerston sera ministre
des affaires étrangères, mais que l'Angleterre n'en
sera ni plus ni moins impartiale et neutre ; qu'au
contraire, lord Palmerston étant suspect à la
nation de partialité pour l'indépendance de l'Italie, il serait peut-être forcé d'en faire moins que
lord Derby lui-même. Je ne suis pas du tout de
cet avis. Je suis convaincu qu'il est très important que, tout en restant neutre, le gouverne-

ment anglais se montre sympathique aux alliés.
Il empêchera l'excès de zèle des subalternes qui
se font Autrichiens pour plaire aux ministres.
Par exemple, lors du débarquement de nos
troupes à Gênes, un vaisseau de guerre anglais
s'est allé mettre dans le port à une place qui ne
lui était pas assignée et où il gênait le débarquement. On a fait des excuses de cette taquinerie ;
mais il pourrait se trouver telle circonstance où
une insolence semblable amenât des complications très fâcheuses.

On s'attend qu'il y aura sous peu une explosion
en Hongrie. Je ne sais si ce sera bon ou mauvais.
Comme il est évident que nous ne pouvons redres-
ser tous les torts, je ne sais s'il ne vaudrait pas
mieux que les Magyares restassent tranquilles. Il
est à craindre même qu'un mouvement de ce côté
ne fasse peur à la Russie et ne diminue sa bonne
volonté, qui nous serait bien nécessaire en cas de
guerre générale.

Je suis bien fâché de ce que vous me dites
de ***. Mais quelle est sa maladie? Je le croyais
seulement plus vicieux qu'il n'appartient à un
homme de son âge et de sa carrure. On m'a même

montré son vice à Florence, et il m'a semblé qu'il aurait besoin d'un adjoint.

Au sujet de ce que vous me dites de notre ambassadeur, tenez compte de sa vivacité et de son opinion particulière. Cette opinion est, d'ailleurs, celle de bien des gens qui entourent l'empereur, mais je ne crois pas que ce soit celle de l'empereur lui-même. Au reste, voyez ce qui se passe: Jusqu'à présent, il suit son programme. Je crains que, après la première ivresse de la délivrance, les Milanais ne fassent des bêtises. Est-il vrai qu'on en fait à Florence et que les rouges y prennent le dessus? S'ils réussissaient, ils gâcheraient toute la besogne.

Adieu, mon cher Panizzi ; je vous remercie et vous serre la main. Quand vous n'aurez rien à faire, je me recommande à vous et à votre encrier.

XIX

Paris, 30 juin 1859.

Mon cher Panizzi,

Vous me demandez une lettre sur la politique,

mais ce n'est pas chose facile. En ce qui nous
concerne, l'opinion du peuple est excellente.
Jamais le gouvernement n'a été plus facile. Les
républicains sont convertis pour la plupart; mais
les salons, les belles dames et les beaux messieurs sont toujours fort mauvais. Ils tuent, à chaque bataille, un grand nombre de généraux qui se
portent bien, ils annoncent des malheurs à venir
qui, grâce à Dieu, ne se réalisent pas, etc., etc.
Les dévots, de leur côté, se remuent et déclament
contre une guerre impie. Le peuple ne leur en
sait aucun gré. L'évêque d'Orléans, M. Dupan-
loup, est malade et prend des bains ou du lait
en Suisse. Les paysans de son diocèse disent et
croient qu'il s'est sauvé en Autriche, et qu'il a
porté à l'empereur François-Joseph cent cinquante mille francs que l'empereur Napoléon lui
avait donnés pour le rétablissement de la flèche
de sa cathédrale.

Il me semble que nous nous y prenons mal
avec la cour de Rome. Nous avons un général
dévot et un ambassadeur qui croit que la religion
est bien portée. Ni l'un ni l'autre ne sont propres à traiter avec un coquin tel que le cardinal

Antonelli. Il faudrait envoyer un Corse ; vous savez que Sénèque les accuse de *negare deos*. Jamais un Italien ne dira à un de ses compatriotes les bêtises et les lieux communs sur la religion, auxquels un Français voltairien se laissera toujours prendre. Mon procédé avec le Saint-Siège consisterait à dire : « Si Votre Sainteté ne nous seconde pas, je la plante là et je la laisse assassiner par ses sujets, quitte à la venger après et à la canoniser. D'ailleurs, je ne lui demande que de ne pas gêner le mouvement italien et de ne jamais recevoir le ministre d'Autriche en audience particulière. »

Les préparatifs de la Prusse préoccupent toujours beaucoup les salons. Les militaires disent que les Prussiens n'ont à nous envoyer qu'une espèce de garde nationale bien inférieure aux Autrichiens. Quant à la Confédération, ils en font encore moins de cas. Vous aurez lu la lettre de M. de Beust, en réponse à la circulaire de Gortchakoff. Elle est spirituelle. Cela me semble une lettre de femme du monde insolente. Pour que la Saxe se permette ainsi l'abus de l'épigramme, il faut qu'elle sache la Russie bien hors

d'état d'agir. Sur ce point, je n'ai aucune donnée.
Je sais seulement que les Russes se montrent très
irrités. Je crois leurs finances en mauvais état, et,
pour qu'ils prissent part à la lutte, il faudrait que
l'embrasement devînt général.

Il y a beaucoup de déserteurs parmi les Autrichiens, non seulement en Italie, mais aussi sur les
bords du Rhin, où ils ont des garnisons, dans des
forteresses fédérales. Ce sont des Lombards et
des Hongrois. Plusieurs de ces gens disent que
le peuple autrichien pur sang est las de la guerre
et du gouvernement. Ils annoncent qu'une révolution est imminente en Autriche. J'attacherais
très peu d'importance aux propos de pareils
hommes, si quelques républicains d'ici, à portée
de savoir ce qui se passe dans les sociétés secrètes de l'Allemagne, ne disaient la même chose.
Un d'eux m'a offert de parier qu'avant un mois
il y aurait un mouvement à Vienne. Il est certain
qu'en Prusse et dans toute la Confédération, il y a
beaucoup de *rouges*. L'idée d'armer dans ce mo-
ment-ci la landwher plaît beaucoup à ces messieurs,
qui espèrent qu'elle se comporterait aussi spirituellement que la garde nationale à Paris en 1848.

Je n'entends rien à la stratégie; mais toutes les lettres qui arrivent de l'armée sont pleines d'éloges pour la façon dont l'empereur mène les choses. Généraux et soldats sont pleins de confiance en lui. Le mal, c'est qu'il s'expose beaucoup trop. Il était à Magenta et à Solferino entouré de ses cent-gardes, dont la taille et l'uniforme le montrent d'une lieue. On lui a fait toutes les représentations possibles qui ont produit le même effet que si l'on eût parlé à une statue. On s'attend à une attaque prochaine contre Venise. Je doute qu'on puisse forcer les passes; mais les bateaux cuirassés raseront les forts du Lido et de Malamocco. Je ne sais si cela suffira pour faire déguerpir les Autrichiens. Les niais, qui ont quelquefois des idées pas trop mauvaises, disent qu'il y aura un arrangement personnel entre les deux empereurs, et que celui d'Autriche, pour passer sa mauvaise humeur, insolentera la Prusse et se dédommagera de ses pertes aux dépens des petits princes allemands. Ce serait assez drôle.

Je ne crois pas du tout à ces projets belges dont vous me parlez. Nous n'avons pas besoin de nous agrandir, et nous sommes assez forts pour être déjà trop enviés. Si, comme je l'espère, nous parvenons à délivrer l'Italie et à lui donner des gouvernements nationaux, nous pourrons rentrer chez nous avec la satisfaction de gens qui ont bien travaillé. Le diable, c'est l'organisation de la fédération italienne. Qui aura les Légations? qui la Vénétie? Mais ne vendons pas la peau de l'ours. En attendant, on envoie en Italie une si grande quantité d'énormes bombes, que j'ai bien peur qu'on ne mette en cannelle l'église de Saint-Zénon et les tombeaux de Scaliger. Pourvu que ces animaux d'Autrichiens ne s'avisent pas de tenir dans Venise après la prise des forts. Je crois que le palais des doges ne résisterait pas à trois coups de canon. Et le manuscrit de Saint-Marc!

Il paraît que le prince Albert est Autrichien en diable. Croyez-vous que cela fasse quelque chose à l'opinion des Anglais? Voilà le *Times* plus qu'à demi converti.

Adieu, mon cher Panizzi; mille compliments et amitiés dévouées.

XX

Paris, 12 juillet 1859.

Mon cher Panizzi,

Comprenez-vous quelque chose à ce qui se
passe? Ici, le peuple n'a pas trop bien accueilli
la paix. Il aime la guerre, il voulait achever l'ennemi. Le bourgeois, au contraire, est dans le
ravissement. Il est certain que personne ne sait
ce que veulent dire les bases du traité. Si la Vénétie reste avec le gouvernement autrichien *actuel*, la guerre n'a pas produit un grand résultat,
puisque, l'Autriche étant admise dans la confédération italienne, on lui donne le droit de s'in-
gérer dans les affaires de la Péninsule, c'est-à-
dire qu'on lui reconnaît ses prétentions d'avant
la guerre. Un homme très avant dans la confiance
du prince Jérôme m'assure que la Vénétie aura un
gouvernement *séparé* et une constitution appro-
chant de celle du Piémont.

Autre énigme : Qu'est-ce qu'un président ho-
noraire? Ordinairement une vieille bête qui n'est

propre à rien et à qui on donne un hochet. Cela
veut-il dire que le pape sera rogné dans son temporel? J'ai par devers moi des motifs de le croire.
Puis que fera-t-on de tous ces princes mis à la
porte par leurs sujets, ou fuyant leurs sujets? Il
est évident que *nous* ne les remettrons pas en
possession, ni que nous ne laisserons pas l'Autriche les ramener. Alors que deviendra votre
légitime souverain et celui de Salvagnoli [1]? Mon
homme me dit que c'est l'affaire du congrès : que
les deux empereurs n'ont pas voulu s'occuper
d'une affaire qui ne les concerne pas personnellement.

Expliquez-moi encore l'article du *Times* de
lundi. Comme je ne crois pas à la double vue, je
suppose qu'il y a eu une communication de M. de
Persigny à lord John, et de lord John au *Times*.
Quid dicis? Voici, en deux mots, le résumé des
lettres que j'ai vues après Solferino. Grande ardeur chez nous; grand découragement parmi les
Autrichiens. Très peu d'enthousiasme parmi les
Lombards, encore moins dans les duchés. Les

---

1. Le duc de Modène.

Piémontais assez mal vus à Milan ; les Français mécontents de la tiédeur des Italiens, et encore plus de payer tout au poids de l'or. Les officiers d'artillerie répondaient de prendre Peschiera en huit jours et Mantoue en quinze avec leurs canons rayés.

L'empereur d'Autriche a dit à Fleury qu'ils avaient perdu quarante mille hommes à Solferino. A Vienne, le mécontentement est si grand, que l'empereur, parti pour s'y rendre, a dû rebrousser chemin. On dit que la vue du champ de bataille de Solferino a beaucoup frappé l'empereur (le nôtre), et qu'il a laissé voir qu'il ne voulait plus de la guerre. Un autre motif qui a pu le déterminer, c'est la probabilité d'une révolution en Autriche, révolution rouge, hongroise, bohême, croate.

Nos dévots sont montés sur leurs ergots et commencent à donner de l'inquiétude. Ils se démènent comme des diables dans des bénitiers et disent aux paysans qu'on fait la guerre à l'Église. J'ai toujours dit qu'il fallait envoyer à Rome un ambassadeur corse qui dît à Antonelli, avec l'éloquence particulière à ces insulaires, qu'il ait à

choisir entre trois *S*. Savez-vous ce que cela veut
dire à Sartène ? *Stiletto, schiopetto, strada.*

Adieu, mon cher Panizzi. Je n'ai eu aucun ami
tué ; mais un pauvre diable de domestique, que la
conscription m'avait enlevé, a reçu à Solferino
une balle dans la jambe. Contez-moi ce qu'on dit
en Angleterre et ce que vous voulez faire cet été
pendant vos vacances.

XXI

Paris, 15 juillet 1859.

Mon cher Panizzi,

Tout est encore obscur dans cette grande affaire et le demeurera quelque temps encore,
selon toute apparence. Il y a bien des choses fâcheuses dans ce qu'on sait du traité ; mais ce
n'est pas une raison pour jeter le manche après
la cognée, et ne pas chercher à tirer parti de ce
qu'il y a de bon.

Il est très difficile de concevoir quels ont été
les motifs de l'empereur pour terminer si vite et

de cette façon. Voici ce que j'ai appris, mais ce
ne sont que des conjectures.

En premier lieu, la vue des champs de bataille,
et surtout celui de Solferino, lui a laissé une impression si pénible, que l'idée de prolonger la
guerre lui est apparue comme une espèce de
crime. Ceux qui ont vu l'empereur de près,
croient que cette considération n'est pas la
moins puissante. Puis l'attitude de l'Allemagne.
La proclamation de l'empereur à l'armée semble
indiquer qu'il regardait la prolongation de la lutte
en Italie comme devant amener la guerre sur le
Rhin. La Russie nous aurait-elle aidés ? Cela est
fort douteux. On ne peut même savoir si elle est
en état de le faire, et, à ne considérer la question
qu'au point de vue de ses avantages matériels, il
faut avouer qu'elle n'aurait pas eu un gain pro-
portionné à sa mise au jeu.

Quant à l'enthousiasme des Italiens, voici
des faits : il a fallu des efforts surnaturels pour
mettre en mouvement le corps toscan. A Milan,
depuis la bataille de Magenta, il n'y a eu que
deux cents engagements. Le soir de la bataille
de Solferino, il y a eu une panique causée par

une centaine de cavaliers autrichiens séparés de
leur gros, et qui sont tombés, par hasard, au milieu d'une colonne de blessés et de bagages. Cela
n'a duré qu'un quart d'heure; mais déjà les villages sur nos derrières étaient pavoisés de drapeaux
autrichiens. Tout cela a mécontenté l'empereur,
ainsi que l'armée, et lui a ôté l'espoir d'un concours énergique, comme celui des Espagnols en
1809.

Le grand mouvement des dévots ici, et surtout dans l'ouest, a donné de véritables inquiétudes, ainsi que la prépotence de M. de Cavour,
qui se montrait trop disposé à tout avaler.

Je ne crois pas un mot de l'alliance des trois
empereurs, encore moins des intentions de l'empereur Napoléon, contre l'Angleterre. La seule
chose qui me paraît probable, c'est que, si la
question d'Orient se précipite d'ici à quelques
mois, la France ne donnera son concours qu'à
bon escient, et probablement à des conditions
avantageuses pour elle. Tenez pour certain qu'on
ne fera rien contre la Prusse, et qu'on ne lui fera
même pas l'honneur de lui demander pourquoi
elle a convoqué la landwehr. On attend ici l'em-

pereur, lundi où mardi, et on est inquiet de le
savoir parmi des gens fort peu contents.

Je vais vous dire mes projets. Je resterai à
Paris ou aux environs jusqu'au commencement
de septembre, puis j'irai en Espagne. Vous devriez venir avec moi. Nous commencerions par
visiter Bordeaux et par y goûter le vin du cru.
Vous y feriez votre provision. Puis nous irions
ensemble à Madrid. Vous verriez les bibliothèques. Nous irions à Tolède, où il y a aussi de
belles choses, et je vous reconduirais jusqu'au
delà des Pyrénées, en octobre.

Adieu, mon cher Panizzi. Jusqu'à preuve du
contraire, je ne crois ni à la guerre contre vous,
ni à la domination du pape, qui, par parenthèse,
ne veut pas de la présidence.

XXII

Paris, 20 juillet 1859.

Mon cher Panizzi,

Je reviens de Saint-Cloud. Nous avons été reçus en corps, c'est-à-dire sénateurs, députés et

conseillers d'état, cent cinquante à peu près. Trente-cinq degrés au-dessus de zéro, qui bientôt se sont doublés je crois par les bougies.

Vous verrez les discours dans le *Moniteur*. Celui de l'empereur, dit avec un ton de grande franchise, a fait bon effet. Les raisons stratégiques ne peuvent être comprises que par de grands capitaines tels que Thiers ou Cousin. Les raisons politiques sont contestables, mais fort graves cependant. Je ne crois pas les Prussiens capables de passer le Rhin et de venir goûter de la mauvaise humeur de deux cent mille hommes et faire l'étrenne de quatre cents canons rayés qui les attendaient.

La révolution me touche beaucoup plus. La Hongrie et la Bohême ne tenaient plus qu'à un fil, et les Polonais, qui sont en possession de gâter tout, pour se venger de l'indifférence de l'Europe, avaient pris une attitude qui devait nous priver de tout appui du côté de la Russie, et peut-être même l'obliger à se déclarer contre nous.

Je crois, tout considéré, que l'entreprise était au-dessus de nos forces. Il aurait fallu la faire avec le concours de l'Angleterre, comme l'expédition

.de Crimée. Peut-être la chose était-elle possible avec les *whigs;* elle était impossible avec les *tories,* et. difficile de toute façon avec un prince allemand, et un pays où l'on a peu de sympathie pour les étrangers et où le patriotisme est un peu beaucoup égoïste. .

. Nos gens reviennent furieux contre les Italiens. Ils disent que le peuple est tout à fait *autrichien.* Le fait est que nous avions toutes les peines du monde à être renseignés sur les mouvements de l'ennemi, tandis qu'il était très bien servi par les paysans. Il est très vrai que l'aristocratie a montré du dévouement et du patriotisme; mais c'est un infiniment petit. J'ai une théorie : c'est que, pour qu'un peuple s'insurge, il faut qu'il n'ait pas l'habitude de coucher dans un lit. Voyez les Espagnols. Si la guerre se fût faite en Espagne, nous aurions eu en un mois cinq cent mille recrues. Les Lombards sont trop civilisés, et, de plus, tant d'années de paix les ont rendus apathiques. ƚ

Un grand malheur a été d'avoir à Rome un niais. Il fallait un Corse ne croyant pas à Dieu, qui effrayât Antonelli, qui embobelinât le pape et qui, *per fas et nefas,* l'obligeât à se prononcer: Le second malheur a été de donner le commandement de la flotte à un homme prudent, excellent officier, qui n'a été prêt à attaquer Venise que lorsqu'il n'était plus temps. Si l'on avait mis là l'amiral Penaud ou quelque autre casse-cou, il aurait rasé les forts du Lido et de Malamocco ; et je ne doute pas que, même sans troupes de débarquement, il n'eût pris Venise, ce qui aurait bien changé les choses.

Maintenant il est évident que Mazzini a beau jeu. Toutes les boutiques de libraires à Milan exposent le portrait d'Orsini ; on en fait de même à Turin. Je trouve cela bête et dangereux. De l'ordre, au nom de Dieu, de l'ordre, ou tout est perdu !

Adieu, mon cher Panizzi ; mille amitiés et compliments.

XXIII

Paris, 25 juillet 1859.

Mon cher Panizzi,

Notre saint-père devient coulant, à ce qu'on assure, mais je n'en crois rien. Jamais on n'a le

dernier avec un prêtre, on n'en vient à bout que
par le silence et la famine. Cela me fait bien regretter le succès de la Saint-Barthélemy et l'ab-
juration de Henri IV. La machine est bien vieille,
mais toujours puissante, et l'incrédulité même de
ce temps-ci lui assure une grande durée, car que
mettre à la place?

Je pourrais vous accabler sous le poids de
centaines d'anecdotes sur le peu de sympathie
que nous avons trouvé en Italie parmi le peuple.
Je vous en fais grâce. Comment en serait-il autrement dans un pays gouverné comme il l'a été?
Je me rappelle encore mon étonnement, la première fois que je suis allé en Espagne, de voir
comment le gouvernement de ce grand prince
Ferdinand VII traitait les paysans et les grands
seigneurs. Les paysans l'adoraient et les autres
le détestaient. Chacun avait raison. La canaille
était ménagée et encouragée dans ses mauvais
instincts, tandis que tout homme ayant un habit
noir était suspect et embêté de toutes les manières.

Adieu, mon cher Panizzi. Il n'y a plus un chat
à Paris. On y brûlait hier. Aujourd'hui, un grand
orage nous a un peu rafraîchis.

XXIV

Paris, 12 août 1859.

Mon cher ami,

Vous me paraissez amusant avec vos Autrichiens habillés en Modenais. Sachez que la chose
ne se fait pas si facilement : c'est l'habit qui fait
le moine, et les soldats de tous les pays du
monde n'aiment pas à changer de costume, sa-
chant bien qu'en se travestissant, ils perdent cent
pour cent de leur mérite. Puis la réunion d'un
corps de troupes modenaises, ou soi-disant telles, amènerait des notes diplomatiques ; puis rien
n'empêcherait qu'on n'habillât des zouaves en
gardes nationaux; puis, enfin, jamais cela ne
s'est fait. Les Autrichiens sont convaincus, et,
il faut bien le dire, on craint beaucoup ici que
les duchés et les légations, abandonnés à eux-
mêmes, ne fassent des sottises et que la réaction
ne soit la conséquence forcée de l'anarchie. Je
suis bien convaincu que, si les populations sont
sages et que les Chambres ne fassent pas trop de

bruit, personne ne se mêlera de vos affaires.
Cela n'empêche pas sans doute d'acheter des fusils et d'apprendre l'exercice. Faites comme disait Cromwell : *Trust in God and keep your
powder dry.*

Il me semble que ne pas se mêler des ar-
rangements est, de la part de l'Angleterre, une
grande bêtise. Que risque-t-elle en s'en mêlant ?
De s'attirer la mauvaise humeur de l'Autriche.
Mais elle jouit déjà de toute sa haine ! Il ne paraît pas que le resserrement des nœuds de l'alliance anglo-française soit la grande préoccupation du moment, et, d'ailleurs, supposé que la
France vit avec peine l'Angleterre se mêler
de la question italienne, elle n'aurait pas le
mot à dire, puisque l'Angleterre viendrait os-
tensiblement la seconder. Il est vrai que le résultat serait que, nous autres Français, nous aurions tiré les marrons du feu, et que, si le nord de
l'Italie était annexé au Piémont et qu'il devînt
une puissance importante, au lieu d'un allié, nous
aurions bientôt un rival.

Je joue les cartes de l'Angleterre en ce moment :
si elle s'abstient, elle se donne aux yeux de l'Eu-

rope les airs d'une puissance de second ordre et
perd toute influence en Italie. Comme je suis persuadé que lord Palmerston a trop d'esprit pour se
résigner à un rôle de spectateur, je ne doute pas
qu'il n'y ait un congrès, et que ce congrès ne
tourne, quoi qu'il arrive, au profit de l'Italie. Si
vous pouviez envoyer le choléra au pape, vous
nous tireriez une grosse épine du pied. Vous ne
sauriez croire les criailleries des dévots, trop
puissants malheureusement en ce pays.

Que faut-il penser de ce qui se passe dans
l'Inde? Il me semble qu'il y a beaucoup de gâchis
et qu'on y fait d'assez mauvaise besogne. Si l'ordre ne se rétablit pas vite, l'incendie pourrait bien
se rallumer.

Avez-vous des nouvelles de Salvagnoli? On me
dit qu'il est ministre des cultes. Je fais le projet
de lui écrire depuis huit jours pour lui demander
un évêché ou tout au moins un bon canonicat à
Florence. Le Ricasoli, qui est président du conseil,
est-il celui qui nous accompagnait dans nos courses nocturnes le long de l'Arno?

Adieu, mon cher Panizzi; faites-moi part de
vos projets; quant à moi, je n'en ai presque plus :

car on me dit que probablement madame de
Montijo viendra ici, ce qui renverserait mon
voyage en Espagne.

XXV

Cannes, 16 décembre 1859.

Mon cher Panizzi,

Il y a un siècle que je n'ai de vos nouvelles.
Depuis que nous ne nous sommes vus, j'ai fait
beaucoup de chemin. Je suis allé d'abord à Madrid, où il faisait un froid de chien. Puis, de là, en
droite ligne à Compiègne, où il faisait encore plus
froid, mais où du moins on avait du feu et des
cheminées.

Le *maître de la maison*, qui en fait très bien
les honneurs et avec qui l'on cause *de rebus
omnibus et quibusdam aliis*, n'est pas malheureusement très facile à deviner. Je lui ai parlé
de vous et du désir que vous aviez de lui dire ce
que vous aviez vu *des yeux de la tête*, pour parler
comme son oncle. Il a répondu qu'il aurait été
charmé de causer avec vous.

Il me serait impossible.de vous citer un mot ou un fait qui prouve de sa part une disposition pour ou contre la restauration des princes ; mais mon impression personnelle est qu'il s'en soucie très peu au fond ; que sa seule préoccupation est de conserver l'équilibre entre deux réputations auxquelles-il prétend également : celle d'observateur des anciens traités, et celle de protecteur du libre arbitre des peuples en matière de gouvernement. Je suppose donc qu'il y aura dans le congrès une grande conformité de vues entre la France et l'Angleterre.

Lord Brougham, qui est ici, et qui, par parenthèse, me paraît bien vieilli, me dit que la nomination de lord Woodhouse comme second plénipotentiaire est excellente pour l'Italie. Le comte Walewski sera l'un des nôtres. Je ne sais qui sera le second. Walewski est fort porté vers le grand-duc de Toscane ; mais, bien entendu, il ne fera et ne dira que ce que le maître voudra.

J'ai laissé l'Espagne dans un paroxysme de fureur contre l'Angleterre et contre ses ministres, qui venaient de faire les plus grandes platitudes en réponse aux impertinences de lord John Russell.

O'Donnell, pour singer l'empereur Napoléon III, voulait à toute force avoir une guerre. Dès que les Anglais ont parlé, il s'est imaginé qu'ils pourraient et oseraient l'empêcher de passer le détroit, et il s'est empressé de faire toutes les concessions qu'on lui demandait, même celles qu'on ne lui demandait pas. Tout le monde s'en est indigné, et je crois qu'il aura bien de la peine à conserver son portefeuille, à moins que la guerre ne tourne si bien, qu'à son retour d'Afrique, il n'ait plus comme Scipion qu'à monter au Capitole pour rendre grâces aux dieux.

Vous aurez appris la mort de ce pauvre Charles Lenormant. Il était allé en Grèce avec son fils. Peu de jours avant de quitter Athènes pour revenir en France, le roi Othon a mis à sa disposition un petit cutter dont il a voulu profiter pour faire une excursion dans le Péloponèse avant le départ du bateau à vapeur. A Épidaure, ils ont été pris par le mauvais temps et mouillés jusqu'aux os. Lenormant a traversé un marais ayant de l'eau jusqu'aux genoux et sans moyens de se sécher ni de changer. La fièvre l'a pris et, le mauvais temps continuant, il a fallu essayer de gagner

Athènes par terre. Dans ce trajet, sans médecin, sans lit, sans couverture, il a épuisé le peu de forces qui lui restaient et il est mort deux jours après être arrivé. Probablement que, avec un peu plus de précautions et un manteau de caoutchouc, il serait encore de ce monde.

Adieu, mon cher Panizzi ; soignez-vous et pensez quelquefois à moi.

XXVI

Cannes, 26 décembre 1859.

Mon cher Panizzi,

On épilogue beaucoup à Paris sur cette espèce de condamnation portée contre les Romains, condamnés à perpétuité à être les domestiques du pape.

Primo, je dirai qu'il arrive continuellement à la guerre qu'on sacrifie un régiment pour gagner une bataille, sans qu'on en fasse un crime au général.

Secundo, quand les États du saint-père ne s'étendront pas plus loin que la banlieue, les Romains, s'il en est qui aient des aspirations politi-

I. 5

ques, pourront se trouver dans un pays constitutionnel, en prenant un corricolo. En un mot, ces
lamentations qu'on fait à présent sont semblables
aux déclamations de ceux qui accusent la société, parce qu'elle condamne certains bipèdes
à être vidangeurs.

Le passage le plus sujet à contestation est celui où l'on établit que vous et moi devons donner tant par an à notre saint-père le pape. A mon
avis, on devrait nous laisser aux impulsions de
notre générosité naturelle. Nous ne manquerions
pas de proportionner nos largesses aux avantages
que nous retirons de l'Église catholique et romaine. Après tout, je crois que j'avais bien jugé
la figure du sphinx. Si les puissances hérétiques
ne se montrent pas plus zélées pour l'Église que
les catholiques, la question sera bientôt décidée.

Je suis venu ici pour chercher le beau temps;
mais je ne sais où on peut le trouver. Nous avons
eu de la gelée pendant trois jours, chose inconnue depuis vingt ans dans ce pays. Les orangers
ont souffert. Nos jasmins et nos géraniums, que
nous cultivons ici dans de grands champs, comme
les navets en Angleterre, ont été fricassés. Tout

cela ne nous a pas empêchés de faire de grandes promenades avec un beau soleil, quelquefois trop chaud, de deux heures à quatre. Miss Lagden dit qu'elle voudrait beaucoup vous avoir ici pour vous faire grimper nos montagnes. Elle se chargerait de vous rendre la taille que vous aviez à vingt ans, après un mois d'entraînement. Si nous avions ici une cuisine digne de vous, je vous engagerais sérieusement à suivre son conseil; mais, excepté le mouton, qui est excellent, nous sommes dans le désert.

Notre petite colonie anglaise s'est enrichie, il y a peu de jours, du marquis de Conyngham, et d'une fille à lui fort peu jolie, mais très grande. Nous avons en revanche des Russes assez aimables. Quant aux natifs, ils nous sont absolument inconnus. Notre vie se passe à courir les montagnes. Je n'ai plus du tout de maux d'estomac, et plus je vais, plus je suis persuadé que le soleil est un élément nécessaire à mon existence.

Je ne sais rien de l'affaire Libri, que ce que vous savez déjà sans doute : que le garde des sceaux a chargé un magistrat d'étudier l'affaire, et d'en faire un rapport d'après lequel on abandonnerait

l'accusation, le contumax se représentant. M. Libri consentait à cet arrangement. Malheureusement, avant de quitter Paris, j'ai vu ce magistrat,
qui s'appelle Barbier. Il m'a paru le vrai portrait, pour la lenteur, du barbier de Martial, qui
travaillait avec tant de dextérité, que la barbe
avait le temps, de pousser sur la joue qu'il venait
de raser, pendant qu'il rasait l'autre joue. Cependant cela ne peut durer éternellement et son ministre a promis de lui enjoindre la diligence.

Adieu, mon cher Panizzi; je pense être à Paris
au commencement de mars, pour notre session.

XXVII

Cannes, 10 janvier 1860.

Mon cher Panizzi,

Je ne comprends pas grand'chose à la retraite,
plus ou moins volontaire, de Walewski. Elle ne
m'a pas trop surpris cependant. Il y avait longtemps qu'il cherchait à laisser son portefeuille.
mais avec l'intention de prendre celui de M. Fould,
qui n'avait aucune envie de le lâcher. Vous sen-

tez bien qu'avec deux personnes à mains ouvertes
telles que l'empereur et l'impératrice, il faut un
trésorier qui entende les affaires, et, avec Walewski, l'empereur aurait été en banqueroute
avant peu.

Je suppose que Walewski, qui n'est pas très
fort, et qui a affaire à un homme qui ne s'explique guère, a cru qu'il pouvait donner cours à ses
sentiments catholiques et légitimistes. Il a été
longtemps en Toscane, sa femme est de Florence,
et il était personnellement attaché au grand-duc.
Très probablement, il aura promis plus qu'il
ne pouvait tenir, et aura fini par se compromettre. Voilà ma version, que je vous donne pour
ce qu'elle vaut. Au reste, il me semble que le
sens politique de la chose, si elle en a un, est
plutôt favorable qu'autrement aux Italiens. Thouvenel est un homme beaucoup plus libéral dans
ses vues et bien autrement énergique. D'ailleurs,
vous savez que *il tempo è galant'uomo*. Attendre
que le repentir vienne saisir les Romagnols et les
Toscans est une bonne chose, et j'aime mieux
cela que de payer le pape pour l'indemniser de
la privation des saucissons de Bologne. Lorsqu'il

en viendra à demander ce qu'on lui a offert, on aura le droit de lui répondre, comme dans l'épigramme que vous m'avez dite : *È troppo tardi.*

Les dévots en France se remuent de tête et de queue. C'est une rage et un désespoir qui sont bien amusants. Leur illusion sur les véritables idées du pays est ce qu'il y a de plus étrange et de plus ridicule. A force de se démener, ils feront ouvrir les yeux aux aveugles, et il suffira de souffler sur eux pour les faire disparaître. Avez-vous lu le pamphlet de l'évêque d'Orléans qui veut rentrer dans les catacombes? Ce qu'il y a de plus triste, c'est de voir que les orléanistes qui, pendant dix-huit ans, ont prêché pour la liberté de conscience, font chorus maintenant avec les sacristains de paroisse, disant que tout est perdu, que l'Église est violentée, etc.

L'Académie française, poussée par le philosophe Cousin et quelques autres bonnes têtes, va nommer l'abbé Lacordaire pour remplacer Tocqueville. N'est-ce pas bien édifiant, et cela ne donne-t-il pas une belle idée de leur logique et de leur bon sens!

Adieu, mon cher Panizzi ; on me charge de mille compliments pour vous.

XXVIII

Cannes, 29 janvier 1860.

Mon cher Panizzi,

J'ai lu la brochure de Villemain et j'en pense ce que vous en pensez. Il a été vigoureusement étrillé par le *Times* et par le *Daily News*, et il le mérite bien. Aujourd'hui, pour comble de disgrâce, on lui-adresse des compliments dans le *Journal de Rome*. A Paris, son pamphlet a fait fiasco. Il y a je ne sais combien d'années, le même Villemain, alors persécuté par les jésuites, les menaçait d'une *Histoire de Grégoire VII*, laquelle est restée manuscrite. Quelqu'un qui la lui volerait et l'imprimerait à présent, lui jouerait un bon tour. Il est incroyable combien les passions politiques rendent bêtes les gens d'esprit. Ce que je crains, ce sont les arguments pointus comme ceux de Jacques Clément, dans lesquels l'Église catholique a toujours excellé.

On m'écrit de Paris qu'il est sérieusement ques-

tion d'une invasion des Napolitains en Romagne.
Y croyez-vous? Ne serait-ce pas le signal d'une
révolution à Naples?

Bien que le pape ne m'ait pas encore excom-
munié, j'attribue à sa colère un rhumatisme à la
hanche qui me fait souffrir depuis trois jours. Je
puis marcher, et même assez loin, sans sentir de
douleurs. Elles deviennent très vives du moment
que je suis assis. Je dîne à la manière des Grecs,
couché sur un canapé, ce qui n'est pas commode
pour manger du macaroni. Grâce au voisinage,
nous avons ici du parmesan très bon.

Lord Brougham nous a quittés pour aller débi-
ter son speech dans la Chambre des lords. Je
n'aurais pas fait trois cents lieues pour l'entendre ni pour le prononcer. Quelle activité pour
un jeune homme de quatre-vingt-deux ans ! Nous
n'avons pas ici trop beau temps, mais nous nous
consolons en lisant, dans le journal, le temps que
vous avez à Londres. On nous parle d'un brouil-
lard prodigieux. Ici, nous nous plaignons lorsque
nous n'avons pas quinze degrés Réaumur.

Adieu, mon cher Panizzi ; que l'*immacolata
Vergine* vous ait en sa sainte garde !

XXIX

Cannes, 17 février 1860.

Mon cher Panizzi,

C'est un drôle de temps que celui où nous vivons. Il y a tous les jours quelque petite surprise ménagée aux oisifs. Que dites-vous du confrère qu'on m'a donné à l'Académie française? Cousin a dit : « Je vote pour saint Pie IX. » Thiers, Guizot, tous les burgraves ont voté pour Lacordaire, se figurant que c'était une protestation bien capable de contre-balancer la bataille de Solferino. Comment les orléanistes sont-ils si bêtes? Nous les avons connus autrefois bien différents. Ils ne savent pas l'effet que produit leur absurde palinodie dans le public. Pour le peuple, la conduite de l'empereur avec le pape est la seule qui convienne à un souverain, et elle lui a donné une recrudescence de popularité.

On parle beaucoup en ce moment d'une pétition au Sénat rédigée par Vitet ou par Villemain, on n'a pu me dire lequel, et signée par cinquante.

ou soixante noms consulaires, dans laquelle on demande la conservation des États du Saint-Siège. Tout étant possible aujourd'hui en fait d'absurdité, je crois à celle-ci jusqu'à preuve du contraire, et je me fais une fête d'entendre la lecture de ce factum, qui, étant rédigé par cinquante gens d'esprit, doit être des plus extravagants. J'ai vu, par contre, la lettre de Salvagnoli à Sa Sainteté pour la remercier de son concordat, et la circulaire de Thouvenel. L'une et l'autre ont dû vous amuser, je pense.

En fait de cancans, on nous dit que Garibaldi a épousé une fille qui s'est trouvée grosse de cinq mois le jour de la noce. Est-ce une vengeance du pape, et quelque monsignor a-t-il pris soin de laver ainsi les injures de l'Église? ou, comme cela est fort probable, est-ce tout simplement un canard?

Que faut-il penser des velléités de conquête et d'intervention en faveur du pape de la part du roi de Naples? Il paraît que cela donne à Paris une certaine inquiétude; non pas, bien entendu, quant au résultat, mais la question est déjà bien assez grosse pour qu'il ne soit pas désirable qu'elle, prenne encore d'autres proportions. Si cela continue, on pourra revoir le fameux souper de Venise, où Candide mangea avec une demi-douzaine de rois détrônés. Les Espagnols, à qui leurs lauriers d'Afrique montent la tête, prennent aussi des airs protecteurs à l'endroit de notre saint-père le pape, et prétendent lui envoyer une armée pour l'aider à reconquérir les Romagnes. Tout cela n'est pas très dangereux.

Je ne crois pas davantage aux préparatifs belliqueux des Autrichiens dans la Vénétie. Le baron de Bunsen, que vous aurez assurément connu à Londres, et qui est à Cannes depuis quelques mois, nous fait un fort triste tableau de la situation de l'Autriche. Il dit qu'il n'y a pas une seule province, la Bohême et le Tyrol compris, qui ne soit devenue aussi *disloyal* que la Hongrie, grâce aux sottises du gouvernement et au caractère entêté et méchant du jeune empereur.

Je suis à Cannes jusqu'à la fin du mois. Je serai à Paris du 1er au 5 de mars. Ne nous ferez-vous pas une visite à Pâques? Si vous aviez envie de causer avec un certain personnage que vous savez, le moment ne serait pas mal choisi; seulement je suppose que tout sera décidé alors.

Adieu, mon cher Panizzi ; rappelez-moi au souvenir de nos amis de Londres.

XXX

Paris, 25 mars 1860.

Mon cher Panizzi,

Me voici à Paris depuis quelques jours, pendant lesquels il s'est passé bien des choses. Il
me semble assister à une grande représentation ;
si grande, qu'on ne sait jamais si un acte n'est
pas une pièce tout entière. Pourtant il est évident maintenant que Solferino n'est pas un dénoûment. On disait ce soir, à Paris, qu'il y avait
eu, à Rome, une émeute très grave, dans laquelle
le peuple avait repoussé les dragons pontificaux.
Il s'agissait de célébrer la fête ou la naissance de
Garibaldi. La dépêche télégraphique, que j'ai vue,
ne disait pas un mot du rôle joué par la garnison
française. Peut-être, au fond, n'est-ce pas grand'
chose que cette émeute ; mais tenez pour certain
que toute l'Italie du Sud sera révolutionnée d'ici

à un an, si les Autrichiens ne font un retour offensif, lequel, à vrai dire, me semble peu probable, attendu le prix des coups de canon et la rareté
du métal précieux dans la bourse de Sa Majesté
impériale et royale apostolique.

Je viens de voir un homme arrivant de Venise.
Il fait un tableau effroyable de la situation de ce
beau pays. Notre hôtel, le palais Lorédan, où nous
avons fait d'assez bons dîners, est fermé, faute
d'étrangers pour le faire vivre. Il ne reste plus que
Daniele, qui n'a guère que quelques rares Américains. On meurt de faim littéralement. Après avoir
tiré tout ce qu'il était possible d'impôts, on taxe
arbitrairement les propriétaires à un impôt forcé.
La belle-mère de M. de Marcello, qui était podes-
tat de notre temps, écrivait à son gendre (lequel
a trouvé moyen de s'en aller à Corfou avec sa
femme) qu'on lui demandait cent mille francs,
qu'elle n'avait pas un sou; qu'on allait vendre ses
meubles, puis ses terres; elle finissait en le priant
de lui envoyer mille francs pour pouvoir quitter
Venise, laissant toute sa fortune au pillage.

Les discours du Parlement au sujet de la Savoie ont produit ici un effet diamétralement op-

posé à celui qu'on en attendait, c'est-à-dire de rendre l'annexion populaire et inévitable. La chose en elle-même ne me paraît pas trop bonne ; mais il me semble qu'il en résulte ceci : c'est que la France reconnaît et admet l'annexion de la Toscane et des Romagnes.

Pourriez-vous me dire ce que fait à Naples une escadre anglaise ? A Paris, on prétend que l'Angleterre veut s'annexer la Sicile ; mais c'est un gros morceau. Tout cela rappelle la fable du chien qui porte le dîner de son maître.

L'irritation des Allemands, surtout celle des petits États, contre nous est des plus grandes. Heureusement il leur manque trois choses assez importantes pour exercer leur mauvais vouloir : des hommes, de l'argent et du crédit.

Le nonce du pape à Paris, monseigneur Sacconi, vous le connaissez peut-être, était menaçant et furieux, il y a quelques jours. Il a dit dans une maison qu'il dépendait de lui d'exciter la guerre civile en France et de mettre en pièces le trône de l'empereur. Un homme sérieux lui a dit qu'il s'exposait à la police correctionnelle. Depuis peu, il est devenu beaucoup plus doux, ce qui me fait supposer que la cour papale a lieu d'être alarmée.

Ici, il n'y a d'agitation religieuse que dans quelques salons. Vous ne serez pas surpris que la plupart de nos amis orléanistes soient les champions du pouvoir temporel de Sa Sainteté. Il est difficile de faire une plus lourde sottise ; mais ils sont habitués à ne voir le monde que dans trois ou quatre maisons de Paris. Tout ce qui s'est passé et se qui se passe, en dehors de ces petites coteries, est pour eux non avenu.

J'ai trouvé Villemain malade et horriblement changé. C'est le succès-fiasco de sa brochure et les compliments du comte de Chambord qui l'ont rendu malade.

Le neveu de M. Fould a pris un maître d'italien, homme à mine très respectable et fort érudit, qui lui fait lire le Dante. Quand il entre chez son élève, au lieu de bonjour, il commence toujours par : *Accidente al papa!* Voilà les sentiments qu'il inspire à ses ouailles. Il me semble qu'il faut avoir la cervelle bien malade pour prétendre faire durer un pareil état de choses.

Nous aurons jeudi prochain, au Sénat, une jolie petite discussion au sujet d'une pétition de

quatre mille Marseillais qui demandent la conservation du pouvoir temporel du saint-père. A
propos, avez-vous eu la patience de lire la circulaire d'Antonelli, et avez-vous remarqué qu'il parle
des vingt et une provinces composant les États
de l'Église ? Les cartes et l'almanach de Gotha
n'en donnent que vingt ; la vingt et unième est
Avignon.

Adieu, mon cher Panizzi. Portez-vous bien, et
donnez-moi de vos nouvelles.

XXXI

Paris, le 31 mars 1860.

Mon cher Panizzi,

Ne croyez pas que je pense le moins du monde
à vous manquer de parole. J'ai gardé un trop
bon souvenir de votre excellente hospitalité, de
vos vins de toute sorte et du *boiled-beef* de vos
déjeuners pour ne pas y revenir dès que je pourrai. Mais notre session ne fait que commencer,
et, pendant mon absence, on m'a joué le tour de

me nommer vice-secrétaire, ce qui est une place
fort semblable à celle d'une cinquième roue à un
carrosse. Cependant cela me rend assez difficile
de prendre la clef des champs avant la fin de
mai, époque où vraisemblablement finira notre
session. Enfin, d'une manière ou d'une autre, vous
me verrez arriver muni de longues dents et d'un
gosier que vous connaissez.

Vous savez que je ne suis pas fort enthousiaste
de l'annexion de la Savoie. Je trouve comme vous
que l'affaire n'a pas été très bien conduite. Cela
tient, je pense, d'abord à l'incertitude de la for-
mation du royaume d'Italie, et surtout aussi au
changement de ministre des affaires étrangères,
M. Walewski, comme vous savez, promettant au
corps diplomatique beaucoup plus qu'il n'était auto-
risé à le faire. Maintenant l'annexion est inévitable ou, pour mieux dire, elle est consommée.
Je trouve qu'il est parfaitement niais à l'Angle-
-terre, qui en a fait bien d'autres, de jeter les hauts
cris à cette occasion, particulièrement lorsqu'elle
annonce en même temps son intention bien arrêtée
de n'y pas voir un *casus belli*. Bien plus, il est
encore plus niais de dire hautement qu'on a essayé

I.   6

de trouver là un motif de former une nouvelle
coalition, et d'avouer qu'on n'a pu y réussir. Lord
John Russell, avec sa phrase insolente et amphi-
gourique, ressemble à M. de Pourceaugnac, qui se
vante d'avoir dit son fait au gentilhomme péri-
gourdin qui lui a donné un soufflet.

L'Angleterre recueille ce qu'elle a semé. Elle
a observé une neutralité d'abord malveillante
contre nous et contre le Piémont, puis elle
a reporté sa malveillance contre l'Autriche, sans
se joindre franchement à nous. Aujourd'hui, elle
se trouve repoussée par l'Autriche et faiblement
accueillie par les Italiens. Depuis la Crimée, elle a
perdu beaucoup de son prestige. Plus les industriels auront d'influence dans le Parlement, plus
la politique extérieure de l'Angleterre sera timide
et incertaine, et plus son rôle sera diminué en
Europe. Le résultat de la grande colère montrée
contre l'annexion a été de la rendre très populaire ici. J'en espère encore un autre, c'est l'engagement moral, sinon de fait, que nous prenons,
par l'annexion, de défendre l'Italie contre un
retour offensif de l'Autriche.

— Nous avons eu, jeudi dernier, une séance inté-

ressante au Sénat, où elles sont rares. Il s'agissait
des pétitions demandant d'intervenir pour soutenir le pouvoir temporel du pape. Nos cinq cardinaux et quelques bons catholiques nous ont dit
les platitudes les plus triviales et les plus usées.
A quoi Dupin a répondu par un discours très
fort de raisonnements et très spirituel, peu élevé,
mais plein de verve gauloise. Il a dit aux prélats
que l'agitation dont ils parlaient était factice;
qu'elle était leur ouvrage, que les bons catholiques
avaient toujours distingué entre le spirituel et le
temporel. Louis XIV, se croyant insulté par le
pape, avait fait saisir le comtat Venaissin, alors
domaine de saint Pierre, sans qu'aucun évêque
eût l'idée de protester ou même de s'apitoyer sur
le saint-père. Puis il a expliqué l'origine du serment que les papes prêtent de ne pas laisser dé-
membrer les États de l'Église. Il ne s'agit pas
du tout de les soustraire à ces diminutions qui
peuvent arriver à tous les gouvernements tem-
porels. Ce serment est le remède qu'on a trouvé
aux prodigalités des papes, qui donnaient de
toutes mains à leurs neveux ou à leurs bâtards
lorsqu'ils en avaient. Tout cela a été dit avec des

mots semi-bouffons, semi-terribles, qui empor-
taient la pièce. Nous avons envoyé les pétition-
naires à tous les diables, à cent seize voix
contre seize.

Les bons catholiques se cotisent ici. Le duc de
Luynes envoie cent mille francs au pape. De
plus, Lamoricière va commander son armée. J'ai
demandé à Malakoff ce qu'il en pensait : — « Au
premier coup de feu, ses soldats f... le camp, et
il sera pris. Ainsi soit-il ! » Il faut convenir que
l'empereur a des ennemis bien mal avisés.

Adieu, mon cher Panizzi. Tenez-vous en joie.

XXXII

Paris, 1ᵉʳ avril 1860.

Mon cher Panizzi,

Le discours de Dupin était bien meilleur dit
que lu. Maint passage a été supprimé *propter
offensionem gentium*, et tout a été dit avec
une verve merveilleuse et des lazzi qui, pour
n'être pas tous d'un goût très pur, n'en étaient
pas moins très amusants. En sortant de la Cham-

bre, je lui ai dit sur l'escalier qu'il avait mitraillé
des gens qui n'avaient pas même pu tirer un coup
de pistolet. Il m'a répondu : « Quand je brosse,
je frotte fort. » Il me semble que les cardinaux se
sont crus obligés de parler à cause de leur habit,
mais qu'ils ne se sont pas donné de peine.

Madame de *Lamoricierge*, comme vous l'appe-
lez, dit à qui veut l'entendre que son mari n'a pas
d'engagements. « Il veut voir ce que c'est que l'armée pontificale, et, s'il croit qu'elle est organi-
sable, il l'organisera. Quant à faire des conquêtes,
il n'y songe pas. » On laisse même croire que,
dans le cas où il prendrait ce rôle d'organisateur,
il commencerait par se pourvoir auprès du ministre de la guerre. Si cela avait lieu, il me paraît
difficile que la permission lui soit refusée, attendu
que nous ne sommes pas en guerre avec le pape.

Ce qui me paraît très probable, c'est qu'il lui
arrivera ce qui advint à un très brave colonel de
la garde royale de ma connaissance. Il avait refusé de prêter serment au gouvernement après
1830, et il offrit ses services au pape d'alors, qui
était plus homme d'esprit que celui-ci. On les
accepta avec empressement. Il trouva les soldats

bons et les officiers détestables. Il demanda qu'ils fussent remplacés. Aussitôt l'un se trouva le neveu d'un cardinal, un autre le bâtard de son apothicaire, etc. Bref, après un mois d'essai, mon homme, contrecarré sur tout, comprit qu'il n'y avait rien à faire, donna sa démission et revint en France planter ses choux. De la part de Lamoricière, aller à Rome en ce moment est déjà une lourde bévue et un honteux démenti à son passé.

Tenez pour certain qu'il n'est nullement question d'échanger les provinces rhénanes de la Prusse avec le Hanovre et la Saxe. Les annexions ne se font pas si vite que cela. Je ne crois pas que personne y songe pour le moment. Je ne comprends même que deux cas (l'un et l'autre peu prochains à mon avis) où pareil accroissement serait possible. Le premier serait l'hypothèse d'une révolution en Allemagne, laquelle médiatiserait une partie des petits princes et des petits rois. Cela arrivera probablement un jour, lorsque les Allemands se révolutionneront et trouveront qu'ils ont un état-major trop coûteux. Je comprends que, alors, la Prusse et l'Autriche étant très

augmentées, la France obtint son lopin, si elle
était en mesure de le prendre. L'autre cas est
celui de la mort du malade de Constantinople. Si
l'agonie se précipite, il est clair que toutes les
grandes puissances intéressées feront des offres
à l'empereur. Tout cela est la boîte au noir, comme
on dit en termes académiques.

Voici une nouvelle en pendant de l'annexion
des provinces rhénanes, à laquelle je ne crois pas
davantage, c'est que l'Autriche consentirait à céder la Vénétie moyennant finances. Comme ce
serait certainement une chose très raisonnable
dans sa position politique, et financière surtout, je
suis bien convaincu que cela ne se fera pas.

Ce n'est pas l'intérêt qui mène les hommes,
c'est la passion, et l'empereur François-Joseph
a déjà prouvé, notamment par son concordat,
qu'il entendait très mal ses véritables intérêts.

De tous les côtés il me revient que l'agitation
dont parlent les évêques n'existe que dans quelques salons de vieilles dévotes, ou de fusionnistes
aussi niais qu'elles. La masse ne se soucie nullement du pape. Un de mes amis, propriétaire dans
la Vendée, pays très catholique, a trouvé que les

paysans croyaient que la Savoie appartenait au
pape, et que l'empereur l'avait prise. Ils ajou-
taient que c'était bien fait.

A-t-on moulé les marbres d'Halicarnasse, notamment les charmantes amazones de la frise ? Je
suppose qu'on n'aurait pas d'objection à vendre
ces plâtres au Musée de Paris. Je tourmente mon
ministre pour les acheter. Mais, avant tout, veuillez me dire si vous croyez la chose faisable.

Adieu, mon cher Panizzi; mille compliments
et amitiés.

XXXIII

Paris, 25 avril 1860.

Mon cher Panizzi,

Vous ne me parlez pas de votre santé, d'où je
conclus que vous êtes quitte de la grippe. Je n'en
puis dire autant, et je tousse toujours horriblement.
Nous avons en outre à Paris une épidémie d'oreil-
lons. Savez-vous ce que c'est ? C'est une douleur
dans les glandes du cou et les oreilles, que le
saint-père nous a envoyée évidemment avec son
excommunication.

_ Voici, à propos du saint-père, un discours de
Lamoricière au susdit : « Ayez d'abord des canons
rayés, ensuite rayez quelques-uns de vos *canons*. »
. Lamoricière a pris pour aide de camp un Français qui a été au service d'Autriche, un M. de Pi-
modan, homme d'esprit qui a écrit quelques articles intéressants dans la *Revue des Deux Mondes*
sur la guerre de Hongrie. Il avait à Vienne la réputation d'être un peu blagueur, mais très brave et
intelligent. Vous jugez que le choix d'un Français
sortant de l'armée autrichienne a été fort approuvé
en Italie. Il paraît que le cardinal Antonelli et Lamoricière sont à couteaux tirés. Vous devez penser
si l'armée papale gagnera à cette querelle. M. de
la Rochefoucauld-Bisaccia est de retour de Rome.
Il avait offert au pape un million, à une seule petite condition, c'est que le pape remettrait sur leur
trône toutes les légitimités déchues. Le pape l'a
remercié. Il trouve probablement qu'il a assez de
chats à peigner comme cela.

J'ai vu une lettre de notre consul à Messine.
Voici l'affaire. Le gouvernement, apprenant qu'il
y avait eu une émeute à Palerme et qu'elle avait
été réprimée, s'est affligé de n'en avoir pas une,

et, pour avoir sa part des récompenses, il a commencé par mettre dehors les galériens du bagne ; puis il a lâché après les troupes qui, toute la nuit, ont tiraillé dans les rues, sans tuer les galériens qui, étant gens d'esprit, se sont mis promptement à l'abri, mais en tuant quelques niais qui regardaient aux fenêtres. Le château en même temps a fait toute la nuit un feu d'enfer, mais à poudre. Quelle canaille ! Ne dites pas que cela vient du consul de France, mais tenez la chose pour certaine.

Je suis très fâché de la fusillade d'Ortega, que je connaissais, mais il est difficile de dire qu'il ne la méritait pas. Le mal, c'est qu'il a été condamné par des gens qui avaient donné l'exemple de ce qu'il a fait.

Hier, il y a eu un très beau bal masqué à l'hôtel d'Albe, avec quantité de très jolies femmes et de très beaux costumes. La fille de lord Cowley est charmante.

Adieu, mon cher Panizzi. Mille amitiés.

XXXIV

Paris, 30 avril 1860.

Mon cher Panizzi,

Je ne connais pas les règlements du Jardin des Plantes ; je ne sais même pas s'il y a quelque chose de semblable ; mais j'ai écrit à mon confrère M. Flourens pour les lui demander. Il y a deux ans, le ministre de l'instruction publique, mécontent du gaspillage de l'administration du Jardin des Plantes, nomma une commission pour tout réorganiser. Les professeurs sont logés dans les bâtiments, et, quand ils n'ont pas une famille très nombreuse, on place dans les bâtiments les collections d'histoire naturelle, un peu pêle-mêle, à ce qu'on prétend.

Le Jardin des Plantes est une république. Les professeurs s'administrent entre eux, délibèrent, et tour à tour sont *administrateurs*, c'est-à-dire présidents de l'assemblée, correspondant en son nom avec le ministre. Le ministre actuel a voulu les tirer de leur douce quiétude, savoir ce

que devenaient les œufs d'autruche et les légu-
mes et les fruits. Ces messieurs ont été demander à l'empereur qu'on les laissât tranquilles,
et l'empereur, qui a beaucoup d'estime pour les
savants, a prié le ministre de s'occuper d'autre
chose. En somme, le Muséum ressemble beaucoup
aux collèges d'Oxford et de Cambridge, *otium
cum dignitate*. J'oubliais de vous dire qu'il y a,
au Muséum du Jardin des Plantes, une petite
somme pour faire voyager des jeunes gens qui
ramassent des pierres, des plantes et des bêtes,
pour en enrichir les collections. De temps en
temps, le Muséum crie misère, et on lui donne
quelque petit supplément à son budget.

Calme plat en politique. Bien qu'il n'y ait pas
encore de jour ni de mois fixé pour le départ de
Rome de la division Goyon, il est à peu près certain qu'elle n'achèvera pas la présente année en
Italie. On m'assure que le général Lamoricière
correspondait avec le ministère de la guerre
ici, pour des affaires de service. Il est toujours
au mieux avec le pape; et c'est entre Mérode
et le saint-père que se brasse la nouvelle organisation.

Je vois ici des gens très inquiets de la force de
la minorité du parlement italien. Lorsque le roi
est entré à Florence, il a trouvé sur son passage
des députations de Romains, de Vénitiens et de
Napolitains avec des drapeaux et des harangues,
et on prétend qu'il les a trop bien reçues.

On se tue fort agréablement en Autriche; mais
il paraît que, si tous les voleurs prenaient ce parti
violent, la dépopulation du pays serait certaine.
Tous les jours, on trouve de nouvelles voleries;
mais ce qu'on retrouve le moins, c'est l'argent
volé. On prétend que l'empereur en est très
affecté et que cela est pour quelque chose dans
sa résolution de faire des réformes libérales. On
m'assure qu'il est le moins éloigné de tout son
conseil de l'idée de vendre la Vénétie.

— Adieu, mon cher Panizzi; si vous avez besoin
d'autres renseignements, je suis tout à vos ordres.

P.-S. Comment écrire à Salvagnoli? Quel titre
a-t-il et où demeure-t-il? Montemolin se montre
disposé à reconnaître l'innocente Isabelle. Les
Bourbons ne sont plus héroïques. Les rouges font
des progrès énormes en Espagne; on s'attend à
du tapage cet été.

XXXV

Mon cher Panizzi,

Vous aurez reçu une lettre de moi qui répond
à une partie de vos questions. Je viens de voir
Flourens qui est pour la séparation des collections
d'histoire naturelle. Il m'a donné de nouveaux dé-
-tails sur l'administration du Jardin des Plantes.
Le grand défaut, à son avis, est que le professeur
qui préside et signe les actes du conseil n'a aucun pouvoir, et que chaque professeur est souverain absolu dans sa collection. Il en résulte plus
d'un inconvénient grave. Par exemple, un singe
étant mort au Jardin des Plantes, M. Cuvier voulait voir s'il avait treize côtes. M. de Blainville,
professeur, ayant les singes sous ses ordres, ne
permit pas la vérification.

J'ai le malheur d'être pour le moment secrétaire du Sénat, ce qui m'oblige d'une part à beaucoup d'exactitude, et de l'autre m'ennuie horri-
-blement. J'ai bien peur de ne pas être libre

avant la fin de la session, c'est-à-dire au commencement de juin. Je n'ai guère de goût pour
Carlsbad. Venez-vous-en plutôt à Florence ou
quelque part en Italie, je serai votre homme.
Si nous allions demander au saint-père un cha-
pelet bénit?

Adieu, mon cher Panizzi ; je vous quitte pour
dépouiller un scrutin : c'est une opération presque
aussi divertissante que d'écosser des pois.

XXXVI

Paris, 11 mai, 1860.

Mon cher Panizzi,

Je vous écris un mot à la hâte. Je ne connais
guère de savants : qui se ressemble s'assemble.
En outre, ils sont encore plus coquins que nous, à
l'Académie des sciences. Cependant, comme il y a
des exceptions à tout, je me suis adressé à Élie de
Beaumont, secrétaire de l'Académie des sciences,
qui est un fort galant homme et dont la réputation est européenne. Si vous dites son opinion
devant la Chambre des communes, modifiez-la

quant à l'expression. Quant au fond, il pense, comme tous les gens sensés, que les crocodiles empaillés doivent faire retraite devant les marbres grecs et les manuscrits.

Je sais de bonne part que Lamoricière commence à en avoir assez du service du saint-père. La cour papale lui joue tous les petits tours qu'un nouveau venu peut attendre. Le cardinal Antonelli a dit il y a peu de jours à un Français que Lamoricière était un homme du plus sublime mérite. « Je lui ai parlé de tous nos embarras, disait le cardinal; il m'a tout expliqué, a trouvé des remèdes à tout, et sur chaque question il avait quatre avis différents qu'il exposait si bien et défendait par de si bons arguments, que j'aurais été bien embarrassé de choisir. »

Il y a fort peu de Français qui aient offert leurs services. La plupart sont des jeunes gens de familles carlistes qui demandent à être colonels.

On donne pour certain que Garibaldi est parti pour la Sicile. Qu'y pourra-t-il faire? c'est ce que personne ne sait; mais il paraît que, quoi qu'il arrive, M. de Cavour ne regrettera pas beaucoup son absence.

.Adieu, mon cher Panizzi; je ferme ma lettre et je vais faire une visite officielle.

XXXVII

Paris, 23 mai 1860.

Mon cher Panizzi,

Je savais que les Anglais étaient gens d'imagination et enclins parfois à prendre des vessies pour des lanternes; mais vous, cosmopolite et *hombre de razon*, comme disent les Espagnols, vous me cassez bras et jambes avec votre accusation de complicité avec Garibaldi! Mais, en même temps, vous me dites que l'empereur veut s'allier aux Russes pour faire du mal à l'Angleterre en Orient.

Il me semble que les deux reproches ne vont pas bien ensemble. Si vous accusiez un homme d'avoir voulu mettre le feu à votre blé, vous ne commenceriez pas par dire qu'il a débuté par l'inonder. Pour moi, il me paraît assez évident qu'une nouvelle complication en Italie ne doit pas laisser à la France une trop grande liberté d'action en

I. 7

Orient, et *vice versâ*. Il faut choisir entre les
deux crimes, et ne pas nous charger des deux
à la fois. Je crois pouvoir vous assurer que, pour
ce qui concerne l'Orient, M. de la Valette apporte les instructions les plus pacifiques et qu'il
n'y aura rien, de notre côté, pour précipiter une
catastrophe, qui pourtant me paraît inévitable.

Quant à Garibaldi, il n'y a que *moi*, ici, qui
m'intéresse à son expédition, et je crois qu'elle a
déplu énormément à l'empereur, qui se disposait à
évacuer Rome le mois prochain et qui se trouve
bien empêché à présent entre l'enclume et le
marteau. Je ne crois pas davantage que l'Angleterre ait aidé à l'expédition, bien que les appa-
rences et les dépêches télégraphiques tendent à
faire supposer le contraire. L'expédition de Garibaldi me plaît, parce que j'aime les romans et les
aventures. Au fond, il est assez triste qu'un héros
de roman puisse mettre l'Europe en feu. Remar-
quez que nous sommes en plein moyen âge. Lorsque Tancrède et ses Normands s'embarquèrent
pour la Sicile, il n'y avait pas de droit international
en Europe. Maintenant on prétend qu'il y en a
un, et on le cite même, à l'occasion de quelques

arpents de neige du Faucigny ; *mais il demeure bien entendu que c'est la force qui constitue le meilleur droit.* Si un Grec partait de Marseille pour émanciper les îles Ioniennes; qui demandent à être annexées au royaume de Grèce, l'Angleterre jetterait les hauts cris ; mais il y a un mois que lord John disait en plein Parlement que la flotte anglaise croisait devant la Sicile, pour être utile à des gens opprimés.

Le mal de la chose, c'est que, d'après tout ce que nous apprenons, l'expédition de Garibaldi est partie malgré le gouvernement de Victor-Emmanuel. Les sociétés secrètes sont beaucoup plus puissantes que M. de Cavour. Or je crains qu'elles n'aient pas autant d'esprit, et que, par désir de trop avoir, elles ne nuisent fort à une cause très juste et très en bon train jusqu'à présent. Lorsqu'un peuple se soulève et met son souverain à la porte, cela faisait autrefois un grand scandale. La grande habitude qu'on en a prise a fait qu'à présent on accepte assez facilement le fait accompli. Mais il est plus grave d'aller délivrer le voisin, et cela fait faire des réflexions à tout le monde. Lord Cowley disait hier que toutes les chances

semblaient contraires à. Garibaldi. Il y en a une
à mon avis, c'est la qualité des troupes de Sa
Majesté napolitaine, qui rend possible une défaite
et une défection. Nous verrons, d'ici à quelques
jours.

La note russe a fait un grand effet aujourd'hui.
Un congrès peut difficilement remédier aux dernières coliques du *malade*. S'il a survécu à l'empereur Nicolas, il n'a pas gagné de nouvelles
forces. M. Thouvenel me disait dernièrement que
ce qui rendait la question d'Orient si difficile,
c'est que les Turcs, dans l'état de décomposition
où ils se trouvent, recouvraient une autre société
chrétienne, non moins pourrie. « Représentez-
vous, disait-il, plusieurs *caput mortuum* les uns
sur les autres. Les Grecs et les Bulgares sont
de plus grandes canailles que les Turcs. Il faudrait commmencer par tout exterminer et faire
une colonie d'honnêtes gens. »

Je ne crois pas à une guerre entre la France
et l'Angleterre pour les affaires d'Orient. Le
champ de bataille manque. Le malheur, c'est
que tous les fous s'entendent des deux côtés du
détroit pour saisir toutes les occasions d'échan-

ger des injures, et les hommes d'État, ou soi-
disant tels, en disent aussi quelquefois *delle
grosse*. Pourtant, il y a de part et d'autre l'intérêt
de tout le monde, qui sera, j'espère, plus puissant que l'envie de faire des phrases et de dire
des gros mots.

J'en reviens toujours à mes moutons. Depuis
plusieurs mois, l'Angleterre suit une politique de
bascule qui me semble détestable. Faute à elle de
s'être déclarée dès le commencement de la question italienne, nous avons eu la guerre, puis, après,
une mauvaise paix. Qu'y a-t-elle gagné ? L'Autriche lui doit probablement la conservation de la
Vénétie : vous savez quelle est sa reconnaissance.
Ici, on l'accuse d'exciter le désordre en Italie. Ni
en Allemagne, ni en Russie ni en France, elle n'a
d'alliée, et je crois que c'est sa faute. Quand on
affiche trop publiquement la politique des intérêts, on oblige tout le monde à regarder au sien.

Adieu, mon cher Panizzi ; mille amitiés.

XXXVIII

Paris, 31 mai 1860.

Mon cher Panizzi,

Il n'y a rien de plus drôle que les figures de
la légation napolitaine ici. Ils ont eu la simplicité
de croire à la première dépêche de leur gouvernement annonçant la défaite de Garibaldi, malgré
l'expérience qu'ils auraient dû avoir de sa véra-
cité. On croit ici que toute l'île, Messine exceptée,
est au pouvoir des insurgés.

Le prince Napoléon, chez qui j'ai dîné aujour-
d'hui (avec Senior), avait une lettre qui racontait
comment, de six mille Napolitains sortis de Palerme, il en était rentré quinze cents sans sacs et
sans fusils, et ne pouvant donner des nouvelles
des quatre mille cinq cents autres. Il y avait aussi
à dîner le duc de Grammont, qui va à Vichy
pour des coliques hépatiques.

Il donnait des renseignements assez curieux sur
Rome. Lamoricière a voulu visiter un magasin de
voitures d'artillerie. Après avoir fait grand bruit à

la porte sans pouvoir trouver un concierge, ni un garde quelconque, il allait la faire ouvrir par des sapeurs, quand un monsieur s'est présenté avec une clef, et, en l'introduisant, lui a demandé ce qu'il y avait pour son service, et s'il avait besoin d'une voiture. Après avoir joué quelque temps au propos interrompu, il s'est trouvé que, depuis longtemps, le dépôt était loué, les charriots vendus, et qu'on faisait des *carretelle* [1] dans le magasin au lieu d'affûts. Ailleurs, à la place d'un magasin de fusils, il n'a trouvé que des toiles d'araignée, les fusils ayant été vendus trois pauls la pièce comme hors de service, par un bon catholique, qui cependant avait trouvé moyen de se les faire acheter trente pauls. Malgré tout cela, Lamoricière a une-vingtaine de mille hommes, dont douze mille environ Suisses, Irlandais et Allemands qui sont tolérables.

On prétendait que l'évacuation de Rome, qui était ordonnée, avait été suspendue, depuis l'équipée d'Orbitello. Je crois pouvoir vous assurer que le gouvernement désire beaucoup retirer nos troupes, et qu'il n'y a que la considération d'un dan-

1. Sorte de voiture élégante.

ger probable et prochain pour le pape qui puisse
faire prolonger l'occupation. Vous me paraissez
oublier trop que nous sommes les fils aînés de l'É-
glise, et que nous devons ménager environ trente
millions de nos sujets qui nous rendraient responsables d'une catastrophe. Si l'on n'était assuré
d'avoir sa part de paradis en restant au giron de
l'Église, il serait beaucoup plus commode d'être
protestant.

Je regarde la Sicile comme perdue pour le roi
de Naples, et Naples même comme médiocrement
sûr; mais je ne sais pas si cela profitera beaucoup
à l'Italie. Je crois que, avant de s'étendre de la
sorte, il faudrait se consolider, et les entreprises
garibaldiques, surtout celle contre les États de
l'Église, ne prouvent pas trop la force du gouvernement de Victor-Emmanuel. Il est malheureusement certain que les sociétés secrètes sont plus
puissantes que Cavour. Tant qu'elles ne s'atta-
queront qu'à la Sicile, il n'y a pas grand danger
peut-être. Mais, le jour où quelque tête plus mauvaise que celle de Garibaldi s'avisera de faire une
pointe en Vénétie, il pourra s'ensuivre de vilaines
représailles.

Il me semble que la grande fureur de John Bull s'est un peu calmée. Croyez que, malgré les excitations des journaux et la jalousie qu'on a des deux côtés, personne ne se soucie de la guerre, et, quand même on la voudrait, le terrain manquerait pour se battre.

Les Turcs sont, à ce qu'il paraît, en recrudescence de fanatisme. Ils pillent fort les chrétiens et violent les chrétiennes. Je suis fort en peine de savoir quel remède on peut y trouver. M. Thouvenel dit, avec beaucoup de raison, je crois, que, si les Turcs sont de grandes canailles, les Grecs et les Bulgares ne sont pas de moindres canailles. C'est là la grande difficulté : si on protège très efficacement les chrétiens, ils violeront les Turques, car dans ce pays-là on viole toujours.

Ellice paraît avoir renoncé tout à fait à sa visite à Paris. Il me donne des nouvelles politiques peu concluantes. Cependant il paraît croire que M. Gladstone sera rendu au grec [1], et que probablement lord John aura aussi du loisir pour élucubrer un autre bill de réforme. Qui lui succé-

---

1. M. Gladstone publia, l'année suivante, une étude sur *Homère et l'âge homérique.*

dera? Est-ce lord Clarendon, ou bien lord Palmerston lui-même? si vous savez quelque nouvelle, faites-m'en part. Notre session ne marche pas vite. Je crains qu'elle ne se prolonge fort dans le mois de juin, à mon très vif regret.

Adieu, mon cher Panizzi; tenez-vous en joie et en santé. Je suis un peu mieux depuis que le soleil a reparu, mais j'ai toujours l'estomac fort détraqué.

P.-S. Le ministre de l'instruction publique fait une autre commission des bibliothèques dont il me fait président. Il s'agit d'aviser au déménagement et à l'emménagement, ce n'est pas chose facile.

XXXIX

Fontainebleau, 15 juin 1860.

Mon cher Panizzi,

Je suis, depuis une dizaine de jours, en fêtes et en festins, et, entre les promenades dans la forêt et les navigations sur l'étang, on ne trouve pas trop le temps d'écrire à ses amis. Je rentre dans mon trou au commencement de la semaine prochaine, jusqu'à ce qu'il plaise au Sénat de clore sa session. J'espère bien qu'il me laissera encore le moyen de passer quelques jours avec vous au British Museum.

L'expédition de Garibaldi est une des plus drô- les d'histoires que j'aie jamais vues. Vingt mille hommes capitulant devant une poignée d'aventu- riers mal armés, c'est quelque chose d'éton- nant, même quand ces vingt mille hommes sont des Napolitains.

Il est venu ici, il y a quelques jours, deux en- voyés du roi de Naples pour parler au *maître de la maison*. Je ne sais quelle a été sa réponse, car leur demande se devine ; mais on ne leur a pas donné à déjeuner et ils sont repartis après leur audience, pas trop contents, comme il semblait. Je ne doute pas que l'éruption de l'Etna ne se fasse bientôt sentir en terre ferme. Tout cela serait fort amusant si nous étions partis de Rome ; et, si Garibaldi avait différé quinze jours, nous serions partis, probablement sans es- prit de retour. Nous sommes à Rome un peu comme l'oiseau sur la branche, et je sais de bonne source que les marchés pour le corps d'armée ne se font que pour huit jours, ce qui indique la possibilité d'un départ immédiat.

Sa Majesté nous a quittés hier pour aller à Bade. Elle n'y devait voir d'abord que le régent de Prusse, mais le roi de Hanovre est survenu ; d'autres princes plus ou moins petits viennent également sans être appelés, et, à ce que je crois, dans l'idée de pénétrer ce qu'ils supposent devoir s'arranger entre les deux principaux personnages. Les gobe-mouches ne manquent pas d'annoncer qu'il s'agit d'un accord entre la Prusse et la France, pour une nouvelle délimitation de frontières. Je n'en crois rien, et je parierais qu'il ne résultera de l'entrevue que des promesses rassurantes de paix et de tranquillité.

Adieu, mon cher Panizzi ; portez-vous bien et donnez-moi de vos nouvelles.

XL

Paris, 1er juillet 1860.

Mon cher Panizzi,

Les Bourbons finissent bien mal. Ils tombent

dans la crotte. Celui de Naples se convertit si
tard, que je le considère comme plus qu'à moitié
dégommé. C'est un grand danger pour l'Italie que
cette révolution trop rapide. « C'est bien coupé,
comme disait Catherine de Médicis, il faut cou-
dre. » Voilà le grand point.

J'ai une peur horrible que la révolution ne vienne
frapper un de ces matins à la porte de Rome. Tant
qu'elle sera *dans la banlieue seulement*, nos gens
ne se mêleront de rien ; mais je crains bien qu'on
ne nous mette dans la triste nécessité de défendre le pape. Cette vieille idole est encore puissante ici, et je vois autour de moi de vieux
généraux qui, sous Napoléon Ier, ont violé des
abbesses, lesquels maintenant vont à confesse et
envoient de l'argent au père des fidèles. J'ai toujours eu médiocre opinion de l'espèce humaine,
mais je l'ai trouvée presque toujours un peu plus
bête que je ne me l'étais figurée.

Lamoricière a fait, dit-on, des dettes énormes,
c'est-à-dire qu'il a acheté des souliers, des fusils,
des gibernes, sous prétexte que ces objets sont
utiles aux soldats. L'argent manque. Antonelli
l'accuse de ruiner le pape. Lamoricière dit que

Antonelli est un voleur. Le pape se lamente et attend que l'*Immacolata* vienne en personne mettre à la raison ces gueux de libéraux. Il n'y a de plus canaille, après le roi de Naples, que Montemolin, dont la rétractation est, à ce qu'il paraît, bien authentique. C'est un argument bien fort pour le croisement des races et le danger des alliances entre cousins. Nos légitimistes sont horriblement consternés.

Vous aurez pu voir qu'on m'a renommé président d'une commission pour les échanges des livres de bibliothèque. Grâce à la férocité que j'ai mise à arrêter les orateurs éloquents, nous avons assez promptement terminé la besogne, et je suis occupé à mettre au net les conclusions de la commission.

Adieu, mon cher Panizzi. Je voudrais bien causer avec vous de toutes ces choses et de bien d'autres encore.

XLI

Londres, 7 août 1860.

_ Mon cher Panizzi,

Je profite de l'offre obligeante de sir Charles

Mac Carthy pour vous écrire un mot, et vous apprendre mon arrivée sans accident à Londres. Ellice est arrivé deux heures après moi, avec la vigueur d'un jeune lion. Il s'en est allé tout courant d'Arlington street, voter contre le ministère, et, ce matin, il est enchanté de s'être trouvé en minorité. Ce sont des arcanes parlementaires où je n'entends rien. Il me semble que le ministère, bien qu'il ait eu une majorité de trente-trois voix, n'en est pas beaucoup plus fort. Mais il a les vacances en perspective pour se fortifier.

Lord Shaftesbury, qui professe une grande défiance pour Sa Majesté l'empereur des Français, le soupçonne véhémentement d'en vouloir aux Druses, parce que ces honnêtes gens sont bien disposés pour le protestantisme, comme il résulte d'une lettre d'un révérend Américain qu'il a lue. Ce speech, que j'ai lu dans le *Times*, m'a mis de bonne humeur pour la journée. J'ai compris qu'on ne pouvait pas avoir un si grand nez sans que la judiciaire n'en souffrît un tant soit peu.

Adieu, mon cher Panizzi; je ne vous promets pas de bon bœuf salé à Paris, mais j'ai écrit à mademoiselle Lagden, qui sait tout, de me découvrir de la mortadelle de Bologne.

XLII

Paris, 6 octobre, 1860.

Mon cher Pànizzi,

Aussitôt après votre départ, je suis allé en province mettre à fin une aventure des plus chevaleresques et des plus originales, que je vous conterai lorsque nous n'aurons rien de mieux à faire, en buvant le vin de Bordeaux de M. Fould.

En attendant, vous saurez que je ne suis revenu de voyage que hier soir, où j'ai trouvé votre lettre. Je l'ai portée ce matin chez Son Excellence. Je vois que les dispositions de lord Palmerston sont telles que je me les représentais, c'est-à-dire le contraire de bienveillantes; mais je ne me doutais pas qu'il *dît* la moitié des choses extraordinaires qu'il vous a dites. Dans l'exposé de ses griefs, il y a une bonne partie de faussetés complètes, auxquelles il n'y a qu'un démenti formel à

donner. Puis il y a des niaiseries que je ne me
serais jamais attendu à entendre dans la bouche
d'un homme d'État ou soi-disant tel.

Par exemple, cette bonne bêtise que la France
médite une invasion en Angleterre, parce que,
dans des ports de mer, on exerce les soldats à
embarquer et débarquer promptement. Il me
semble que, lorsque, dans l'espace de deux ans, on
a eu cent cinquante mille hommes à débarquer
en Italie, douze mille à débarquer en Chine, six
mille à débarquer en Syrie; lorsque, en outre, la
plus importante de nos colonies, l'Algérie, a une
armée de cinquante mille hommes qui ne com-
munique avec la France que par mer, il me semble, dis-je, qu'il n'est pas inutile d'apprendre aux
soldats à entrer dans un vaisseau et à en sortir.

Quant aux armements, vous pouvez dire hardiment qu'il ne s'en fait point. On donne des congés
de semestre dans tous les régiments, et, à mon
avis, *on a tort,* attendu l'état des choses en Italie.

Les armements maritimes sont aussi faux que
les préparatifs de l'armée de terre. Si vous voulez lire la brochure que je vous ai portée, vous
verrez la vérité sur tout cela. Le pauvre Louis-

I. 8

Philippe avait laissé dépérir la flotte. De plus, on est dans une époque de rénovation et il est nécessaire de transformer les bâtiments à voiles. Je conçois que l'Angleterre veuille avoir le monopole de la mer, et qu'elle y tienne ; mais elle l'aura toujours, attendu qu'elle dispose d'un bien plus grand nombre de marins que toute autre puissance. Nous avons eu des escadres d'élite qui, sous les ordres d'un chef excellent comme l'amiral Lalande, auraient peut-être battu une escadre anglaise ; mais si, en gagnant une bataille, nous perdions mille matelots et les Anglais dix mille, nous ne pourrions réparer notre perte, tandis qu'en un mois l'Angleterre trouverait dix mille autres matelots aussi bons.

Il me paraît par trop bouffon de la part de lord Palmerston de dire que l'Angleterre ne cherche pas et ne cherchera pas à former une coalition contre la France, et d'ajouter aussitôt que les puissances inquiètes *will probably come to some understanding !*

Une autre assertion non moins extravagante, c'est de nous accuser d'avoir encouragé l'Espagne à faire la guerre au Maroc. J'étais en Espagne au

moment où cette guerre s'est faite, et, s'il y a à
Madrid un ministre anglais avec des yeux et des
oreilles, il aurait pu dire que la guerre a été faite
par l'explosion du sentiment national, et que les
lettres de lord John Russell ont eu pour résultat
d'exalter ce sentiment et d'exciter à la haine
contre l'Angleterre.

Il n'est pas moins étrange de prétendre que la
France, qui a aidé l'Angleterre à retarder la des-
truction de l'empire Ottoman, pousse maintenant à
sa ruine. Vos ministres sont comme les malades
qui ne veulent pas que leur médecin leur dise que
leur état est grave. Ressusciter ou même faire
vivre longtemps la Turquie est impossible, et il
est insensé de se quereller sur les remèdes à lui
donner, lorsqu'il faudrait, au contraire, s'entendre
sur la manière de l'enterrer.

Que la France ait de l'ambition, je ne le nie
pas. C'est une idée ou plutôt un préjugé national,
qu'elle s'est amoindrie en perdant une partie des
conquêtes de la Révolution. Je crois que l'empereur ne partage pas ce préjugé; mais, en tout cas,
dans l'hypothèse qu'il l'aurait, vous ne le supposez
pas assez dépourvu de bon sens pour risquer d'a-

voir toute l'Europe sur les bras, sur la chance
d'ôter cent cinquante mille âmes à la Bavière et
autant à la Prusse ? Ce que la France gagnerait en
étendue, elle le perdrait en homogénéité, et, tout
considéré, elle s'affaiblirait au lieu de prendre des
forces.

Ce qui me frappe surtout dans la politique anglaise de notre temps, c'est sa petitesse. Elle n'agit
ni pour des idées grandes, ni même pour des intérêts. Elle n'a que des jalousies et se borne à prendre le contre-pied des puissances qui excitent ses
sentiments de jalousie. Le résultat est de diminuer
son importance en Europe et de la réduire au rôle
de puissance de second ordre. En ménageant la
chèvre et le chou comme elle a fait, en observant
la neutralité peu impartiale entre l'Autriche et la
France, elle n'a obtenu l'amitié ni de l'une ni de
l'autre. Y a-t-il quelque chose de plus misérable
que sa politique à Naples et en Vénétie ? Comment
M. de Rechberg peut-il avoir la moindre confiance
en des gens qui encouragent Garibaldi et Kossuth,
et qui ne veulent pas l'affranchissement de la
Vénétie ? Tout se fait en Angleterre en vue de
conserver des portefeuilles. On fait toutes les

fautes possibles pour conserver une trentaine de
voix douteuses. On ne s'inquiète que du présent
et on ne songe pas à l'avenir. Il est certain qu'il y
a dans ce moment en Europe un malaise général
qui amènera une catastrophe et une grande modi-
fication de la carte. Des hommes vraiment politiques, voyant le mal, chercheraient le remède.
Vos ministres ne pensent pas à la guérison du
malade. Ils veulent conserver la maladie. Cela
est digne de vieillards qui n'ont que quelques
années devant eux ; mais je doute que les grands
ministres du commencement de ce siècle eussent
pensé et agi de la sorte.

Je viens d'un pays où l'on est très dévot et où
la catastrophe de Lamoricière a fait une grande
sensation. J'ai vu des gens fort piteux et fort dé-
couragés, mais nullement dangereux. Je vois
que Garibaldi se soumet et va reprendre sa char-
rue. Il fait bien. Son affaire est de se battre, et
il n'entend rien à organiser. Il paraît que le gâchis est grand en Sicile et à Naples, et qu'il est
parvenu à faire regretter le gouvernement déchu.

Cependant il paraît que tous les gens sensés sont
unanimes pour croire que l'annexion est le seul

moyen de rétablir un peu d'ordre pour le moment.
Je trouve qu'il y a de l'habileté dans les ménagements de M. de Cavour pour Garibaldi; mais j'aurais voulu le voir un peu plus énergique au sujet
de Mazzini.

Je crains que les reproches de lord Palmerston, qui, entre nous, me semblent dénoter peu
de bonne foi, ne produisent pas un très bon
effet sur l'empereur. M. Fould, que je n'ai pas
rencontré ce matin, en sera, je pense, très irrité.
Je lui ai laissé un mot en le priant de ne faire
aucun usage de cette lettre avant d'en avoir causé
avec moi.

Vous pouvez, quand vous en trouverez l'occasion, assurer hautement que, s'il y a eu en Irlande
quelques menées contraires au gouvernement anglais, elles sont l'œuvre de nos catholiques, et
que le gouvernement de l'empereur n'y est pour
rien absolument.

Adieu, mon cher Panizzi; portez-vous bien et
ne m'oubliez pas auprès de nos amis. J'espère
aussi que le pape s'en ira un de ces jours.

XLIII

Paris, 11 octobre 1860.

Mon cher Panizzi,

Le marquis Vimercati, aide de camp du roi de Sardaigne, est allé à Naples, comme vous savez, pour parler à Garibaldi. Il a trouvé les mazziniens discutant des plans pour l'assassinat de l'empereur. Il a écrit aussitôt à Paris. Connaissez-vous quelque chose de plus absurde et de plus atroce que ce parti mazziniste?

Hier, la Bourse a fort baissé sur le bruit que les Autrichiens avaient notifié l'intention d'intervenir en faveur du roi de Naples. Je ne crois pas la chose vraie en ce moment. Leur détermination n'aura lieu qu'après l'entrevue de Varsovie selon toute apparence. S'ils intervenaient en ce moment, je crois qu'ils auraient toutes les chances de succès.

Ici, l'opinion est fort contraire à Victor-Emmanuel. D'une part, l'orgueil national est froissé qu'un général piémontais ait battu un Français;

de l'autre, l'agression des Piémontais, et le ma-
nifeste de M. de Cavour ont paru scandaleux.
Le prétexte allégué par M. de Cavour est, en
effet, un peu misérable, lorsque l'on voit Garibaldi enrôler à Gênes et ailleurs des volontaires
anglais, hongrois et autres. Enfin les rapports de
Cialdini et de Persano ont souverainement déplu.
On dit que Lamoricière a envoyé un cartel à
Cialdini. C'était la dernière bêtise qu'il pût faire
pour couronner son œuvre.

Il paraît, d'après des rapports que j'ai lieu
de croire exacts, que Garibaldi aurait été battu
complètement sans l'intervention de quelques bataillons réguliers piémontais. Il a beaucoup de
bravoure et d'audace, mais nul talent comme
général. Les Autrichiens n'en feraient qu'une
bouchée.

Le désordre est grand à Naples, plus grand
encore en Sicile. On dit que, sur cent personnes,
il y en a quatre-vingt-dix-huit qui voudraient la
monarchie constitutionnelle avec Ferdinand II,
mais que tout le monde est convaincu qu'il n'y a
d'ordre possible et de sécurité matérielle qu'a-
vec l'annexion.

Il y a une nouvelle grave aujourd'hui : des coups de fusil échangés entre des patrouilles autrichiennes et piémontaises au bord du Mincio. Il ne faut pas leur fournir de prétextes, et j'ai bien peur qu'on ne leur en donne que trop.

J'ai vu, à la campagne où je suis allé, des mères et des tantes de volontaires pontificaux qui se lamentaient. Il n'y avait pourtant pas de quoi. Un jeune homme charmant et religieux avait été pris par les Piémontais, et, chose inouïe à la guerre, cinq minutes après sa prise, il n'avait plus sa montre, que sa tante lui avait donnée ! J'ai console ces infortunées en leur disant que c'était l'habitude des soldats de chercher à savoir l'heure qu'il est, et que, d'ailleurs, la victime en irait d'autant plus droit en paradis, où les élus sont pourvus de chronomètres de Bréguet. Comment se porte le vôtre ?

M. Fould est parti précipitamment pour Tarbes le jour même où je lui envoyais votre lettre. Madame Fould est fort malade, dangereusement, à ce que je crains. Il revient cependant demain vendredi. Je le verrai et je vous écrirai lundi au sujet de votre conversation avec lord Palmerston, et, s'il fait ce que je désire, il m'écrira une lettre ostensible.

Je persévère à croire que lord Palmerston a trop d'esprit pour croire ce qu'il vous a dit des préparatifs de guerre, etc. Il n'y a de pires sourds que ceux qui ne veulent pas entendre. Vos ministres trouvent leur avantage à exciter les vieilles haines nationales. Au fond, leur grand grief est que l'empereur soulève de grosses questions auxquelles ils ne sont pas préparés. Ils l'accusent de les inventer. Senior et d'autres bonnes têtes me soutenaient sérieusement que l'empereur avait *inventé* les affaires d'Italie. Vous savez que toujours les malades détestent les médecins qui leur disent la vérité sur leur mal.

Adieu, mon cher Panizzi; mille amitiés et compliments.

XLIV

Paris, 15 octobre 1860.

Mon cher Panizzi,

Un mot à la hâte. — M. Fould a montré votre lettre à *votre ami de Saint-Cloud.* Votre ami a

dit ce matin à M. Fould de me répondre. J'attends
cette réponse et je vous l'enverrai aussitôt. Vous
pourrez avoir *l'indiscrétion* de laisser entendre
que cette réponse est d'autant plus intéressante
qu'elle a été inspirée. *L'ami de Saint-Cloud* avait
la lettre depuis dix jours, mais ne l'avait pas lue ;
il n'est pas fort *lisard*; mais il paraît que cela l'a
intéressé, et, en attendant, il m'a fait remercier de
la communication, et vous aussi.

Le curé de Saint-Germain l'Auxerrois a dit à un
de mes amis que la sainte Vierge était apparue
à notre saint-père le pape et lui avait dit qu'elle
avait besoin d'un martyr et qu'elle avait fait choix
de lui, pape. Après l'avoir remerciée de ce choix,
il a appris qu'il devait parcourir la chrétienté en
mendiant, endurer beaucoup de tribulations, etc.,
etc. ; moyennant quoi, le catholicisme reverdirait.
Tenez cette apparition pour chose sûre, la sainte
Vierge est très active cette année, et cela doit
nous donner quelque espoir de nous retrouver
cette année dans le Vatican. *Utinam.*

Mille amitiés. Dès que j'aurai la réponse, je
vous l'enverrai. Le courrier me presse.

XLV

Mon cher Panizzi,

Voici enfin la lettre de M. Fould, que je reçois ce matin. J'aime mieux vous l'envoyer telle quelle que de vous en faire un extrait. Avec cette lettre, la vôtre m'est revenue, et je l'ai lue avec autant de surprise que la première fois. Je ne puis m'empêcher de récapituler les griefs prétendus :

1° *D'avoir encouragé les Espagnols à tirer vengeance des Marocains.* Si vous connaissez les Espagnols, vous savez que le vrai moyen de les empêcher de faire quelque chose est de leur en faire donner le conseil par un étranger. Non seulement la France ne s'est mêlée en rien de cette affaire, mais encore elle n'y avait pas le moindre intérêt. Il est évident que, si une puissance européenne s'établissait près de l'Algérie, ce serait un danger pour nos possessions d'Afrique. Bien que les Espagnols ne soient pas fort redoutables, nous aimerions mieux avoir pour voisins des Barbares

que des gens civilisés. La majeure partie de la
population européenne de l'Algérie est espagnole :
ce sont des Mayorquins et des Valenciens, bons
travailleurs. S'il y avait une colonie espagnole en
Afrique, nous perdrions ces gens-là.

II° *La France n'a rien fait pour hâter la chute
de l'empire turc. Elle en voit la ruine prochaine,
mais se gardera bien de l'accélérer.* Je vous ai
dit dans le temps le mot de Thouvenel : « L'empire
turc est une accumulation de fumiers superposés :
fumier turc, fumier grec, fumier bulgare. Une révolution en ce pays ne peut mettre au jour qu'un
fumier. »

III° Quant à l'envoi d'agents en Belgique et
ailleurs pour préparer une annexion, d'autres en
Irlande, etc., pas un mot de vrai. De tous les
pays limitrophes, la Belgique serait le plus difficile à annexer. Peut-être des prêtres catholiques
ont-ils fait des sermons ridicules en Irlande. Vous
savez comme moi quel est l'attachement du
clergé catholique pour l'empereur, et vous ferez
justice vous-même de toutes ces folles accusations.

IV° Je ne sais rien des pamphlets préparant des
annexions nouvelles. Une des graves erreurs des

journaux anglais est de s'imaginer qu'il n'y a pas
en France de liberté de la presse. On imprime dans
les journaux, et surtout dans les livres, mille bil-
levesées tous les jours: Les orléanistes et les carlistes ont leurs organes, et ils vont très loin. Croyez
que le gouvernement est tout à fait étranger à
de pareilles publications. Elles sont, d'ailleurs, si
obscures, que je n'en ai jamais entendu parler.

V° Lisez le budget de la guerre, et vous verrez
l'effectif de l'armée notablement réduit. Allez sur
une grande route, vous rencontrerez des soldats
allant en congé illimité. Je vous ai remis la brochure de Cucheval-Clarigny ; vous verrez ce qu'il
faut penser de ces prétendus armements. Entre
vous et moi, je vous dirai qu'on désarme beaucoup
trop, ce me semble ; d'après ce qui se passe en
Italie, je crois qu'il ne serait pas mauvais de se
tenir prêt à toute éventualité.

VI° L'exercice prescrit dans les ports de mer,
pour apprendre aux troupes à embarquer et à
débarquer, a été introduit lors de la guerre de
Crimée. Tous les ans, on ramène en France dix ou
douze mille hommes d'Algérie, et on en envoie
autant. S'il n'y a pas un exercice semblable dans

l'armée anglaise, cela ne prouve pas en faveur de
ses chefs.

Je crois encore, cher Panizzi, que la grande cause
de désaccord entre la France et l'Angleterre pro-
vient de ce que cette dernière se tient, touchant
les affaires de l'Europe, dans une politique expec-
tante qui lui est facile et qui est presque impossible
pour nous. L'Angleterre s'est contentée de faire
des vœux pour le Piémont; nous nous sommes
battus, et, si nous ne l'avions pas fait, nous aurions
commis une faute énorme. Si l'Angleterre, qui a,
au fond, les mêmes sympathies que nous pour la
cause italienne, et qui n'a pas les mêmes risques
à courir, au lieu de se laisser aller à des sentiments de défiance et de jalousie, voulait nous
seconder ouvertement, la paix du monde serait
assurée. Les Italiens feraient eux-mêmes leurs affaires, et peut-être parviendrait-on à obtenir de
l'Autriche la cession de la Vénétie.

Adieu, mon cher Panizzi; mille amitiés et
compliments.

XLVl

Mon cher Panizzi,

Je viens vous demander pardon d'une bêtise de
mon domestique, que j'avais chargé d'affranchir
un gros paquet que je vous envoyais ce matin.
J'apprends ce soir qu'il y a mis un timbre de
quarante centimes, évidemment insuffisant. Si,
comme il est probable, on refuse chez vous les
lettres non affranchies, mon paquet ira à tous les
diables, et ce serait dommage; car, outre un billet
de moi, il y avait quatre pages de M. Fould en
réponse à la lettre que Sa Majesté a vue. N'oubliez pas de la faire réclamer et excusez la mala-
dresse de mon imbécile.

Savez-vous que je commence à croire un peu
à notre voyage à Rome? Monseigneur Sacconi, le
nonce, part demain. Il a fait mettre dans le *Moniteur*, et il a dit à tout le monde, en prenant congé,
qu'il reviendrait sous peu de semaines, ce qui me
fait croire qu'il ne reviendra pas. Ce départ, l'ap-

parition de la sainte Vierge et le désir bien una-
nime de tous les dévots que le pape quitte Rome,
me fait espérer que nous nous reverrons au Vatican, chacun à la tête d'une troupe de scribes
juifs ou mahométans.

Adieu, mon cher Panizzi ; je suis désolé de l'accident arrivé à cette lettre, mais j'espère qu'elle
ne sera pas perdue.

XLVII

Paris, 21 octobre 1860.

Mon cher Panizzi,

Je suis charmé que ma lettre soit arrivée à
bon port ; mais, si vous étiez en France, vous seriez ruiné par les ports de lettres.

Il me semble, d'après ce que vous me dites et
ce que je vois, que la France et l'Angleterre sont
comme des gens mariés qui se querellent, mais
qui ne peuvent se séparer. Tant mieux. M. Fould
me paraît du même sentiment que vous sur l'affaire de Viterbe. Il trouve que c'est une grande
sottise, qu'il rejette sur le grand général qui l'a

I. 9

faite. Mais pourquoi employer un niais pareil? Je crois qu'on lui aura lavé la tête, mais ce n'est pas assez. Je vois par les journaux que la lettre à sir James est fort blâmée. C'est une imprudence un peu forte.

Je doute toujours de la constance du saint-père à demeurer à Rome. Tous les grands hommes de l'ancien gouvernement, tous les carlistes d'ici voudraient qu'il s'en allât. Vous savez qu'une des grandes fautes de la politique moderne à courte vue, c'est d'agir contrairement à ce que trouvent bon ceux qu'on regarde comme ses ennemis. Il suffit peut-être que les orléanistes et les légitimistes aient montré le désir que le pape quittât Rome, pour que le gouvernement ait fait des efforts pour qu'il y restât. A mon avis, il faudrait examiner d'abord de quel côté est le sens commun, et je crois que, selon l'usage des partis battus, qui cherchent les moyens extrêmes, les gens qui conseillent l'exil au pape croient, fort à tort, qu'il résulterait de là une grande commotion. Je crois que ce serait une tempête dans un verre d'eau. Les dévots et les imbéciles ne prendront pas les armes, et, quant aux excommunications, elles

donneraient plutôt de la popularité qu'elles n'en
feraient perdre. Ce qui serait bien plus avantageux
pour nous serait de sortir de la position fausse où
nous sommes et où nous pouvons demeurer bien
longtemps. Quant aux dévots, ils ne pourraient
être pires qu'ils ne sont à présent.

· Un Russe fort bien instruit m'a expliqué l'entrevue de Varsovie d'une façon que j'ai lieu de
croire exacte, et qui s'accorde, d'ailleurs, avec ce
que je tiens de Fould. L'empereur d'Autriche, ou
plutôt M. de Rechberg, s'applique depuis longtemps à établir que la position de l'Autriche vis-à
vis de la Hongrie et de l'Italie est exactement la
même que celle de la Russie vis-à-vis de la Pologne. Gortchakof répond à cela : « Il y a dix ou douze
Russes pour un Polonais, tandis qu'on ne sait ce
que c'est qu'un Autrichien. Il est en imperceptible
minorité au milieu de nationalités plus ou moins
rebelles à son joug. » Tant il y a que c'est pour
achever la démonstration de cette théorie que
François-Joseph a demandé une entrevue. La vanité de l'empereur Alexandre en a été flattée;
mais il n'est nullement disposé à accepter le traité
de garantie réciproque qu'on lui offre; d'autant

plus qu'en ce moment la Pologne est moins agitée
que jamais, et que la Hongrie bouillonne d'une
façon menaçante. Il faut s'attendre que les Autrichiens exploiteront l'entrevue pendant quelque
temps et prétendront y avoir gagné quelque chose.

On se plaint ici de ne rien comprendre à la politique de l'empereur. Sous le gouvernement de
Louis-Philippe, tout le monde était assez vite au
fait de toutes les affaires, tandis que, maintenant
qu'elles sont dans la tête d'un muet, il est impossible d'en savoir ou même d'en deviner quelque
chose. L'impatience est seulement dans les salons.

Le peuple ne s'occupe guère des affaires d'Italie, moins encore du pape que du roi de Naples.
Je ne crois pas qu'il déguerpisse de Gaëte si facilement. On dit qu'il a montré quelque courage
personnel, et, s'il n'a pas peur d'une bombe, il
peut demeurer longtemps dans son trou avec la
satisfaction de savoir qu'il est un grand embarras
pour son successeur. Nous trouvons que le successeur est bien lent à se décider. Il ne devrait
pas perdre un moment pour ôter à Garibaldi le
moyen de faire de nouvelles sottises. Il n'en a fai
que trop jusqu'à présent.

Bien que le temps se remette un peu, je commence à songer sérieusement à mes quartiers
d'hiver. On me dit qu'il y aura beaucoup de
monde à Cannes et à Nice cette année.

Adieu, mon cher Panizzi; je m'ennuie beaucoup
depuis votre départ et je ne sais que devenir le
soir.

XLVIII

Paris, 23 octobre 1860.

Mon cher Panizzi,

Je reviens de Saint-Cloud, où j'ai déjeuné avec
Monsieur et *Madame* et *leur garçon*. Tous très
bien portants, *madame* fort triste [1].

Le *maître de la maison* m'a chargé de le rappeler à votre souvenir et de vous remercier de ce
que vous dites et faites. Il est très content de voir
qu'il y a de l'amélioration dans les dispositions de
vos amis insulaires. Quant à ce qui lui avait attiré
leur mauvaise humeur, il s'est défendu avec la
plus grande énergie d'avoir rien fait en actes ou

1. La duchesse d'Albe, sœur de l'Impératrice, venait de
mourir.

en pensée pour la provoquer. Nous avons causé
des affaires d'Italie, qu'il trouve, comme tout le
monde, bien embrouillées. Les circonstances ont
pu motiver des actes extraordinaires ; mais ces
actes sont tellement contraires à tous les principes.
reçus, qu'il est impossible de ne pas les blâmer.

Nous avons causé de la campagne de Lamoricière, et je lui ai conté des anecdotes qui l'ont
fait rire, entre autres les compliments malicieux
de Changarnier sur les manœuvres admirables
de son ancien collègue et ami, si belles que lui
Changarnier ne les comprend pas. Il me semble qu'au fond il pense sur l'Italie comme vous et
moi, mais qu'il a des convenances à garder. Je lui
ai parlé très audacieusement de l'impatience où
j'étais de faire des copies dans des archives. Cela
l'a diverti. Il ignorait complètement la mauvaise
grâce des archivistes à l'égard des curieux d'é-
tudes historiques.

Mon imbécile de domestique m'a quitté sans
dire gare, à la suite d'une querelle avec sa sœur.
Je ne sais où en trouver un bon, aussi j'espère
n'en pas avoir un pire ; d'ailleurs, cela serait difficile.

Adieu, mon cher Panizzi. Lisez *le Constitu-*
tionnel de demain. Il y aura, dit-on, un article sur
l'Italie qui aura de l'importance.

XLIX

Paris, mercredi 31 octobre 1860.

Mon cher Panizzi,

Je reviens de chez M. Fould. Il était à la chasse.
Je ne puis vous donner d'explications au sujet de
Gaëte, si tant est qu'il y en ait à donner. Vous
êtes un peu partial dans la question. Je ne dis
pas que Sa Majesté le roi ou l'ex-roi des Deux-
Siciles ne soit pas un grand nigaud; mais les
formes employées à son égard passent un peu les
bornes. La saisie des rentes par Garibaldi est d'un
exemple un peu trop dangereux. Si l'on traitait
avec lui comme avec une puissance régulière, il
n'y aurait plus de sécurité pour aucun État; et je
trouve qu'en tenant en échec, comme l'on fait
ici, les Autrichiens, on va aussi loin que possible.
Pour nous témoigner de la reconnaissance, les
gens de Mazzini, à Naples, discutent les moyens

d'assassiner l'empereur. Un petit projet a été mis
en délibération, d'envoyer un homme déguisé en
blessé d'Italie, avec capote militaire et une béquille. La béquille aurait été un fusil. C'est Vimercati, aide de camp du roi, qui a prévenu le ministre de l'intérieur à Paris.

Je vous répète, sans pouvoir vous en donner
l'assurance, que, dans mon opinion, la non-recon-
naissance du blocus de Gaëte a été convenue entre les deux gouvernements de France et d'Angleterre, et, quant à la présence de vaisseaux
français devant Gaëte, c'est plutôt pour donner à
François II la tentation d'un asile que pour lui
offrir un secours efficace.

Si je suis bien informé, et vous savez quelle est
ma source, M. de Metternich donne ici les assu-
rances les plus positives de non-intervention, et
il a mis une grande chaleur à faire démentir le
bruit de bourse d'un ultimatum adressé au Piémont. Il faut qu'on soit bien bas en Allemagne.

Tenez pour certain ce que je vais vous dire de
Varsovie. L'empereur François-Joseph a abordé
l'empereur Alexandre, avec cette phrase russe :
Ya k'vam s' povinnoïou golovoïou, c'est-à-dire

Ego ad te cum noxio capite. C'est la formule employée par un serf qui se présente devant son maître et qui s'attend à un châtiment. Cette attitude a révolté tout le monde et jusqu'à l'empereur Alexandre. Il n'y a eu, d'ailleurs, aucune délibération politique, aucune résolution. Tout s'est passé en politesses, très froides de la part d'Alexandre, et encore plus froides de la part du Prussien. Gortchakof triomphe sur toute la ligne.

• Je crois Henry Bulwer trop homme d'esprit pour dire le contraire de ce que dit la Valette ; mais il ne plaît pas à vos ministres de croire ce qui ne leur convient pas. Le fond de la question, c'est que tout se détraque. D'un côté, les Turcs conspirent contre le sultan, qu'ils regardent comme une marionnette que les chrétiens font mouvoir ; de l'autre, les chrétiens prennent des airs insolents et excitent l'indignation et le fanatisme des vieux musulmans. Aali pacha, dans sa tournée, a été obligé d'emprunter plusieurs fois de l'argent, pour continuer sa route. On doit à l'armée plus d'une année de solde, et, en général, les soldats n'ont d'autres rations que celles qu'ils volent.

Voilà ce que disent tous les voyageurs qui reviennent de Constantinople ou de la Roumélie.
Dans l'Anatolie, vous savez ce qui se passe. Vous avez lu la façon dont Fuad pacha a fait filer les Druses du Liban au milieu des troupes turques chargées de les cerner. Il est vrai, comme dit lord Shaftesbury, que les Druses sont tout disposés à se faire protestants; mais le pire de tout, c'est qu'il n'y a plus un sou dans le trésor ottoman et que le sultan et son harem ont mangé les revenus de 1861.

Le grand obstacle à une alliance efficace entre la France et l'Angleterre, c'est la différence radicale qui existe dans la manière de considérer les mêmes faits. Ainsi on prétend, de votre côté du détroit, que la Turquie va bien. En 1858, on prétendait aussi que les affaires en Italie n'avaient rien de pressant. Il est facile de comprendre que des ministres dépendant d'une Chambre où ils n'ont qu'une majorité incertaine, soient toujours pour le *statu quo*. Mais ce n'est pas ainsi que se font les grandes affaires. Je crois que, si un traité d'alliance avait lieu, il faudrait qu'il fût plutôt proposé par l'Angleterre que par nous. C'est le seul moyen de réussir. Si les conditions plaisent à l'empereur, il ne fera pas une objection, tandis que vos ministres en feront cent, quand même ils seraient satisfaits.

Adieu, mon cher Panizzi ; mille amitiés et compliments.

L

Paris, 3 novembre 1860.

Mon cher Panizzi,

Je dîne ce soir avec M. Fould. Si j'apprends quelque chose, je vous écrirai aussitôt. Je suis, en général, de votre avis sur ce qui se passe, et, pour ma part, je trouve qu'en ménageant la chèvre et le chou, on ne fait rien de bon ; d'un autre côté, il faut tenir compte des difficultés de toute espèce qui s'opposent à ce qu'on suive une autre politique. Avec des gens un peu téméraires, il est dangereux de trop s'engager, et, ici, les gens téméraires sont remorqués par des fous. M. de Cavour est le téméraire, et Garibaldi le fou.

On dit, mais je ne garantis rien, au sujet de ce qui s'est passé devant Gaëte, que ce n'est pas à la flotte piémontaise qu'on a intimé la défense de canonner le camp de Gaëte, mais à une expédition mystérieuse du général Turr, Hongrois, expédié je ne sais où, par Garibaldi, de sa propre autorité et sans consulter Victor-Emmanuel.

Quant à la conduite de l'Espagne à Turin, nous n'y sommes pour rien. Donner un conseil à un Espagnol, c'est l'exciter à faire le contraire. Quoi de plus naturel que la reine, dévote et parente du roi de Naples, ait désapprouvé l'invasion des États pontificaux et de Naples? Si vous voyiez les lettres que m'écrivent mes amis *très libéraux* de Madrid, vous verriez que le sentiment national est très hostile aux Piémontais. Ils s'emparent de ce que les Espagnols considèrent encore jusqu'à un certain point comme des apanages espagnols. La France n'a donné aucun conseil dans cette affaire.

Je regarde comme impossible une alliance entre la France et l'Angleterre pour les affaires d'Italie. Ce ne serait ou qu'une lettre morte, ou bien un engagement tellement grave, que ni l'une

ni l'autre des deux puissances ne pourrait pré-
voir jusqu'où elle serait entraînée. Il ne faut pas
se dissimuler qu'une alliance semblable amènerait immédiatement une agression des Italiens
contre la Vénétie, c'est-à-dire la guerre contre
l'Autriche et probablement contre l'Allemagne.
La France et l'Angleterre se poseraient en champions du principe des nationalités, et ce serait
mettre le feu à l'Europe. Il est vrai que l'Angleterre n'a pas grand'chose à craindre. Son action
consisterait à contenir par ses vaisseaux les puissances continentales, c'est-à-dire qu'elle n'aurait
à peu près rien à faire, tandis que la France aurait
une grande guerre sur les bras.

Je pense que, avec la sécurité financière que
donnerait une alliance que je suppose sincère
avec l'Angleterre, le succès ne serait pas douteux, la Russie elle-même se mêlât-elle de la
lutte. Mais, une fois que nous aurions culbuté les
Autrichiens et les Prussiens, dépensé cinq cents
millions et versé le sang de cent mille hommes,
serait-il possible de ne pas chercher un dédom-
magement à tant de sacrifices ? Vous verriez la
nation entière demander la rive gauche du Rhin,

c'est-à-dire avoir précisément les vues ambi-
tieuses qu'on prête à l'empereur et qui alarment
tant l'Angleterre. Vous conviendrez qu'elle n'aurait pas obtenu un bien grand résultat. Il me
semble que la seule politique possible aujourd'hui,
c'est de temporiser, de tâcher de calmer les
ardeurs de l'Italie et de lui donner le temps de
se consolider et de s'organiser.

A mon avis, Garibaldi a compromis gravement la cause italienne, d'abord par une agression qu'il est impossible de défendre, à moins de
démentir tous les principes du droit de l'Europe ;
puis en montrant au monde le fantôme de la
Révolution. Si, après la conquête de la Sicile, il
s'en fût tenu là, il aurait peut-être compromis
assez son gouvernement, mais le mal ne serait
pas aussi grand qu'il l'est aujourd'hui. Pour des
gens impartiaux et surtout pour ceux qui ne connaissent pas parfaitement l'Italie, ce qui se passe
à Naples est le comble de l'abomination. On
prend les États d'un prince qui se défend et qui
a encore une armée fidèle, au nom de qui les
paysans s'insurgent. On fait des élections à la
sincérité desquelles personne ne croit. Enfin, et

c'est le pire de tout, on voit le parti révolutionnaire dominer Cavour et Victor-Emmanuel, et
l'on craint, ou plutôt on ne doute pas, que, dans
un temps peu éloigné, il ne le pousse à des extra-
vagances.

La situation de la France est très compliquée.
Nous ne voulons pas qu'on intervienne en Italie,
mais nous ne pouvons admettre les principes posés
par Garibaldi. Nous ne voulons ni de la révolution
ni des Autrichiens. Que faire? S'allier avec le
Piémont, c'est se mettre à la suite de la révolution.
Prétendre le dominer, c'est accepter le métier
de gendarme et se mettre à la suite de l'Autriche.

Adieu, mon cher Panizzi; mille amitiés.

LI

Paris, 4 novembre 1860.

Mon cher Panizzi,

Voici une lettre qui répond à vos questions. Je
vous dirai confidentiellement qu'on n'a pas ici le
moindre doute que, dans fort peu de jours, Gaëte

ne soit rendu et qu'on agit même dans ce sens. Les vaisseaux français emporteront le roi où il voudra aller.

On vient de me dire d'une assez bonne source que lord John avait écrit ici afin que M. de Persigny assistât au banquet d'installation du lord maire, où lui, lord John, devait dire quelques mots sur l'alliance dans un sens agréable aux deux pays.

La Russie nous cajole fort. L'empereur Alexandre, ou plutôt Gortchakof a remis à l'empereur François-Joseph un mémorandum dans lequel il lui conseille très fortement de ne pas attaquer et de ne se mêler en rien de ce qui se passe en Italie. Dans le cas où il serait attaqué et que la fortune des armes lui fût favorable, qu'il ne pensât pas à reprendre la Lombardie ; que ce qu'il aurait de mieux à faire serait de demander l'exécution du traité de Zurich ; surtout qu'il se gardât de montrer la moindre velléité de revenir sur l'annexion de la Savoie et de Nice. Kisselef, ici, est tout miel et tout sucre. Il est évident que la situation de l'Orient nous vaut toutes ces avances, et que les agents russes voient les choses sous un tout

autre point de vue que Henry Bulwer, si tant est
que Bulwer les voie ainsi, ce dont je doute très
fort.

Adieu, mon cher Panizzi. Je pars demain pour
la campagne, où je resterai cinq ou six jours ;
suite de l'aventure dont je vous ai parlé.

P.-S. Vous avez vu la lettre de M. de Grammont.
Il a demandé l'épreuve du *Journal de Rome*, et,
au lieu de supprimer les mots : *par la force*, on
avait mis : *en adversaire*. Il a réclamé, et Antonelli
a fini par avouer que cette variante était de la
main même de Sa Sainteté. Comment trouvez-
vous cela ?

LII

Paris, dimanche 11 novembre 1860.

Mon cher Panizzi,

J'ai vu ce matin M. Fould ; il m'a dit, ce que je
savais déjà : c'est qu'il ne vous accusait nullement. Ses reproches s'adressent à *vos* interlocu-
teurs et non pas à vous. Tranquillisez-vous complètement sur ce point.

On dit qu'il y a eu hier de bons discours au dîner du lord maire. Ici, l'on en paraît satisfait.

On s'attend de moment en moment à l'éva-cuation de Gaëte par François. Tout le monde le lui conseille ; cependant, si j'étais à sa place, je n'en bougerais pas et j'attendrais.

Il me semble qu'on ne comprend pas grand'-chose à cette armée napolitaine entrant sur les terres de l'Église et désarmée par les douaniers du saint-père. Qu'y a-t-il de vrai là dedans? Où va Garibaldi? Que veut-il faire pour passer gaiement son hiver? Je voudrais bien qu'il s'en prît à la Hongrie, au lieu de se casser les dents sur la Vénétie.

Sir John Bowring est ici, disant que rien n'est fini en Chine. Je sais qu'il est tout naturellement porté à trouver mauvais ce que fait son succes-seur ; mais, en cette occasion, il se peut fort bien qu'il ait raison. Si ces Chinois ne sont pas des magots de porcelaine, rien qu'en se pressant contre nous, ils nous écraseraient. Ce n'est pas avec huit ou dix mille hommes qu'on prend une ville comme Pékin. Supposé qu'ils veuillent la paix, une grande difficulté reste : c'est pour leur

faire payer les frais de l'expédition. Où diable
prendront-ils l'argent ? Les lettres de nos guer-
riers sont fort lugubres. Dans tous les villages où
ils arrivent, les femmes se tuent pour n'être pas
souillées par les diables étrangers. Voilà la première fois que cela leur arrive. Dans une seule
maison, où est entré un jeune lieutenant d'artillerie, parent d'un ami à moi, cinq femmes s'é-
taient coupé la gorge avec des tessons de porcelaine, et deux enfants avaient été noyés dans des
baquets d'eau. Cela montre qu'il y a une grande
différence entre savoir se battre et savoir mourir.

Sait-on quelque chose de positif sur l'état de la
Sicile ? Je crois vous avoir dit l'anecdote du saint-
père et sa petite correction ; au lieu de « par la
force », que M. de Grammont n'avait pas mis, il
voulait qu'on substituât « en adversaire », que
Grammont n'avait pas écrit davantage ; mais il
fallait couvrir un peu l'excès de zèle de monseigneur de Mérode. Les ecclésiastiques sont tout
pleins de ces petits ménagements ingénieux.

J'étais allé travailler à la seconde partie de mon
roman. Je crois que c'est la dernière. La fin ne
vaut pas le commencement. Cependant il a com-

mencé par la fin. Comprenez si vous pouvez ; quand je vous verrai, je vous ferai rire *over a bottle of claret.*

Je pense me mettre en route pour Cannes jeudi prochain, si je ne crève pas d'ici là d'un horrible rhume que j'ai gagné en chemin de fer, à côté d'un homme très froid, qui était le baron de Hübner. Il n'a pas perdu l'habitude des gasconnades diplomatiques et m'a dit que tout irait merveilleusement en Hongrie. Le lendemain, le journal nous apprenait que les palatins nouvellement nommés ne voulaient pas de la patente autrichienne.

Voici une drôle de nouvelle, entre vous et moi jusqu'à ce que tout le monde la sache. L'impératrice veut aller *incognito* à Édimbourg, pour se secouer un peu après la mort de sa sœur. Jugez ce qu'on va dire, et tous les contes qui seront bâtis là-dessus.

On parle d'une grande querelle entre monseigneur de Mérode et M. de Goyon. Goyon lui a dit qu'il regrettait qu'il eût une robe. Mérode a répliqué qu'il le regrettait également, car elle le privait d'avoir l'innocente épée du général. Il est fort question du départ prochain du pape.

Adieu, mon cher Panizzi ; portez-vous bien et tenez-vous en joie. Il est très possible que nous nous revoyions cet hiver à Rome.

LIII

Cannes, 21 novembre 1860.

Mon cher Panizzi,

J'ai eu tant de tracas et tant d'affaires à régler avant de quitter Paris, que je n'ai pas trouvé le temps de vous écrire. Me voici installé à Cannes, où je vous écris la fenêtre ouverte, en face de la mer, calme comme la *Serpentine river*, un peu contrarié par le soleil qui me cuit le dos. Bien que le pays ne soit pas des plus favorablement partagés sous le rapport des *harnais de gueule*, comme dit Rabelais, on y a de bon poisson et des bécasses et du mouton délicieux, outre que Marseille nous fournit quelques provisions. Nous serions charmés de vous tenir ici pendant quelque temps et de vous faire maigrir par notre cuisine et des promenades sur nos montagnes. J'ai trouvé, en arrivant, miss Lagden et mistress Ewers, qui ont découvert un logement très agréable, où nous avons une chambre pour les âmes charitables qui nous visitent. Ces dames se recommandent à votre bon souvenir et me chargent de tous leurs compliments pour vous.

La poste vient de Londres à Cannes en deux jours et demi, ce qui est sans doute un peu long pour le cas où vous auriez quelque communication pressée ; mais, dans ce cas, pourquoi n'écririez-vous pas directement à M. Fould ou bien à J. Pelletier ? De toute manière, ce que vous auriez à dire serait bientôt sous les yeux de *votre ami de Saint-Cloud*. M. Fould aime beaucoup qu'on lui écrive, et il sait que vous le faites à bonne intention et que vous pouvez faire grand bien à vos correspondants des deux côtés du canal.

Je ne sais rien ici que par les journaux. Je vois que le roi de Naples tient toujours bon dans Gaëte. S'il a du cœur, comme il paraît, cela peut durer encore longtemps. Voilà Garibaldi en villégiature. Je voudrais qu'il y restât longtemps. Maintenant il est l'homme qui peut faire le plus de mal à

l'Italie. Si M. de Cavour a le pouvoir de le faire
tenir tranquille pendant un an ou deux, et en
même temps de maintenir l'ordre dans les provinces annexées, la partie sera gagnée.

Observez que la paix actuelle est ruineuse pour
l'Autriche, que le diplôme de l'empereur, ou son
protocole, je ne sais comment il l'appelle, est un
cancer au cœur de l'Autriche, dont elle crèvera si
on lui laisse le temps de mûrir. En ce moment, la
Hongrie est mieux disposée qu'elle ne l'a été depuis longtemps ; mais, quand elle aura un peu
goûté du régime constitutionnel, ne doutez pas
qu'elle ne demande à l'empereur des institutions
de plus en plus libérales, jusqu'à ce qu'elle lui propose finalement d'aller à tous les diables. Pour la
Bohême et les autres États, vous verrez la même
comédie.

Adieu, mon cher Panizzi ; je vous quitte pour
aller pêcher en mer. Je ne *pêche* plus sur
terre.

P.-S. Si l'impératrice vient à Londres à son
retour, je suppose que vous aurez sa visite.

LIV

Cannes, 27 novembre 1860.

Mon cher Panizzi,

Je reçois ce matin votre lettre du 23. Elle a mis quatre jours à venir, et en quatre jours il s'est passé bien des choses. Je ne sais si vous avez le mot de l'énigme à Londres. Ici, je n'y vois que du feu, et il m'est impossible de me faire une idée des comment et des pourquoi. Je savais que depuis longtemps on en voulait à notre ami, parce qu'il tenait les cordons de la bourse plus serrés que ne le voulaient un grand nombre de personnes qui aiment à puiser dedans.

Une belle dame qui voulait, pour son mari, la place de notre ami, a fini par l'emporter. Cela me fait de la peine pour toute sorte de raisons. D'abord pour la chose en elle-même, qui est fâcheuse, au point de vue moral et politique ; puis pour notre ami, qui, à ce qu'on m'écrit de Paris, en est fort triste ; enfin pour vous et moi, que cela sépare de notre correspondant. Quant à ce der-

nier inconvénient, peut-être y trouverai-je un remède à mon retour à Paris.

Je suis de votre avis en ce qui touche les affaires
d'Italie, mais pas tout à fait par les mêmes motifs.
Je ne crois pas, comme vous, que ce soit à notre
conduite qu'il faille attribuer la réaction dans le
royaume de Naples et l'agitation de la Sicile. Il
eût été fort extraordinaire que les paysans de la
Calabre et des Abruzzes devinssent tout d'un coup
constitutionnels. Mais je crois qu'il eût été de
bonne politique, professant le principe de non-
intervention, de laisser instrumenter les Piémontais à leur guise, sauf à les blâmer, sauf à les
avertir même qu'ils entendaient mal le droit des
gens.

Quant au pape, il y a longtemps qu'à sa première algarade contre nous, je l'aurais laissé à
Rome avec ses Suisses et leurs hallebardes.

Tout cela me semble comme à vous déplorable.
Au reste, on m'écrit de Paris que cela va cesser
et que l'empereur a écrit une lettre à Victor-Emmanuel, pour reprendre les anciennes relations ;
qu'ordre serait donné à Goyon et à l'amiral Lebarbier de Tinan, de ne se mêler plus du siège de

Gaëte. Je vous donne ces nouvelles comme des on dit, je suis trop loin pour savoir ce qui se passe.

En ce qui touche à nos affaires intérieures, je ne comprends pas davantage. Ces nouvelles concessions libérales me paraissent des plus étranges, et j'y vois un sujet d'inquiétude pour l'avenir: aller chercher dans l'arsenal des institutions constitutionnelles la discussion de l'adresse pour la rétablir dans un gouvernement où, à vrai dire, il n'y a pas de ministres responsables, cela me paraît un non-sens. Le résultat ne peut être que *verba*. Je voudrais pouvoir ajouter *prætereoque nihil*, mais vous savez qu'en France, après les mots, viennent les révolutions.

Quelle sera la position de ces commissaires du gouvernement chargés de soutenir une adresse qu'ils n'auront pas rédigée? s'ils sont battus dans la discussion, qu'en fera-t-on? les renverra-t-on du conseil d'État? ou renverra-t-on les ministres à portefeuille? cela rappelle le bon temps où les princes avaient auprès d'eux un garçon chargé de recevoir le fouet, lorsque Son Altesse l'avait mérité.

Adieu, mon cher Panizzi ; ne m'oubliez pas, et donnez-moi de vos nouvelles.

LV

Cannes, 2 décembre 1860.

Mon cher Panizzi,.

Je ne sais encore rien et ne comprends pas davantage. D'après quelques renseignements qui viennent de bonne source, on pourrait croire qu'il s'agit d'une expérience. D'une part, on aurait voulu ouvrir une soupape, dans l'opinion qu'il *n'en sortirait rien*, et qu'on désarmerait ainsi l'opposition, qui, en effet, est un peu sotte en ce moment. De l'autre, se voyant en présence d'un mouvement catholique et légitimiste assez puissant, très braillard, et placé jusque dans les antichambres de son palais, Sa Majesté voudrait chercher dans le pays un point d'appui et un moyen de sortir de la position très peu commode où elle se trouve en Italie. Si le Corps législatif et le Sénat lui disent, dans la réponse au discours de

la couronne, qu'ils sont pour le principe de non-
intervention, il est évident que cela lui donne le
moyen de rappeler Goyon et son monde, sans en-
courir une responsabilité qui n'est pas sans périls.

Sur le premier point, je crois qu'on se trompe
fort en croyant qu'il ne sortira rien de la soupape. Au contraire, je suis persuadé, avec vous,
qu'il peut en sortir des tempêtes, non pas tout de
suite, mais dans un moment donné. Il paraît certain que, quant à présent, le parti orléaniste est
fort abattu et découragé. Quant aux affaires d'Italie, je ne suis pas parfaitement rassuré. Les prêtres, les femmes et la mode sont bien puissants.
Je ne serais pas surpris que le pape ne trouvât
des défenseurs, et que l'adresse ne dit tout le contraire de ce qu'on en paraît attendre. Je ne connais personne à Paris et en France qui ne soit
porté à plaindre Pie IX et François II, et, quant
à Victor-Emmanuel, l'invasion de Naples lui a fait
le plus grand tort, et la peur qu'il ne nous engage
dans une seconde campagne d'Italie préoccupe
tout le monde. Peut-être, au reste, cette crainte
contribuera-t-elle à faire demander la politique
de non-intervention par les Chambres.

Je suis charmé que vous ayez écrit au docteur
C...; ne doutez pas que votre lettre n'ait été lue,
et qu'elle n'ait produit son effet. C'est un très
bon moyen de communication, et il est important que l'opinion de M. Gladstone soit connue. Je pense que, sans rien garantir, vous pouvez lui dire ce que je viens de vous mander,
comme venant de bonne source. C'est l'impression qu'a emportée de Compiègne une très bonne
tête, froide, et qui a pratiqué l'empereur assez
longtemps pour le bien connaître. Ne parlez pas
de moi à ce grand commentateur d'Homère [1],
du moins à cette occasion. Vous remarquerez,
d'ailleurs, que cela explique tout, et le langage
qu'on vous a tenu et ce que j'ai entendu de mon
côté.

Tenez pour très certaines les dispositions papistes et légitimistes de tous les gens *de frac*,
comme on dit en espagnol. Quant aux masses, je crois qu'elles ont les sentiments absolument contraires; mais elles ne parlent guère,
tandis que les salons parlent beaucoup. En ré-

1. M. Gladstone.

sumé, la question me semble celle-ci : qui l'emportera, ou la crainte de nous compromettre de nouveau dans une affaire qui ne nous intéresse pas nationalement, ou le sentiment pieux et anti-révolutionnaire ?

— Si l'empereur était bien secondé, je ne douterais pas de la réponse des Chambres ; mais, parmi les ministres avec ou sans portefeuille, je ne vois guère de gens ayant ce qu'il faut pour diriger une assemblée délibérante, et, à moins que le *maître* ne se charge lui-même de chambrer les députés, ils se trouveront dans une incertitude complète et ne sauront que dire, ni comment voter.

Adieu, mon cher Panizzi. Mille amitiés.

LVI

Cannes, 11 décembre 1860.

Mon cher Panizzi,

J'ai reçu vos deux lettres du 7 et du 8, dont je vous remercie. Je me réjouis de savoir que vous

êtes aussi bien avec *Madame*[1] qu'avec *Monsieur*.
Croyez que *Monsieur* lui avait parlé de vous,
outre ce que je lui avais dit de votre établissement, et qu'elle n'a pas été fàchée de vous voir,
malgré la médiocrité de votre catholicisme.

Vous me paraissez, le savant commentateur
d'Homère et vous, chercher midi à quatorze
heures. Vous ne vous représentez nullement l'o-
pinion de ce pays-ci. Elle est absolument contraire à celle de *l'ami du docteur C.* sur les affaires italiennes.

Je ne suis pas de ceux qui approuvent cette
opinion, bien entendu, mais je la constate, parce
qu'elle m'arrive de tous les côtés. Il y a dans
l'esprit national un grain de chevalerie ou de
folie, si vous l'aimez mieux, qui lui fàit prendre
toujours parti pour les faibles contre les forts.
Voilà le secret du changement défavorable à la
cause italienne. Dans la division de Rome et dans
l'escadre, il y a la plus grande exaspération contre les Piémontais, due à de petites vexations,
violences, etc., inséparables de la guerre sans
doute, mais qu'on a prises tout de travers:

1. L'impératrice, qui venait de voir M. Panizzi à Londres.

Le concours des volontaires, race toujours peu
aimée des soldats véritables, et les souvenirs
de 1848, encore très vifs et très odieux à notre
armée, la rendent hostile à Victor-Emmanuel.
Enfin, quoique Lamoricière ne soit qu'un farceur,
comme il est Français, sa défaite a irrité l'orgueil
national.

Quant aux bourgeois, l'alliance intime avec un
peuple qui a Garibaldi pour *chef effectif*, et qui
annonce ouvertement la guerre pour le printemps,
cette alliance, dis-je, paraît offrir la perspective
de dépenses considérables, de beaucoup de sang
répandu, et de l'inoculation, plus dangereuse encore, des doctrines révolutionnaires. Si je suis
bien informé, le Gouvernement a fait tous les
efforts possibles pour engager François II à ne
pas prolonger une résistance inutile ; mais ce
garçon a quelque *pluck in him* et paraît résolu.
Cependant il succombera tôt ou tard.

Je ne vous parle pas des sentiments catholiques, malheureusement très puissants en France,
et qui ajoutent encore quelque chose à l'état de
l'opinion. Je crois très fermement que l'empereur
cherche un appui dans les Chambres, et qu'il dé-

sire que le pays, par leurs organes, exprime son
opinion, afin, d'un côté, de n'être pas entraîné dans
la guerre par les frasques de Garibaldi, de l'autre,
pour avoir une porte et sortir de Rome. Si le
Corps législatif lui dit qu'il est d'avis de ne prendre aucune part aux affaires d'Italie et de n'intervenir en rien (et c'est ce qui, selon toutes les
probabilités, sera exprimé dans l'adresse), alors
l'empereur pourra honorablement retirer ses
troupes de Rome, et regarder, les bras croisés,
ce qui se fera dans la Péninsule. Au fond, c'est,
je crois, ce qu'il y a de plus sage.

L'Angleterre fait des vœux qui ne lui coûtent
rien, mais n'enverra pas un seul soldat, ni ne con-
sentira jamais à bloquer Trieste et l'Elbe. Son
concours moral est quelque chose, mais nous
préservera-t-il des conséquences d'une guerre
avec toute l'Allemagne, et, ce qui est plus grave,
d'une guerre forcément révolutionnaire?

Vous autres Italiens, vous êtes impatients. M. de
Cavour aurait pu, en trois ou quatre ans, arriver
à faire bien ce qu'on a fait mal en six mois, et à
ne pas faire ce à quoi il sera entraîné au printemps. Garibaldi est, au fond, l'instrument de

Mazzini et le mauvais génie de l'Italie. Ce qui se passe à Naples prouve combien peu le pays était préparé pour un gouvernement constitutionnel. Il y a envoyé tous les tapageurs, qui trouvent leur compte à se battre contre des Napolitains, au lieu d'avoir affaire aux Autrichiens; encore, dès que les Napolitains ont montré quelque résolution, tous ces messieurs se sont retirés et ont laissé les Piémontais soutenir le choc. C'est toujours le système révolutionnaire, qui met le feu au hasard, sans s'inquiéter qui brûlera.

J'ai reçu une lettre de M. Fould. Il me paraît un peu aigri et de mauvaise humeur. Je crois qu'on a mis très peu de procédés dans l'affaire.

On m'écrit que les circulaires de Persigny font bon effet, même chez les opposants.

Que dites-vous de la Chine? Je crains bien qu'on n'y gagne pas un sou et que tout se réduise à des porcelaines cassées, et finalement à une retraite de Moscou. Tout cet argent dépensé fait ici très mauvais effet.

Adieu, mon cher Panizzi. Je ne crois pas un mot de l'expédition de Victor-Emmanuel contre Rome. Ce serait, à mon avis, la plus grande folie, que Garibaldi lui-même ne ferait pas.

LVII

Cannes, 16 décembre 1860.

Mon cher Panizzi,

Newton m'écrit de Rome de vous adresser, pour l'archevêque de Canterbury, un *testimonial* en sa faveur. Je ne connais pas l'archevêque et j'ai pour tous les gens de sa robe le goût que vous savez. Voici cependant une lettre officielle dont vous ferez l'usage qu'il vous plaira. Demandez à Sa Grandeur sa bénédiction apostolique. J'aimerais mieux une de ses vieilles bouteilles léguées par quelque bonne dévote.

Vous êtes pressés, comme tous les émigrés, et vous risquez de compromettre tout par trop de hâte. Croyez bien que votre plus grand ennemi, c'est Garibaldi, ennemi d'autant plus dangereux, qu'il a toutes les qualités qu'il faut à un révolutionnaire, même celle d'être niais et de se faire l'instrument des plus détestables coquins. Il y a

dans toutes les révolutions de ces gens-là, et ce
sont ceux-là qui font le plus de mal.

Adieu, mon cher Panizzi. Je vous écris à la
hâte, les fenêtres ouvertes, par un soleil radieux,
tourmenté par les mouches. Je pars pour une promenade en mer.

LVIII

Cannes, 9 janvier 1861.

Mon cher Panizzi,

Il me semble que tout va à la diable partout,
en Italie, à Naples surtout, et heureusement aussi
en Autriche. Il y a longtemps que j'ai renoncé à
deviner les énigmes politiques de ce temps-ci. Ce
qui me fait de la peine, c'est la disposition turbu-
lente plutôt que belliqueuse que prend l'Italie.
Je n'aime pas le discours de Victor-Emmanuel
le 1er janvier. Il a pris le détestable style de
mélodrame qu'il faut laisser à Garibaldi. Il pouvait parfaitement se dispenser de parler du rachat
de la Vénétie, ou, s'il en parlait, rien ne l'obligeait

à faire une conclusion. Je crains qu'au printemps
on ne fasse *delle grosse.*

Votre ami ***, d'un autre côté, s'est marié tout
à fait... On disait que sa femme avait un petit défaut de conformation qui la rendait impropre au
mariage ; mais il paraît que ce n'était pas grand'-
chose, car elle est grosse. Pour une personne ayant
des sentiments si élevés cette situation était fort
pénible, aussi elle a mené son imbécile à Varsovie,
où, à ce qu'il paraît, on marie les gens sans se soucier beaucoup des formalités. Il allait être majeur
dans deux ou trois mois, mais il n'a pas eu la patience d'attendre. Il n'a pas non plus employé le
consul de France pour légaliser la cérémonie, en
sorte que cela fait deux nullités. Mais, en matière
de mariage, les magistrats sont assez indulgents
lorsque les choses sont faites et parfaites, et je
crois que l'affaire est à peu près sans remède.

Qu'a dit monseigneur de Canterbury de ma
lettre? A-t-il été surpris que je lui aie écrit ? J'ai
reçu ce matin une lettre de Newton, qui me remercie. Je ne sais pas encore si son affaire est faite,
mais je pense que, vous aidant, elle se fera.

Adieu, mon cher Panizzi; mille vœux pour vo-

tre année 1861 ; qu'elle vous soit légère! Ne buvez
pas tout le johannisberg avant que j'en aie goûté.
Cura ut valeas.

LIX

Cannes, 24 janvier 1861.

Mon cher Panizzi, -

J'ai peur, en y réfléchissant, de vous avoir induit
en erreur, en vous faisant croire qu'une de vos
lettres s'était perdue. Seulement, ayant été bien
longtemps sans y répondre, je me serai imaginé
qu'il y avait longtemps que vous ne m'aviez écrit.
Ce sont des suppositions fort naturelles et du genre
de celles que vous faites lorsque vous nous attri-
buez les insurrections du royaume de Naples.. De
ce côté, j'espère que vous êtes content. L'amiral
Persano a ses coudées franches ; cependant les
militaires disent que, si les gens de Gaëte ne sont
pas des niais et des poltrons sublimes, ils peuvent
tenir bien longtemps. En même temps, il y a cette
chance qu'une bombe tombe sur la tête d'un mi-

nistre allemand, où espagnol, si bien qu'on pût lui dire : « Qu'alliez-vous faire dans cette galère ? » Je crois que cela pourrait amener des complications.

Vous ai-je dit que j'avais reçu une lettre de Salvagnoli très raisonnable et qui me promet que Garibaldi se tiendra ou sera tenu tranquille ? C'est, en effet, le plus dangereux ennemi de l'Italie en ce moment, et tout dépend de ce qu'il fera. Je ne sais quelle impression ses discours et ses lettres produisent en Italie. Ici, elles font rire et douter de la cause. Il y a aussi des lettres de Mazzini bien pitoyables, à mon avis. Tous ces messieurs ont le même style emprunté aux plus mauvais mélodrames.

J'ai eu, ces jours passés, une reprise assez vive et désagréable de mes douleurs d'estomac. Elle a eu cela de bon pourtant, que je ne me presse pas de retourner à Paris. J'ai écrit au président du Sénat qu'il se privât de ma présence, et je compte attendre ici que le temps soit un peu adouci. Je dis le temps de Paris, car ici nous sommes en plein été. Pas un nuage au ciel, des fleurs de tous côtés, et souvent, de midi à trois

heures, il fait trop chaud. Tout-le monde, moi excepté, qui n'ai jamais trop de soleil, sort avec un
parasol blanc. Ellice, qui a passé quelques jours
avec nous à Cannes, veut s'y établir pour l'hiver
prochain, et il dit que vous viendrez. Nous ferions,
je vous assure, une très agréable-colonie, et, avec
un peu d'intrigue, nous parviendrions à nous pro-
curer du vin de Bordeaux estimable. J'en ai
acheté quelques bouteilles, en passant à Marseille,
qui me donnaient beaucoup de satisfaction.

Avez-vous lu dans les journaux italiens comment les Vénitiens se tirent des banknotes autrichiennes? On achète pour sept kreutzers en cuivre
un billet de dix kreutzers ; avec ce billet, on achète
un cigare de trois kreutzers et le marchand, qui
est obligé de prendre le papier au taux légal, rend
sept kreutzers en cuivre ; de la sorte on a un cigare pour rien. Si vous avez la patience d'attendre
la crise financière de l'Autriche, votre affaire est
faite, et vous n'aurez plus à vous battre qu'entre
vous ; tandis que, si vous l'attaquez, vous lui donnez une chance de salut, c'est de soutenir la guerre,
comme Bonaparte l'a fait dans sa première campagne. D'un autre côté, quelque attachement que

le Hongrois ait pour sa nationalité magyare, croyez que la perspective de devenir caporal ou de voler une paire de bottes le tiendra sous le drapeau et en fera un ennemi redoutable. C'est ce que comprend très bien *questo coglione* de Cavour, mais ce que ne comprendront pas les nouveaux députés, élus en grande partie sous la pression mazzinienne ou garibaldique, ce qui ne vaut guère mieux.

J'attends avec grande impatience le discours du 4 février; il nous en apprendra probablement quelque chose. L'archevêque de Paris veut donner sa démission de toutes ses places, aumôneries, archevêché, etc. C'est pourtant un fort galant homme et très tolérant; mais le pape lui rend la vie trop dure et surtout les dévots qui le tourmentent. Jusqu'à présent, on a réussi à l'empêcher ou du moins à l'obliger à différer. Jugez, d'après celui-là, qui est le plus honnête de tous, de ce qu'est le clergé de ce pays.

Adieu, mon cher Panizzi. Tenez-vous chaudement et ne sortez pas tant que le froid durera.

LX.

Cannes, 13 février 1861.

Mon cher Panizzi,

Je quitte Cannes à la fin de la semaine. Mes
ennemis m'ont joué le tour de me nommer secrétaire du Sénat, bien que j'eusse écrit que j'étais
malade, ce qui n'était pas un trop gros mensonge.
Il faut que je vienne faire mon métier pour la
discussion de l'adresse et mettre ma boule noire
pour notre saint-père le pape. On me dit qu'elle
ne sera pas de trop.

J'attends Ellice à dîner demain. Je lui ménage
une surprise ; c'est de le faire dîner avec M. Bellen-
den-Ker, qui est aussi un de vos amis et un de vos
grands admirateurs. Il dit que vous avez fait l'*impossible* ; c'est, étant étranger, d'imposer votre
volonté, *pour leur bien*, aux Anglais. Donnons-
nous tous rendez-vous ici l'année prochaine pour
guérir nos rhumatismes et manger des *trilli di
scoglio*. Ils ne sont nulle part aussi bons qu'à
Cannes. J'ai un domestique qui a un peu étudié

la cuisine et qui sait la sauce qu'il faut à ces intéressants animaux.

Je suis en peine de ce qui va se passer pour la
discussion de l'adresse. Tous les jours, j'apprends
des choses qui me renversent. Ce pays-ci a le
malheur d'être profondément religieux. Vous autres, qui avez le bonheur de vivre près du vicaire
de Jésus-Christ, vous savez ce que c'est. Nous
autres transalpins, nous nous le représentons
comme Jésus-Christ lui-même. Un tas d'imbéciles,
dans notre Sénat, vont faire des phrases en sa faveur; un tas d'autres imbéciles et cocus, vont voter
pour lui à l'instigation de leurs femmes. Quant
à moi, qui ne suis point cocu, je vais lui porter
ma boule noire.

Je ne suis pas trop mécontent — je parle au point
de vue français — des documents remis aux Chambres sur les affaires étrangères. Je ne sais pas si
les Russes et les Allemands seront bien charmés
d'être imprimés tout vifs avec leur mauvais français.

Il me semble que, si les Piémontais ont le
sens commun, ils mettront leurs meilleures troupes et les plus sûres sur le Mincio et lieux circon-

voisins, pour empêcher les sottises de Garibaldi.
Croyez que, si l'on gagne un an, tout est sauvé.
Dans un an, l'armée impériale, royale et apostolique n'aura plus ni souliers ni culottes au derrière. Dans un an, le gouvernement autrichien
aura la guerre civile ; dans un an, il sera disposé
à vendre la Vénétie à moitié prix.

Vous savez peut-être assez de géographie pour
ne pas ignorer que Cannes est dans l'arrondisse-
ment de Grasse. Il y a à Grasse un prêtre fort
zélé, nommé le révérend ***. Il y a trois ans, il per-
suada aux héritiers d'un libraire de lui remettre
les livres de leur père, et brûla les mauvais en
cérémonie sur la place de l'église. J'eus le dés-
agrément d'être brûlé en compagnie de Thiers
et de Mignet. Je trouvai l'invention bonne, et
j'aurais voulu que le père *** eût des imitateurs ;
car cela aurait engagé mon éditeur à réimprimer
pour alimenter le feu. Thiers disait que c'était un
mauvais commencement, et que, des livres aux
auteurs, il n'y avait pas grande distance. Ce digne
père *** a des ennuis en ce moment : il a été
surpris en wagon dans les bras d'une femme.
La femme a prétendu, par pudeur, qu'on la vio-

lait; un gendarme voltairien, qui était à la por-
tière, a reçu sa plainte, et le père *** est ho-
noré de la couronne du martyre. Priez pour lui !

Adieu, mon cher Panizzi. M. Ker me dit que
M. Newton est nommé. Veuillez le féliciter et
en recevoir mes félicitations. Cela tient sans
doute à l'opinion que monseigneur de Canterbury
a de ma piété.

LXI

Paris, 27 février 1861.

Mon cher Panizzi,

Je suis à Paris depuis cinq jours, furieux d'être
venu ; car le monde m'y paraît beaucoup plus bête
que je ne l'avais laissé.

Vous me paraissez bien de votre pays avec les
majorités que vous vous promettez. Je crois qu'il
y en aura encore une au Corps législatif, mais au
Sénat cela est fort douteux. Il paraît qu'il y a
quarante-cinq sénateurs qui ont signé un amendement tendant à ce que le gouvernement s'en-

gage à défendre à toujours le temporel du pape.
Je ne regarde pas comme absolument impossible
que l'amendement soit adopté.

Le plus probable, c'est pourtant une rédaction énigmatique, ne disant ni oui ni non, comme
le projet d'adresse de notre président, si justement nommé Troplong. Je n'ai jamais rien lu de
si plat, de si insignifiant et de plus mal écrit.
Cela eût été bon tout au plus dans le beau temps
du régime constitutionnel, où tout se faisait par
compromis et *mezzo termine*. Comme il s'agissait
d'avoir une majorité formée de fractions de partis,
on s'étudiait à ne rien dire, de peur de diminuer
cette majorité en heurtant une des fractions. Aujourd'hui, l'empereur nous dit de lui parler franchement et de lui faire connaître l'opinion du
pays. Sur quoi, on s'applique à composer la tartine la plus incolore, la plus vide de sens qu'on
puisse fabriquer. Il me semble que le Sénat montre son inutilité et sa nullité de la façon la plus
claire.

Avez-vous lu la brochure de l'évêque d'Orléans?
Elle est très violente et très habile. Elle cherche
à prouver, et n'y réussit pas trop mal, que le Pié-

mont n'a rien fait pour nous témoigner sa reconnaissance ; que M. de Cavour nous a joués par-
dessous la jambe et qu'il n'a tenu jamais compte
de nos représentations. Tout cela est dit avec
beaucoup de verve, de méchanceté et de violence.
Il passe en revue toutes les infractions au droit
des gens commises dans les Marches et dans le
royaume de Naples : les fusillades du général Pinelli, les proclamations de Garibaldi, les bombes
de Cialdini tirées pendant qu'on traitait de la red-
dition de Gaëte, et surtout les martyrs catholiques
de Castelfidardo.

Tout cela fera, je crois, beaucoup de mal. Les
salons ont fait ici au roi de Naples une réputation
d'héroïsme, et on s'exposerait à passer pour un
grossier personnage si on se hasardait à dire
qu'il n'a pas fait grand'chose, et qu'il a commencé un peu tard. Les dames de la société sous-
crivent pour offrir à la reine un bouclier d'argent.

Il paraît que ce malheureux roi a récolté ce
que son respectable père avait semé. Il n'avait
voulu dans son armée que de la canaille, et il en
a porté la peine. L'amiral Lebarbier de Tinan
racontait, l'autre jour, que le roi avait réuni ses

trois plus fidèles généraux et leur avait fait part
d'un projet de sortie pour le lendemain matin. Il
fut convenu qu'aucun ordre ne serait donné avant
quatre heures du matin, afin d'empêcher toute
indiscrétion. Tout fut réglé entre quatre. Une
heure après, les Piémontais étaient instruits de
tout et prenaient leurs dispositions. Il paraît que
ce sont les artilleurs napolitains eux-mêmes qui
ont mis le feu à leur poudrière, afin d'avoir plus
tôt fini.

Ce que vous me dites de l'Orient ne me sur-
prend guère. Je crois que la jalousie contre nous
est telle en Angleterre, qu'on en perd la raison.
Que peut faire la France en Orient? Croit-on
qu'elle cherche à fonder un établissement en Syrie, lorsqu'il lui en a tant coûté pour en avoir un en
Algérie. Je me rappelle que, lorsque je parlai des
massacres de Damas à lord Palmerston, il me dit
que les chrétiens avaient commencé. Et ce brave
homme, chez qui nous avons dîné et qui est si
dévot, a bien dit au Parlement que les Druses
étaient très disposés à devenir protestants, et que
les jésuites avaient excité les Maronites à les
tourmenter. Tous ceux qui connaissent l'Orient

ne doutent pas que, d'ici à peu de temps, il n'y ait en Asie un nouveau massacre dans de bien plus grandes proportions.

Le défaut de ce pays-ci, c'est d'avoir des sentiments chevaleresques et d'y céder par premier mouvement. Les massacres de Syrie ont causé tant d'horreur, que le gouvernement a été obligé de céder devant le mouvement de l'opinion publique et d'envoyer des troupes. Il se trouve maintenant que les chrétiens de Syrie sont les plus lâches coquins du monde, qui se sont laissé égorger par une poignée de bandits mal armés. Nous voilà empêtrés à les protéger de la même manière que nous avons protégé le pape.

Adieu, mon cher Panizzi. M. Ellice ne dînera pas parlementairement demain, mais frugalement chez moi. Si vous étiez à Paris, nous boirions quelque chose de soigné à cette occasion.

LXII

Paris, 28 février, 5 heures 1/2, 1861.

Mon cher ami,

Je vous écris du Sénat pendant la séance. Elle s'est ouverte par un discours papiste de M. de la Rochejaquelein, très violent, très long, passablement ennuyeux, injurieux pour le roi Victor-Emmanuel au point que le président a été obligé de le tancer. Il m'a paru que tout le monde était très fatigué, mais qu'en somme il y avait une sorte de sympathie pour le pape et le roi de Naples.

Après M. de la Rochejaquelein est venu M. Heeckeren, celui qui a tué Pouchkine. C'est un homme athlétique, avec l'accent germanique, l'air bourru mais fin, bonhomme très rusé. Je ne sais s'il avait fait son discours, mais il l'a merveilleusement dit et avec une violence contenue qui a fait impression. Le sens de son discours, en ce qui regarde l'Italie, est que la France et

l'empereur ont été constamment dupés par le
Piémont. M. de Cavour, le roi Victor-Emmanuel
et Garibaldi sont trois têtes dans un bonnet. Il
n'est pas même certain que Mazzini ne soit ou
n'ait été un agent de ce triumvirat, où chacun
avait sa tâche et son rôle. Garibaldi faisant
les coups de tête, Victor-Emmanuel les acceptant pour les Italiens, et M. de Cavour les
désavouant vis-à-vis de l'Europe. Toutes les
expressions amères contre Cavour et Victor-Emmanuel ont été assez bien reçues. Il a fait valoir
les contradictions entre le langage du cabinet de
Turin après et avant l'expédition de Garibaldi ;
les promesses faites et même écrites, et fort peu
tenues. On a cité une lettre du roi à Garibaldi, où
il lui dit que, s'il ne lui a pas envoyé des canons,
c'est que lui Garibaldi les avait jugés inutiles.
Heeckeren a été encore plus fort au sujet de la
conquête de Naples, où, dit-il, les Piémontais ont
mis plus souvent la main à la poche qu'à l'épée.
Il a été fort applaudi. Encore plus, lorsqu'il a
fait l'éloge de François II, qui, dit-il, élevé par
un prince, mauvais père et mauvais roi, par une
mère méchante, entouré de conseillers perfides,

de généraux lâches et traîtres, avait trouvé en lui-même des inspirations nobles et généreuses. Il a dit que François était sorti de Naples comme un enfant, et de Gaëte devenu roi, homme et soldat.

Vous êtes d'une déplorable partialité, mon cher ami. Je suis pour Victor-Emmanuel et contre les Bourbons; mais il ne faut pas dire que François soit resté dans une casemate. Il a été au feu comme tout le monde. Il n'y a pas là quelque chose de bien extraordinaire. Mais parce que les légitimistes le représentent comme un Charles XII à Stralsund, ce n'est pas une raison pour en faire un poltron.

Pietri parle en ce moment pour la politique de l'empereur en Italie, mais on ne peut l'entendre. J'excite M. Dupin à parler, mais il dit qu'il voudrait qu'on évacuât Rome, et qu'il ne parlera pas. En somme, cela se présente mal. Je crains qu'on n'ajoute à l'adresse une phrase papiste, et de la discussion il résultera certainement une grande aigreur entre le Piémont et nous, entre l'Angleterre et nous; car c'est le thème favori de tous les orateurs que Cavour ne fait rien que par le conseil de l'Angleterre.

Adieu, mon cher Panizzi; je vous tiendrai au courant de nos affaires sénatoriales.

LXIII

Paris, du palais du Luxembourg,
1er mars à cinq heures et demie, 1861.

Mon cher ami,

Le prince Napoléon a parlé aujourd'hui et parle encore sur l'adresse avec beaucoup de verve, de véhémence et d'esprit. Il casse les vitres parfois, mais répond victorieusement à toutes les platitudes des papalins et des légitimistes. Il a un grand succès, malgré la défiance qu'il inspire, malgré la peur du diable qui tient une grande partie de mes collègues. Lisez son discours dans *le Moniteur* de demain, il vous fera grand plaisir. Voici sa thèse : alliance anglaise, principes de 89, unité de l'Italie. Il a parlé de l'empereur avec respect et convenance, même amitié ; de Victor-Emmanuel, en gendre bien élevé et en ami de l'Italie. Le mal, c'est qu'il a, selon son habitude de mettre les pieds dans les plats, abominé les

traités de 1815, et parlé de l'Autriche et de la
Russie avec des expressions qui peuvent lui rendre difficiles à l'avenir ses rapports avec les diplomates.

En somme, il a été très éloquent, très vigoureux et très hardi. Si la moitié de ce qu'il a dit
est autorisée par l'empereur, nous allons quitter
Rome, et la papauté est en déroute.

Maintenant, quel sera le vote du Sénat? Si l'on
votait à l'instant, je crois que les papalins auraient le dessous; mais la discussion n'est pas
près de finir, et il y a ici de bien grands imbéciles.

Savez-vous, sur Gaëte, l'anecdote suivante?
M. de Kleist, ministre de Saxe, a eu tellement
peur dans sa casemate, qu'il n'a pu y tenir. Il est
parvenu à gagner le patron d'une barque pour
l'emporter, mais, depuis son embarquement pendant le siège, personne n'en a plus eu de nouvelles. On croit qu'il a été coulé par quelque bombe
maladroite. Tenez pour certain ce que je vous ai
dit des trahisons de Gaëte. S'il y avait eu dans la
place un gouverneur vigoureux et d'honnêtes gens
pour officiers, même avec des soldats napolitains,
le siège aurait duré six mois.

Adieu, mon cher Panizzi ; vous ne me donnez pas des nouvelles de votre rhumatisme.

P.-S. La conclusion du prince est de donner au pape le Vatican et le quartier du Trastevere, avec l'avantage d'être à deux pas du tombeau de saint Pierre, et de laisser à Victor-Emmanuel le reste de Rome. Le mal, c'est que cela nous gênerait pour nos recherches dans les archives.

LXIV

Paris, 6 mars 1861.

Mon cher Panizzi,

Je ne vous ai pas écrit ces jours passés parce que nous n'avons rien fait d'important. Cependant les oreilles ont dû vous corner, car il a été fort question de vous et du British Museum. J'ai fait un long speech pour demander que les encouragements aux lettres fussent augmentés, et, à cette occasion, j'ai dit ce qui se faisait chez vous. J'ai été écouté avec assez de faveur, et j'avais espoir de réussir, lorsque ce double vandale de Walewski, auquel ces augmentations auraient profité, s'est levé pour dire qu'il les refusait. La surprise a été grande. La raison probable de la sottise de Son Excellence a été que j'avais dit un mot à l'éloge de son prédécesseur.

Aujourd'hui, nous entamons le paragraphe X du projet d'adresse, c'est-à-dire la question d'Italie. Il me semble que les papistes et les antiitaliens auront sinon l'avantage, du moins une minorité très imposante. On vient, il y a un quart d'heure, de se compter. On avait demandé le changement d'une phrase. Il y avait dans le projet : « Les souvenirs amis de Solferino nous font espérer que l'Italie en tiendra compte (des représentations de la France en faveur du pape). » Au lieu de *nous font espérer*, on a demandé qu'on mît : *font un devoir à l'Italie*, et, après une petite discussion, cette dernière rédaction a été adoptée. Tous les papistes ont voté, et aussi il est vrai un certain nombre de niais, mais il me semble que c'est un bien mauvais signe.

Trois heures et demie. — Casabianca, secrétaire de la commission de l'adresse, vient de parler pour repousser l'amendement. Il a dit que nous continuerions à occuper Rome, mais Rome seulement. Il a ajouté que l'amendement mettait le gouvernement de l'empereur en défiance et en suspicion (Là-dessus, cris effroyables, longue interruption.), qu'il gênait sa politique et l'embarrassait. La dernière partie du discours a été pour faire une distinction entre Rome et sa banlieue, et *l'Ombrie* et *les Marches*, où, suivant le rapporteur, il n'y a pas lieu d'intervenir.

Cinq heures et demie. — Barthe, autrefois carbonaro, a parlé et parle en faveur du temporel. Il parle avec habileté et a des traits. Toujours la même tactique, consistant à montrer la mauvaise foi du Piémont dans ses relations avec les souverains d'Italie et la France. Il a cité une dépêche piémontaise à l'occasion d'un faux bruit d'une invasion des États du Saint-Siège. Selon Barthe, ce serait de l'Angleterre que viendrait l'idée de l'unité de l'Italie, et probablement c'est à l'instigation de lord Palmerston que Dante aurait publié quelques méchants vers dans ce sens, et Machiavel un chapitre du *Prince*. Le Sénat me paraît approuver tout cela, qui dans la forme est bien dit.

Je ne pense pas qu'on vote aujourd'hui. Je ne

vois pas bouger les commissaires du gouvernement, qui devraient parler ; car, hier, ils annon-
çaient qu'ils, repoussaient l'amendement. Il est
impossible qu'ils ne parlent pas.

Adieu, mon cher Panizzi ; toutes les bêtises que
nous ferons ne nuiront qu'à nous. La grande
question est de savoir ce que pense *notre ami de
Saint-Cloud.*

P. S. — On crie aux voix d'une manière horriblement ennuyeuse pour nous gens du bureau.
Baroche se lève et va parler. Je ferme ma lettre,
car la poste va partir.

LXV

Paris, 8 mars 1861.

Mon cher Panizzi,

Vous avez parfaitement deviné le pourquoi du
vote de Walewski. Il est impossible d'être plus
bête. On m'avait écouté avec assez de faveur, bien
que je ne fusse nullement préparé à parler ; s'il
n'avait rien dit, probablement notre amendement

aurait passé; mais-il m'a ôté les voix de vingt-cinq
imbéciles qui n'osent pas aller contre l'opinion
d'un ministre. Quand il a eu fini, il y a eu un éclat
de rire homérique, pour se moquer de lui et de
moi, sur qui tombait une tuile si inattendue. J'ai
dit au président, à côté de qui j'étais en ma qualité de secrétaire, que je voyais bien qu'il était
impossible de faire boire un ministre qui n'avait
pas soif.

-Vous ne pouvez vous figurer la rage des catholiques. La société ici n'est plus tenable. Hier, j'ai
vu M. de Ségur d'Aguesseau, prêt à escalader
notre bureau et faisant mine de vouloir argumenter
à coups de poing avec le président. Savez-vous
pourquoi M. Barthe, qui d'ordinaire est assez
lourd, a été meilleur que de coutume dans son discours en faveur de l'amendement, c'est qu'il avait
consulté une nymphe Égérie, et cette nymphe
n'est autre que notre ami Thiers. Ce soir, j'ai vu
M. Dumon, qui disait n'avoir jamais entendu d'ar-
gumentation plus serrée, de discours plus éloquent
que celui de M. Barthe.

-Au fond, je cherche encore la démonstration
de deux points; après quoi, je voterai pour le pape

à perpétuité : d'abord comment la possession
d'un temporel médiocre rend meilleur le spirituel
du pape ? puis comment vingt mille Français assurent son indépendance ?

Les Allemands, les Espagnols, les Italiens catholiques n'ont-ils pas le droit de réclamer et de
dire qu'il est notre prisonnier? Il est vrai que,
tout en étant gardé par nous, il trouve moyen de
nous faire du mal ; cela prouve que nous ne sommes pas faits pour le métier de geôlier, et que
nous ferions bien de ne pas nous en mêler.

Adieu, mon cher Panizzi. Ce matin, nous avons
porté à Sa Majesté notre longue et filandreuse
adresse. Elle n'a pas paru l'amuser grandement.
Ce qu'on dit des opinions papistes de l'impératrice
est tout à fait faux. Je le sais de bonne source.

P.-S. Avez-vous vu l'échange de menaces entre
Fergola et Cialdini? Je n'aime pas cela. Il ne faut
pas publier ces aménités qui sentent le moyen âge.

LXVI

Paris, lundi 19 mars au soir 1861.

Mon cher Panizzi,

Je suis allé jeudi à la réception des Tuileries. Sa Majesté a fait compliment à M. Casabianca de son discours et lui a dit qu'il était impossible d'exprimer en meilleurs termes des sentiments plus français. — A Heeckeren, qui était auprès, il a dit : « Je regrette de ne pouvoir vous en dire autant. » — A M. de Boissy : « Je vois, monsieur le marquis, que la chanson dit vrai : on revient toujours à ses premiers amours. »

Voilà ses vengeances contre nos sénateurs papistes. M. de Persigny a été plus vif. Il a interpellé M. Barthe et lui a reproché son discours en termes assez véhéments et pas trop parlementaires. La veille, il avait engagé Leverrier à aller faire de la politique dans ses étoiles.

Il me semble que le résultat de cette interminable adresse, c'est de montrer très évidemment

à l'empereur où sont ses amis et où sont ses ennemis. Il est évident que les légitimistes qu'il
avait cru rallier, les dévots qu'il avait trop encou-
ragés, l'abandonnent par peur du diable ou de
leurs femmes; et les parlementaires de Louis-
Philippe, opposition et ministériels, font cause
commune avec les légitimistes et les dévots. L'opposition, dans tous les pays et surtout en France,
prend le contrepied de tout ce que veut le gouvernement. Il s'ensuit que, lorsque le gouvernement a raison, l'opposition se jette dans les folies,
tête baissée; c'est ce qu'elle fait en ce moment.

Je ne sais quand l'adresse[1] sera votée ; probablement pas avant la semaine sainte. N'est-ce pas
se montrer bien digne de la liberté, que d'en faire
un si bon usage, que deux mois se passent à parler, sans s'occuper d'affaires !

Tout le monde, d'ailleurs, paraît d'accord sur un
point. C'est que le *statu quo* ne peut se prolonger.
Les uns veulent une restauration complète du saint-
père, les autres l'évacuation de Rome. Je crois
que tous les efforts de la politique du gouvernement tendent à ce que cette évacuation soit de-

1. L'adresse du Corps législatif.

mandée par le pape lui-même. On dit, et je tiens
le fait d'assez bonne source, que, dans le sacré
collège, on a trouvé beaucoup d'appui. Nombre de
cardinaux et Antonelli lui-même, voyant que le
gouvernement papal s'en va à tous les diables,
que l'argent et le crédit manquent à la fois, cherchent à tirer leur épingle du jeu, et accepteraient
volontiers une existence assurée, *otium cum dignitate*, que leur offre M. de Cavour.

La seule difficulté, c'est de persuader le pape,
qui est inflexible et entêté comme une mule. Il a
la persuasion qu'il est prédestiné au martyre, il
s'y est résigné et il tient à aller en paradis par la
route la plus courte.

On disait, mais je doute un peu, qu'un colonel
français avait été assassiné à Rome par des soldats pontificaux. Les légitimistes assurent que
l'on envoie à Rome une nouvelle division com-
mandée par le général Trochu. Je crois la chose
absolument fausse ; fût-elle vraie, je croirais encore que l'évacuation aura lieu avant le milieu
de mai.

Vous avez bien raison de redouter les affaires
de Syrie. On y attache en Angleterre une impor-

tance exagérée ; mais l'insistance à demander la
fin de l'occupation, la méfiance qu'on nous montre, le refus de se rendre à l'évidence sur la situation de la Turquie, tout cela ne resserre pas
l'alliance et la compromet. La politique anglaise
à l'égard de l'Orient est à mon avis très mauvaise;
non seulement au point de vue de l'humanité,
mais encore au point de vue de la paix générale.
Elle veut ce qui est impossible, la conservation
d'une situation désespérée. L'accord complet de
l'Angleterre et de la France sur la question
d'Orient pourrait seul amener un bon résultat ;
mais il faudrait trancher dans le vif comme pour
la question d'Italie, et lord John ne conviendra
jamais que le sultan soit à l'agonie.

Adieu, mon cher Panizzi. J'ai reçu le manuscrit
de M. Ker. Portez-vous bien et soignez-vous.

LXVII

Mello, samedi 30 mars 1861.

Mon cher Panizzi,

M. de Cavour est un habile homme assurément.

Il conduit à merveille la chambre nouvelle et vient d'escamoter une discussion très embarrassante.

Ici, malheureusement, c'est le bon sens qui manque. Voyez : dans le Corps législatif, il ne s'est trouvé que cinq personnes pour soutenir la seule proposition raisonnable, qui était l'évacuation immédiate de Rome ; encore cette proposition, bien qu'émanant de l'opposition la plus avancée, était-elle accompagnée d'un discours très modéré et même bienveillant pour l'empereur, car Jules Favre est le seul qui ait répondu carrément et noblement à l'insinuation très perfide de M. Keller. La grande majorité de la Chambre, à quoi il faut ajouter la minorité qui soutient le pape envers et contre tous, a été pour la continuation de l'occupation de Rome.

Je crois que, si l'on soumettait la question de Rome au suffrage universel, elle serait décidée conformément aux conclusions de Favre, mais je crains qu'il n'y ait pas une grande majorité. Si, au lieu du suffrage universel, vous consultiez les gens comme il faut, les gentlemen, *la gente de frac*, comme on dit en espagnol, l'immense majorité serait de l'autre côté.

On s'imagine qu'évacuer dans ce moment, c'est faire acte de soumission à l'Angleterre ; c'est céder à une exigence du Piémont, contre lequel on est de mauvaise humeur. J'entends les bourgeois : les uns par un sentiment de jalousie contre un parvenu ; les autres parce qu'ils trouvent l'ambition de Victor-Emmanuel trop audacieuse ; ceux-là, parce qu'ils trouvent odieux l'invasion des Marches et du royaume de Naples ; ceux-là enfin, parce que de grands politiques leur ont dit qu'un État homogène de vingt-cinq millions d'hommes était un voisinage fâcheux. Quelque bête que soit le pape, quelque mauvais vouloir qu'il montre contre l'empereur, on se dit que c'est le chef de la catholicité, et que l'abandonner en ce moment serait de la cruauté et de la faiblesse. Savez-vous qu'il part encore maintenant, pour Rome, des volontaires vendéens et poitevins, pour servir dans les zouaves du saint-père ? Croyez que sa cause est immensément protégée par toutes les femmes vieilles et beaucoup par les jeunes.

Je ne sais ce que fera l'empereur, mais le cas est des plus embarrassants. Il ne s'agit de rien de moins que refaire l'administration du catholicisme.

Le pape, perdant la majeure partie, sinon le tout de ses États, il est évident que le sacré collège doit être remanié, et que la proportion d'Italiens en faisant partie doit être fort diminuée. D'un autre côté, il faut pourvoir à nourrir la cour papale, à la loger, etc.

J'ai été frappé que personne dans la discussion n'ait présenté cet argument : « On dit que l'indépendance du pape est nécessaire ; soit. Mais comment vingt mille Français voltairiens peuvent-ils l'assurer ? Qui répond qu'il est indépendant aux Espagnols, aux Allemands, aux Irlandais, etc. ? S'il est *de facto* indépendant puisqu'il contrecarre les Français, qui le protègent, cela prouve que ce sont des imbéciles ; mais, en d'autres temps, ils ont dépouillé un pape, l'ont pris, l'ont emmené, l'ont tenu en chartre privée ; qui nous dit qu'ils n'en feront pas de même un de ces jours ? »

Je continue à parier que l'on évacuera, et sous peu, mais ce qui en résultera pour ce gouvernement, je n'en sais rien ; beaucoup de difficultés dans un sens et dans l'autre.

Adieu, mon cher Panizzi ; vous aurez de mes nouvelles bientôt.

LXVIII

Paris, 8 avril 1861.

Mon cher Panizzi,

Un mot à la hâte, car je suis pressé : j'ai un travail pour le *maître*, et il faut le lui remettre promptement.

J'ai trouvé hier, chez M. Thiers, un Napolitain qui racontait que le général Pinelli avait voulu engager le jeune roi à se montrer aux soldats avant l'arrivée de Garibaldi, mais que Sa Majesté, plutôt que de courir le risque d'une revue, avait donné l'ordre qu'on la saignât.

On dit que Garibaldi est tout à fait dans la main de Mazzini. C'est à mon avis ce qu'il y a de plus malheureux, mais j'espère que ce n'est pas vrai.

Adieu, mon cher Panizzi. Avant-hier, j'ai dîné aux Tuileries. Nous étions en très petit comité. Point de personnages officiels, sinon M. Fould, à qui il m'a semblé qu'on faisait beaucoup de caresses. Sa Majesté ne m'a pas parlé du pape, mais

beaucoup de César. Je lui fais un petit travail sur
la religion des Romains, et j'insiste sur l'avantage
qu'ils avaient de se dire la messe à soi-même, au
lieu de payer un étranger pour cela.

LXIX

Paris, 14 avril 1861.

Mon cher Panizzi,

Ici, je vois des gens fort inquiets de l'état de nos
finances. Les gens d'affaires demandent M. Fould
à grands cris. Je crois qu'il a fait à son maître
des conditions un peu sévères, et qu'il se passera
quelque temps avant qu'il s'y soumette. On dit
aussi que les grandes maisons grecques d'Angleterre, de France et de Turquie sont en mauvais état et que la banqueroute très imminente
de l'empire ottoman entraînera la leur et bien
d'autres catastrophes. Il semble que les finances
de l'Italie ne sont pas non plus dans un bien bon
état.

Le pire, c'est que voilà Garibaldi redevenu fou

et prêt à faire *delle grosse*. Croyez-vous que Cavour et le Parlement soient en état de lui résister ? Bien des gens en doutent, et on annonce que la rupture sera éclatante avec accompagnement d'émeutes. Qu'en pensez-vous ?

Je crois vous avoir dit que, pour les volumes parus de la *Correspondance de Napoléon*, vous êtes toujours à attendre la signature de M. Walewski. Ce grand ministre est comme la mule du pape : il a ses heures.

Avant-hier, le bruit s'était répandu que le pape était mort. Il paraît certain qu'il n'est pas en très bonne santé. Croyez-vous qu'on en ferait un autre s'il venait à manquer ? Il me semble que ce serait une bien belle occasion pour quitter Rome, afin d'empêcher l'Europe de dire que le conclave a été violenté par le général de Goyon. Mais le pape vivra l'âge de Mathusalem !

L'affaire de Libri au Sénat commence à faire scandale. Les magistrats paraissent inquiets et de mauvaise humeur. « Pourquoi ne purge-t-il pas sa contumace ? » c'est ce qu'ils me disent tous. Je tâche de gagner les vieilles culottes de peau de l'Empire pour les faire voter pour nous. Mainte-

nant, ce qu'il y a de plus à craindre, c'est qu'on
ne nous lanterne et qu'on ne remette le rapport à
la session prochaine. C'est le procédé ordinaire
de la magistrature. Madame Libri a fait la conquête de Barthe, et je ne désespère pas que ce
grand et éloquent champion du pape ne vienne
en aide à notre ami, qu'il croit peut-être aussi bon
catholique que lui.

Nous avons le matin un ciel gris et froid, à
midi quelques rayons de soleil, le soir un ciel clair
et horriblement froid. L'hiver de Cannes vaut dix
fois mieux ; il faut absolument que vous y veniez
avec nous au mois de décembre.

Adieu, mon cher Panizzi ; portez-vous bien et
tenez-vous en joie, si cela est possible dans ce
temps de bêtises et d'iniquités.

LXX

Paris, 18 avril 1861.

Mon cher Panizzi,

J'avais été si occupé toutes les matinées, que
je n'ai pu aller chez Bréguet, ou plutôt y retourner

avant aujourd'hui. Votre montre n'est pas arrivée
entre les mains de Bréguet. Son premier commis,
qui s'est rappelé parfaitement votre personne et
votre montre, m'a dit que, selon toute apparence,
le dérangement dont vous vous plaigniez tenait à
très peu de chose, et qu'il serait facile d'y remédier. Mais vous me paraissez un peu jeune d'avoir
confié votre montre à de nouveaux mariés, beaucoup plus occupés de faire l'amour que de remplir
les commissions de leurs amis.

Je suis de votre avis sur la lettre du duc d'Aumale au prince Napoléon.

On me parle d'une réponse imprimée très verte.
En thèse générale, quand on a une maison de
verre, il ne faut pas jeter de pierres aux autres.
Il y a dans cette brochure des choses qu'un bon
ami aurait déconseillées au duc d'Aumale. Par
exemple, il n'y a pas un habitant de Paris qui n'ait
ri en lisant que Louis-Philippe n'avait jamais
conspiré. Plus loin, il dit que c'est le roi qui avait
organisé l'armée qui a fait les campagnes de
Crimée et d'Italie. Nous avons tous vu l'armée
de Louis-Philippe en 1848 et son général Lamoricière.

Ce que dit le duc d'Aumale eût mieux été dans
la bouche du comte de Chambord, et il me semble
qu'en parlant comme il le fait de Victor-Emmanuel
et du pape, il commet une lourde faute politique
et se met à la suite de la branche aînée, dont il
devrait se tenir aussi loin que possible. Vous savez que la brochure a été imprimée à Versailles.
On l'a éditée le jour où le ministère de l'intérieur
déménageait. Personne dans les bureaux ; en sorte
qu'on a eu un jour pour vendre ; et on a distribué
trois ou quatre mille exemplaires.

Vous faites très bien de ne rien craindre de Garibaldi ; mais, si M. de Cavour, comme il l'a dit,
n'a pas favorisé l'expédition de Sicile, il se peut
qu'il ne favorise pas davantage celle contre la Vénétie et que pourtant elle ait lieu, malgré le gouvernement, comme celle de Sicile, et, selon toute
apparence, avec un succès bien différent.

Vous vous en prenez toujours à l'empereur de
tout ce qui arrive et de toutes les bêtises que font
les Italiens. Il est évident que Naples n'est nullement préparé pour un gouvernement comme celui
qu'on veut lui donner. Il n'y a ni fonctionnaires
ni soldats ; des voleurs partout, sur les routes et

dans toutes les administrations. Il n'est pas sur-
prenant qu'un pays ainsi préparé se trouve dans
de très mauvaises conditions de tranquillité.
Ajoutez à cela plusieurs semaines du gouvernement de Garibaldi, auquel succèdent des tâtonne-
ments plus ou moins maladroits. Ne vous étonnez
donc pas que, après tout cela, le désordre règne
partout dans le royaume de Naples. En Sicile, où
l'action du roi de Naples est bien plus difficile,
l'agitation est presque aussi grande.

Vous ne devez pas ignorer que, depuis que le
roi de Naples a voulu s'arrêter à Rome, les petits
égards qu'on avait eus pour lui à la cour des Tuileries ont cessé ; que Goyon a été blâmé de lui
avoir mené des officiers ; que les décorations qu'il
a voulu donner ont été défendues, etc. Une fois
faite la folie de rester à Rome et d'y permettre au
pape de gouverner à sa guise, il était impossible
d'en chasser le roi de Naples.

Les Polonais font tant de bêtises, qu'ils vont
obliger la Russie, l'Autriche et la Prusse, qui se
haïssaient, à s'embrasser et à faire un traité d'alliance contre les révolutions. Autant en font les
Hongrois ; malgré vos espérances, j'ai bien peur

que Garibaldi n'ajoute encore à la mesure.

Adieu, mon cher Panizzi. On nous annonce de grandes catastrophes commerciales. Les maisons grecques de Smyrne, Marseille, Liverpool sont ruinées et vont tomber avec la banqueroute de l'empire ottoman. Je la crois très prochaine, et j'ai bien peur des conséquences.

LXXI

Ville-d'Avray, 21 avril 1861.

Mon cher Panizzi,

Je vous écris à la campagne, chez mademoiselle Brohan, où je suis allé déjeuner avec une princesse du sang impérial. Mais quelle princesse et quel sang !

Notre ami le prince Napoléon n'en a pas beaucoup dans les veines, comme l'impératrice le lui reprochait. Il dit qu'il ne se battra pas contre le duc d'Aumale.

Je vous écris ce mot à la hâte, je vous en dirai plus long demain ou après.

LXXII

Paris, 2 mai 1861.

Mon cher Panizzi,

Je ne crois pas plus que vous que le prince Napoléon manque de *pluck* ; mais, maintenant, vous
ne le persuaderiez à personne, particulièrement
aux militaires, et, s'il avait l'occasion de revoir
une bataille, il serait obligé de se risquer comme
un caporal pour désabuser les gens. Son grand défaut est un manque absolu de tact. Il ne fait rien
à propos et manque les plus belles occasions. Il a
toujours été merveilleusement servi par la fortune,
et il semble avoir pris à tâche de ne profiter d'aucune de ses faveurs.

Dans cette occasion-ci, il paraît que son premier mouvement a été bon. Il avait demandé que
l'on ne poursuivît pas la brochure. On a répondu
avec beaucoup de raison que cela n'était pas possible ; mais il n'y a pas eu la moindre délibération
sur ce qu'il avait à faire à l'égard de l'auteur. Seulement M. de Persigny, de son propre mouvement,

est allé lui faire un sermon et lui remontrer qu'il n'était pas politique de se battre ; plus tard, d'un *autre côté*, on lui a insinué qu'il lui serait sinon politique, du moins très utile, de dégaîner. Alors sa camarilla a trouvé que le moment était passé ; que, dans des affaires de ce genre, on n'était pas reçu à délibérer, etc. Tout ce tas de conseils plus ou moins intéressés a fini par l'ennuyer, et la seule chose à laquelle il ait fait attention, c'est qu'il était trop tard pour prendre un parti, qu'en conséquence il n'y avait rien à faire. Les militaires sont furieux, et, en temps de guerre, cela pourrait être assez grave.

J'ai causé l'autre soir très longuement avec Vimercati sur les affaires de l'Italie méridionale. Il voit les choses en beau, dit qu'on exagère beaucoup la situation de Naples, mais il ne cache pas qu'elle ne soit grave.

J'admire beaucoup M. de Cavour, mais je me demande s'il n'a pas tort de retarder toujours le combat entre Garibaldi et lui. L'événement montrera si oui ou si non. Je regarde ce combat comme absolument inévitable, et cette fois, que Garibaldi venait avec un projet insensé, c'était peut-être le moment d'en finir avec lui.

Il paraît parfaitement décidé que l'armée d'occupation de Syrie partira à l'époque fixée, c'est-à-dire le 5 juin. Je crois que, très peu de temps après, les Turcs nous donneront raison en recommençant les pilleries et les massacres ; mais j'espère que nous laisserons faire dans l'intérieur, en nous bornant à protéger les chrétiens dans les ports. Ces chrétiens d'Asie sont des drôles si lâches, qu'ils se laissent battre par une poignée de coquins, lorsqu'ils pourraient se défendre avec succès. L'affaire deviendra véritablement grave lorsque l'opinion publique en Russie obligera le gouvernement à prendre parti pour les chrétiens grecs.

Vous ai-je conté l'histoire de Bixio et de son ours ? Il était à rôder dans les Pyrénées pour une affaire de chemin de fer, avec un ingénieur de la compagnie. Dans un endroit très désert, il a entendu des cris singuliers ; il s'est approché, et finalement est entré dans un trou de rochers d'où ces cris partaient ; il y a trouvé deux oursons qu'il a emportés. Il y avait cent à parier contre un qu'il trouverait la mère, car c'était en plein jour, et je

vous laisse à penser la réception qu'elle lui aurait
faite. Il y avait encore la chance d'être suivi à la
piste par la mère désolée et d'avoir une petite ex-
plication à coups de griffes, mais Bixio a du bonheur.

Adieu, mon cher Panizzi. Vous ne me parlez pas
de votre santé, j'en conclus qu'elle est meilleure.

LXXIII

Paris, 11 mai 1861.

Mon cher Panizzi,

On m'a parlé, en termes assez vagues, il est
vrai, d'une mission à Londres pendant l'exposition universelle. J'ai répondu que je serais volontiers membre du jury de l'exposition universelle,
que cependant il faudrait que je susse d'abord
en quelle qualité et pour combien de temps. En
second lieu, je me suis réservé d'examiner quel
effet une semblable mission aurait sur ma petite
bourse. Qu'est-ce qu'il en coûterait pour vivre un
peu bien pendant trois mois dans le West-End,
dans la position que je dis?

Il paraît que le prince Napoléon serait le pré-sident du jury français. Je ne sais si c'est bien raisonnable, dans la position qu'il s'est faite en ce pays-ci et probablement chez vous. Cela pourrait donner lieu à d'assez drôles de choses. Ne parlez pas de ce que je vous dis, d'abord parce qu'il n'y a rien de décidé et que je serais bien aise de conserver ma liberté jusqu'au dernier moment. Dites-m'en votre avis *candide*, je vous prie.

Il y a à l'exposition un portrait du pape qu'on a placé précisément en face de celui du prince Napoléon. C'est une grosse tête, plus intelligente que je ne la supposais, avec des yeux rouge foncé, très injectés, et qui peuvent faire espérer un *accidente*, comme dénouement probable.

Adieu, mon cher Panizzi. Je vous écris au milieu d'une séance du Sénat. Nous en aurons une intéressante, lundi, à propos d'une pétition sur les chrétiens de Syrie. Mauvaise affaire, et dont il est, je crois, impossible de sortir heureusement.

LXXIV

Mon cher Panizzi,

On est assez intrigué d'un duel qui devait avoir lieu hier, et qui avait été remis à ce matin entre le prince Napoléon et le prince Murat. Les témoins étaient pour le second, Heeckeren, qui, depuis qu'il a tué Pouchkine, est patenté pour ces sortes d'affaires, l'autre le maréchal Magnan. La cause remontait au *speech* du prince Napoléon ; cela s'était aigri peu à peu, et il y a eu de grosses paroles, puis défi. Les témoins avaient remis hier l'affaire à aujourd'hui. Quand on remet ainsi la solution entre deux personnages aussi considérables, il est probable que la remise est indéfinie. C'est encore une sotte chose et une suite de la fatalité qui poursuit ce pauvre prince.

Vous aurez vu que je suis nommé membre de la commission impériale, mais je pense que je ne serai pas obligé de résider à Londres pendant toute l'exposition. D'ailleurs, je serai probable-

I.   14

ment chargé des beaux-arts; or, comme les Anglais ne donnent ni médailles, ni récompenses, je
doute que nos artistes soient nombreux. Je ne
sais pas même s'il s'en présentera qu'on puisse
envoyer à Londres.

M. Fould va en Angleterre mercredi avec lord
Cowley pour quelques jours seulement. Je pense
que vous le rencontrerez. Il me paraît assez bien
avec Sa Majesté, à qui il tient toujours la dragée
haute, avec beaucoup de raison, je crois. Son successeur est vraiment bien sot et bien bête.

Un de mes amis qui revient d'Italie m'a dit que
dans une petite guerre qui a eu lieu près de Vi-
cence dernièrement, on avait fait manœuvrer un
régiment autrichien devant un régiment de Trente.
Quand on a exécuté les feux, les Tyroliens ont mis
des cailloux et des clous dans leurs fusils, et il y
a eu une trentaine d'Autrichiens tués ou estro-
piés.

La diète de Hongrie, qui en est à se demander
si le fou qui est à Prague n'est pas l'empereur
légitime, me paraît bien drôle. Mais tout est drôle
en ce monde depuis quelque temps. Il est évident
que la question des nationalités est à présent ce

qu'était la réforme religieuse au XVI° siècle, une
grande et belle idée revêtue de formes assez niaises.

Nous avons eu une séance du comité de l'exposition chez le prince, mais ce n'était que pour
faire connaissance les uns avec les autres. Rien
n'a été fait encore. Je voudrais bien que vous
fussiez membre du jury anglais, malgré les capi-
tulations de conscience que cela vous coûterait.

Adieu, mon cher Panizzi. Tenez-vous en joie et
santé.

LXXV

Paris, dimanche 9 juin 1861.

Mon cher Panizzi,

Un mot seulement. Je n'ai pas attendu votre
lettre pour mettre dans le discours que je lirai demain [1] une remarque sévère sur le passage du
rapport Bonjean qui vous regarde. Vous le lirez
mardi. Je suis trop fatigué et trop pressé pour
vous en dire davantage.

1. A propos de la pétition de madame Libri.

Je vous écrirai en détail de Fontainebleau, où je
vais mardi. Libri fait des folies. La mort de Cavour
est le plus grand événement et le plus malheureux
qui pût arriver. On ne parle pas d'autre chose.

LXXVI

Paris, 11 juin 1861.

Mon cher Panizzi,

M. Libri a fait toutes les bêtises imaginables. Il
a bombardé de ses lettres amis et ennemis et les
a tous mis en fureur. Au lieu de savoir gré à
M. Delangle de ce qu'il avait essayé de faire, il a
pris à tâche de lui susciter une mauvaise affaire,
de le compromettre avec M. Guizot, avec la magistrature et le Sénat; et tout cela, pendant que
j'avais bien assez de la masse de haines accu-
mulées contre lui. Je me suis trouvé, grâce à ses
absurdes pamphlets, à peu près seul dans le Sénat.
On m'a cependant écouté tranquillement et même
avec une sorte d'intérêt. Les jurisconsultes ne
m'ont pas répondu, ce me semble.

Le discours de M. de Royer a seulement scandalisé les gens honorables, qui l'ont fait taire. M. Fould lui a fait des représentations très énergiques et le président Troplong aussi ; mais le petit magot avait la joie d'un singe qui vient de casser une porcelaine. Cela m'a fait passer une triste semaine.

Enfin c'est fini, et je pars dans une heure pour Fontainebleau, où je vais passer huit jours probablement à parler de César à Auguste, et je vous assure que j'ai besoin de penser un peu aux anciens pour oublier les modernes.

La mort de M. de Cavour est un événement immense. Je ne connais pas son successeur, mais aurait-il toutes les qualités et tous les talents de son prédécesseur, il n'a plus son prestige et ne pourrait faire ce que M. de Cavour faisait, c'est-à-dire tenir les mazziniens dans le devoir et demeurer cependant à la tête de la révolution italienne.

Maintenant que M. de Cavour est mort, l'Angleterre aura-t-elle la même bienveillance pour la révolution italienne? Ne craindra-t-elle pas, là comme ailleurs, l'influence française? S'il en était

ainsi, je craindrais que vous ne vissiez bientôt
l'Autriche reprendre son ascendant. Il est en
outre fort à craindre que les garibaldiens ou
plutôt les mazziniens, délivrés du seul homme qui
les dominait, ne se mettent à faire des extrava-
gances, et alors tout est à recommencer ou plutôt
tout est perdu.

Adieu, mon cher Panizzi. Si vous m'écrivez, je
resterai jusqu'à dimanche prochain à Fontainebleau, peut-être même davantage, cela dépendra
de ce que fera *mon hôte*.

LXXVII

Fontainebleau, 24 juin 1861.

Mon cher Panizzi,

Je suis encore ici pour une semaine; après y
être venu pour huit jours, j'y serai resté près
d'un mois. C'est l'usage de la maison.

Je suis dans le lieu du monde où l'on parle le
moins de politique, et je ne sais rien de ce qui se
passe. Je ne comprends guère les entortillements

du *Moniteur* au sujet de la reconnaissance *de fait* du royaume d'Italie, combinée avec l'occupation indéfinie de Rome par l'armée française, et je crois que cela ne signifie absolument rien.

Je suis allé l'autre jour avec Sa Majesté voir les fouilles qu'on a fait exécuter autour d'Alise, pour savoir si cette ville était l'*Alesia* de César. Nous avons trouvé les fossés des lignes de contrevallation et de circonvallation des Romains encore bien conservés. Le terrain est une espèce de conglomérat de gravier lié par un ciment naturel, le tout très dur; si bien que les fossés, bien que comblés aujourd'hui par les terres éboulées et par celles que les pluies y ont apportées, sont partout reconnaissables à leurs talus dont les parements ont été bien conservés.

Nous avons trouvé au fond d'un de ces fossés une belle épée romaine, et une grande quantité de pointes de flèches ou de lances en bronze; enfin le plus curieux, une douzaine de ces chausse-trapes que César appelle des *stimuli* et qu'il avait jetés en avant de ses retranchements pour piquer les pieds de nos ancêtres.

J'ai reçu ici une lettre de M. Ellice, qui me

paraît n'avoir rien perdu de son entrain et qui
me propose une tournée de jolies hôtesses et de
maisons de campagne. Je crains bien de ne pouvoir l'accompagner ; en outre, je n'aime pas trop
à changer tous les jours d'hôtes et de cuisine.

Adieu, mon cher Panizzi ; répondez-moi un mot
ici avant samedi prochain, mais *candidement*.

LXXVIII

Paris, 2 juillet 1861.

Mon cher Panizzi,

Je suis, depuis hier, de retour à Paris, fort las
de ce long séjour à la cour. Je n'ai pas les qualités du courtisan, et, bien que les maîtres du château que je quitte soient les plus bienveillants et
aimables de tous les souverains, c'est avec un
vif plaisir que je me suis assis devant mon modeste dîner.

On me charge de commissions assez difficiles
pour l'exposition universelle. Croyez-vous que je
trouve encore lord Granville à Londres ? car c'est

avec lui surtout que j'aurai à discuter la chose.

Je vous écris à la hâte, et je garde pour nos déjeuners prochains la relation fidèle de la grande réception des ambassadeurs siamois. Ils ressemblent fort à des orangs-outangs, mais ils ont des étoffes de brocart merveilleuses.

Connaissez-vous le comte Arese, qui vient ici comme ambassadeur du roi d'Italie? On dit que M. de la Valette, aujourd'hui à Constantinople, sera envoyé à Turin. C'est un homme d'esprit et dans les meilleures dispositions pour l'Italie.

Adieu, mon cher Panizzi; à bientôt, j'espère. Je vous écrirai un mot avant mon départ, pour vous dire le jour de mon arrivée.

LXXIX

Paris, 19 août 1861.

Mon cher Panizzi,

Je crois assez à l'efficacité d'une cure de raisin, et si, après Ems, vous avez une ordonnance *ad hoc*, nous pourrions faire ensemble un tour à Bordeaux où, tout en mangeant les raisins du pays,

vous pourriez prendre des informations au sujet de
la liqueur qu'on en extrait. Nous ferions, en même
temps, une visite à la comtesse de Montijo, qui
sera à Biarritz ; peut-être à Leurs Majestés, et in-
contestablement à M. Fould.

Il n'y avait plus personne à Londres quand j'y
ai repassé. J'ai trouvé le Museum en place. Newton
m'a montré l'Apollon debout. Je l'ai trouvé très
beau. Brandis, qui l'avait admiré couché, a dit
qu'il n'avait jamais rien vu de si laid. Newton
en était un peu mortifié. Je lui ai dit que c'était ce
qu'on appelait en Allemagne du *Gemüth*, c'est-à-
dire du charlatanisme et de la blague scientifique.

Voulez-vous, *tempore et occasione prælibatis*,
vous charger d'une négociation ? Vous savez
que nous avons, en 1862, une exposition des
beaux-arts universelle à Londres. Nous y envoyons
seulement les ouvrages d'artistes vivants, ou
morts depuis moins de dix ans. Nous n'en avons
pas beaucoup sous la main. M. le duc d'Aumale
a un fort beau tableau de Paul Delaroche, *la
Mort du duc de Guise.* Croyez-vous qu'il voulût
l'exposer ? Il rendrait service à l'école française,
à la mémoire de Paul Delaroche, et ferait plaisir

à tout le monde. Il déterminerait probablement de riches amateurs à suivre son exemple. Le tableau serait exposé avec le nom du propriétaire sur le livret. Régulièrement, il devrait être envoyé à la commission impériale avant d'être envoyé à l'exposition de Londres, mais nous le dispenserions de ce voyage. Il suffirait qu'il fît écrire qu'il mettra le tableau à la disposition de la commission française à Londres. On lui répondrait qu'on accepte avec reconnaissance. Voyez si vous voulez et pouvez vous charger de cette négociation. Je désirerais que vous ne fissiez pas mention officielle de mon nom ; mais vous pourriez cependant dire au prince que vous avez pour garant que l'offre serait acceptée.

Adieu, mon cher Panizzi. Je suis fort occupé et tracassé par cette exposition ; je suis repris par mes étouffements.

LXXX

Paris, 30 août 1861.

Mon cher Panizzi,

Le journal nous donne aujourd'hui une bonne

circulaire de Ricasoli sur les affaires de Naples. Le
mal, c'est que ce n'est pas par des moyens constitutionnels qu'on peut faire cesser cet état de choses. Il n'y a eu dans le royaume de Naples qu'un
temps d'ordre parfait ; c'est quand le général
Manhès faisait fusiller tous les gens de mauvaise
mine qui n'avaient pas fait leur barbe ; mais je ne
sais pas trop comment on prendrait aujourd'hui
ces mesures énergiques.

Alexandre Dumas, qui est un grand blagueur,
conte des choses curieuses de l'état de Naples. Il
dit qu'il y a une association de voleurs établie sur
des bases larges, qu'on appelle *la Camorra*, et
dont tous les affiliés s'aident entre eux contre la
société des honnêtes gens. Un article du règle-
ment est que, lorsqu'un étranger prisonnier refuse
de payer sa bienvenue aux camorristes, et se bat
avec eux à coups de couteau, s'il est vainqueur,
la société Camorra lui fait une pension. Cela rappelle les beaux temps de la Grèce.

Il n'y a personne ici, en sorte qu'on ne fait
même pas de nouvelles. Cependant, par quelques
mots échappés à un des infortunés ministres qui
sont de garde ici, je ne serais pas surpris que la

question de l'évacuation de Rome mûrit rapidé-
ment. Pourvu que cela n'amène pas une attaque
contre la Vénétie, ce serait au mieux.

Je n'ai pas encore de projets bien arrêtés. Il
faut que j'aille, dans le courant de septembre,
voir M. Fould à Tarbes, et madame de Montijo à
Biarritz. J'ai, ici, en train, un petit travail pour
le maître, que je voudrais lui porter, afin de faire
d'une pierre deux coups ; mais je n'avance pas
comme je voudrais et j'en ai encore pour quelques
jours. D'un autre côté, je n'ai pas de nouvelles de
madame de Montijo. Je la crois à Biarritz ou en
route pour y aller, et la durée de son séjour en
France aura une influence capitale sur mes projets pour le mois prochain.

Adieu, mon cher Panizzi ; mille amitiés et compliments. Miss Lagden et mistress Ewers se rappellent à votre souvenir.

LXXXI

Paris, 3 septembre 1861.

Mon cher Panizzi,

Je crois que la nomination de la Valette, com-

ninée avec celle de Benedetti, est un achemi-
nement à la consommation que vous désirez.
Ces deux bons catholiques sont, je crois, très
propres à persuader à notre saint-père que son
royaume n'est plus de ce monde. Peut-être aura-
t-il de la peine à le croire ; mais il faudra qu'il
s'y résigne, et qu'il fasse beau c.., comme disait
le général Beurnonville à un prince du Rhin. qu'on
voulait médiatiser.

J'ai eu des nouvelles de Constantinople, où l'on
se moque beaucoup des histoires qu'on a faites de
la chasteté du sultan, et de son goût pour l'eau
pure. L'un est aussi vrai que l'autre ; mais son
grand goût pour le moment, c'est pour les poules.
Il vient de commander un poulailler de cinq cent
mille francs pour élever ses volailles. Voilà comme
il entend l'économie ! Croyez que nous aurons,
d'ici à peu de temps, des choses sérieuses en
Orient, qui donneront un cruel démenti à lord
Palmerston, lequel veut absolument que l'empire
turc se tienne debout tant qu'il vivra. Je crois la
Porte beaucoup plus près de sa fin que mylord.

Adieu, mon cher Panizzi. Dites-moi ce que
vous devenez. Je ne suis pas surpris que les eaux

d'Ems ne vous aient pas immédiatement soulagé.
Vous savez qu'on n'en ressent les effets que quelques semaines après.

LXXXII

Mon cher Panizzi,

Je viens de recevoir un télégramme de Biarritz. On me dit que, quand j'y viendrai, il y aura
une chambre pour moi. Cela me jette dans un
certain embarras. J'ai répondu que j'étais aux
ordres de Leurs Majestés ; que, lorsqu'on m'écri-
rait de venir, je viendrais ; que cependant je pré-
férais attendre quelques jours encore, afin d'avoir
fini la tartine destinée au *maître de la maison*.

On nous dit tantôt blanc tantôt noir des affaires de Naples. Les agents du saint-père ici ont
honte, à ce qu'il paraît, des défenseurs de l'autel
et du trône qu'ils ont dans les Calabres : car ils
démentent énergiquement toute participation aux
mouvements de Chiavone et consorts. Comment
expliquez-vous le discours de l'archevêque hon-

grois? De temps en temps, j'espère qu'un schisme va se déclarer. Faites donc une Église ambroisienne et procurez-moi une place de chanoine quelque part où il y ait des religieuses.

Je crains que le tableau dont je vous avais prié de parler au duc d'Aumale ne soit plus ancien qu'il ne faut ; cependant, je ne doute pas qu'il ne fût accepté s'il était offert. Lorsque vous le rencontrerez, vous pourriez lui parler de l'exposition en général, du petit nombre de bonnes choses qu'on peut y mettre, et, si vous le voyiez disposé à prêter ce qu'il a, vous lui diriez que la commission accepterait avec reconnaissance, que tout se traiterait comme il voudrait. Vous pouvez encore ajouter que M. Duchatel a promis de prêter *la Source* de M. Ingres.

Un de mes amis, venant de Vienne, me dit que les affaires y sont graves. On a mauvaise opinion de l'avenir et presque pire du présent. On dit l'empereur très borné, très entêté, et absolument dans les mains de sa mère, laquelle est dans celles des jésuites. Les Hongrois sont absolument hors d'état de rien faire ; mais ils ne payent pas et ils parviennent, en se ruinant, à ruiner leur ennemi.

Il y a un système d'incendies organisé : on met
le feu aux fermes et aux maisons de quiconque
paye l'impôt sans avoir de garnisaires. L'archevêque a demandé qu'on lui en envoyât.

Adieu, mon cher ami. Que faites-vous? Je ne
partirai pas sans vous écrire où je vais.

LXXXIII

Biarritz, 15 septembre 1861.

Mon cher Panizzi,

J'ai reçu, mardi dernier, une dépêche télégraphique conçue en ces termes : « Venez sans culottes ! » Je suis parti le soir même, et, depuis
mercredi, je suis l'hôte de Leurs Majestés. C'est
une petite villa très jolie, un peu trop près peut-
être de la mer, qui se permet de faire trop de tapage pour mon goût particulier. Il n'y a que très
peu de monde, et j'y suis le seul étranger à la
maison. Depuis mon arrivée, on m'a tenu tellement en courses ou en travail (vous savez quel
travail), que je n'ai pas encore pu vous donner
de mes nouvelles.

Hier, nous avons fait une assez longue excur-

sion qui n'a pas trop bien réussi, car nous
sommes revenus tous trempés comme des soupes.
Nous sommes allés voir une terre très grande que
l'empereur a donnée à M. Walewski dans les
Landes. Ce sera très beau, dit-on, quand ce sera
arrangé. Présentement, il y a tout à faire, jusqu'à
de la terre à trouver, car il n'y a encore que
des marais.

L'autre jour, on a fait prendre au prince impérial son premier bain de mer, et très maladroite-
ment, suivant moi, on l'a jeté dans l'eau la tête
la première, en sorte qu'il a eu grand'peur. On lui
en a fait des reproches, et on lui a demandé pourquoi, lui qui ne sourcillait pas devant un canon
chargé, il avait peur de la mer. Il a répondu sans
être soufflé : « C'est que je commande au canon,
et que je ne commande pas à la mer. » Cela m'a
paru assez philosophique pour un prince qui n'a
pas encore six ans.

Biarritz est plein de monde de tous les pays. Il
y a force dames de tout rang et de toute vertu,
toutes avec les toilettes les plus extraordinaires
qu'on puisse imaginer. La plage ressemble à un
bal de carnaval.

Adieu, mon cher Panizzi ; je vous souhaite santé
et prospérité.

LXXXIV

Biarritz, 28 septembre 1861.

Mon cher Panizzi,

La Valette, me dit-on, n'est pas encore parti.
La conversation qu'il aura avec Sa Majesté avant
de se mettre en route serait curieuse à écouter,
et je voudrais être une petite souris pour les
entendre.

Je vous ai dit plus d'une fois que je croyais
l'empereur aussi attaché au pape que vous et
moi. La différence entre nous, c'est qu'il a charge
d'âmes. Il s'agit pour lui de se convaincre de la
disposition réelle de la France et de l'Europe. Je
crois que le sentiment catholique s'est affaibli en
France depuis la bataille de Castelfidardo. Cependant croyez qu'il est toujours très fort ; nous
ne pouvons nous débarrasser comme les Anglais
des chimères chevaleresques en présence des intérêts. Les Anglais tolèrent les insolences des
Yankees en considération du coton. On ne pour-

rait obtenir cela des Français. Un vieillard sans
puissance et quinteux, fait pitié. Il serait
plus facile de lui faire la guerre s'il était souverain d'un grand pays. Pensez, en outre, à l'influence énorme des curés et des femmes, qui sont
toutes papistes. Voyez combien il est nécessaire
de ménager la chèvre et le chou, et prenez patience, si on ne se décide pas aussi vite que vous
le désirez.

Adieu. Comment vont vos genoux et vos poi-
gnets?

LXXXV

Paris, 14 octobre 1861.

Mon cher Panizzi,

Je suis arrivé hier à Paris avec M. Fould. Voici
votre lettre. Les conditions du duc sont parfaitement justes. Vous vous souvenez que je vous
avais dit que son nom serait sur le livret. Quant
au soleil et au vernis, bien que le premier de ces
deux articles soit peu à craindre en Angleterre,
notre surveillant y mettra bon ordre. Mais je ne
sais de quel tableau le duc veut parler. Il ne dit

ue le nom de l'auteur, et point le sujet. Vous connaissez la condition pour l'exposition, artistes vivants ou morts depuis moins de dix ans, Paul Delaroche est mort en 1857 ou 1856.

On est ici dans un état de crise qui, dans un autre pays, n'aurait rien d'effrayant, mais qui, avec des imaginations niaises comme on en a ici, pourrait devenir très grave. *Mon hôte de Biarritz* en est un peu alarmé et commence à voir avec inquiétude que le tas de niais qu'il a autour de lui a laissé faire bien des bêtises. D'ailleurs, entre *l'hôte et l'hôtesse*, particulièrement en ce qui touche au spirituel, il y a toujours de graves dissidences qui compliquent la situation.

On commence à demander assez hautement qu'on en finisse avec la question de Rome. Un bruit s'est répandu qui, je crois, n'est qu'une invention pour autoriser à attendre sans rien faire : c'est que notre saint-père allait bientôt mourir. Naturellement, on dit que l'on peut ajourner toute solution jusqu'à son successeur ; très bonne occasion pour ne rien faire du tout.

Bref, il y a ici de grandes inquiétudes : mauvaise récolte en blés, guerre d'Amérique, traité

de commerce avec l'Angleterre et la Belgique qui
met en souffrance un certain nombre d'industries.
Tout cela ne présage guère un bon hiver. M. Fould
va, je crois, recevoir des propositions, l'opinion
publique le désignant pour prendre en main la
poêle. Il a ses conditions, auxquelles il fera bien
de se tenir.

Adieu, mon cher Panizzi. M. Fould a beaucoup regretté que vous ne soyez pas venu. Il
vous aurait fait manger des ortolans sublimes. Je
ne trouve pas de mot pour exprimer ce qu'est un
ortolan gras et frais. Cela vaut mieux que toutes
les hanches possibles, fussent-elles revêtues de
crinoline.

LXXXVI

Paris, 23 octobre 1861.

Mon cher Panizzi,

Voulez-vous une histoire assez bonne du séjour
du roi de Prusse à Compiègne, où il n'est pas
question du roi de Prusse?

On était allé au château de Pierrefonds, château

gothique comme vous savez. Madame *** était
dans un groupe de dix ou douze personnes parmi
lesquelles le maréchal X... Elle demanda ce que
c'était qu'un grand lézard sculpté qui sortait du
toit. On lui répondit que c'était une gargouille.
« Qu'est-ce qu'une gargouille? — C'est un conduit pour rejeter les eaux du toit. — Comment!
tant de sculptures pour un conduit? Mais ce con-
duit-là doit coûter bien cher? — J'en sais de plus
chers », dit à haute et intelligible voix le maréchal
X... Je tiens le fait de deux témoins sûrs.

Politiquement, cela veut dire que la dame ne
vaut plus grand'chose auprès de qui vous savez,
et j'en avais déjà fait la remarque. Je ne pense pas
pourtant, comme tout le monde le croit ici, que
notre ami Fould rentre au ministère. On a peur
de lui; on lui garde une dent, je ne sais pourquoi.
En attendant, les gens de finances se lamentent,
et font des prédictions sinistres.

Vous aurez vu la circulaire relative à la société
de Saint-Vincent de Paul. Je crois qu'on aurait
dû la faire il y a longtemps. Le moment peut-
être n'est pas très bien choisi; mais, après tout,
il y avait un danger réel à cette association clé-

ricale, qui avait déjà pris une extension immense.
Le Midi en est empesté.

Je viens de voir Sobolewski revenant d'Italie.
Il trouve que les fonctionnaires piémontais ne
sont pas très adroits et que l'unification n'est pas
trop avancée. Il n'a vu que le Nord. A ma grande
surprise, il dit que c'est à Florence que les changements lui avaient paru avoir le plus de succès.
L'ordre étant odieux aux gens des Marches, ils
se plaignent des gendarmes et des préfets, qui ont
toujours les lois et les décrets à la bouche, tandis
que, sous le gouvernement du saint-père, quand
on avait un *fratone* dans sa manche, on faisait à
peu près ce qu'on voulait.

Je crois que le pape a eu l'art de persuader ici
qu'il va mourir, en sorte qu'à toutes les propositions raisonnables, on répond : « Attendons. »
Puis, autre bêtise : on se persuade que, lui mort,
on ferait nommer un monseigneur Marini dont
on attend monts et merveilles! Tout cela est fort
triste.

Adieu, mon cher Panizzi; soignez-vous, ne buvez
ni ne mangez, que comme je fais quand je ne dîne
pas chez vous; vous vous porterez bien.

LXXXVII

Paris, 17 novembre 1861.

Mon cher Panizzi,

J'ai longuement causé, l'autre jour, avec M. de la Valette, qui va partir pour Rome la semaine prochaine. Je crois que vous auriez été satisfait. Le chevalier Nigra, avec qui j'ai dîné avant-hier au Palais-Royal, me paraît très content du choix de l'ambassadeur. Il me semble avoir toutes les qualités désirables pour traiter avec des ecclésiastiques. Une orthodoxie égale à la vôtre, et des dispositions à donner aux cardinaux toute la confiance que leur habit inspire à un bon catholique comme vous et moi. Malheureusement, je ne vois ni dans les Chambres ni dans le public la résolution qu'il faudrait pour lui rendre sa tâche facile.

Le prince m'a beaucoup demandé de vos nouvelles. Il y avait à dîner M. Nigra ; Ratazzi, qui ne dit pas grand'chose et qui n'a pas trop l'air d'en penser beaucoup plus ; le prince de San-Cataldo et sa femme, qui est, je crois, Polonaise. Je m'étonnais, pendant tout le dîner, de lui trouver l'air si peu sicilien.

J'ai dîné hier chez le duc Pasquier, qui a quatre-vingt-quinze ou quatre-vingt-seize ans. Il nous a raconté toute l'histoire du mariage de Napoléon Ier, d'une manière charmante ; c'était à écrire sous sa dictée d'un bout à l'autre du récit, qui a duré plus de vingt minutes. Si les vieillards ne devenaient ni sourds ni aveugles, ce serait vraiment assez agréable de vieillir.

Adieu, mon cher Panizzi. Faites-moi le plaisir de dire à M. Newton qu'il y a, dans le vestibule de la villa Albani, à Rome, un Apollon exactement semblable à celui que j'ai vu dans les marbres de Cyrène. Même dimension, même attitude, même draperie ; seulement il est plus mutilé. Il y en a un plâtre au palais de l'Industrie. Cela prouve que ces deux marbres, le vôtre et celui de Rome, sont des copies d'un original fameux qui est à trouver.

LXXXVIII

Paris, 4 novembre 1861.

Mon cher Panizzi,

Le chevalier Nigra va demain à Compiègne passer huit jours, à ce qu'on me dit ; M. Fould aussi. Il est très possible qu'il en revienne avec un portefeuille. Je le désire, non pour lui, mais pour nos finances, qui en ont besoin.

Je ne crois pas du tout à la guerre, si les Italiens ne font pas de sottises. L'Autriche n'a pas de quoi acheter des souliers à ses soldats, et nous n'en avons guère davantage.

Adieu, mon cher Panizzi, écrivez-moi avant que j'aille à Compiègne.

LXXXIX

Compiègne, 16 novembre 1861.

Mon cher Panizzi,

Je suis ici depuis huit jours et j'ai assisté à la petite comédie ministérielle qui s'est jouée. Elle

s'est terminée comme vous avez vu. Notre ami
est entré par une très bonne porte. Je l'aurais
désirée plus large pour lui, mais il ne se peut rien
de plus honorable que la lettre de l'empereur. Il a
été également très bien traité par l'impératrice,
et les préventions qu'il a pu craindre autrefois paraissent tout à fait dissipées à présent. Cependant
il est évident qu'il entre dans un cabinet où il a
des ennemis très acharnés, sinon très dangereux,
et je prévois sous peu des batailles à livrer. X.
paraît un peu écorné. Ce qu'il dit ici de bêtises aux uns et aux autres n'est pas croyable.
C'est la médiocrité ou plutôt la nullité person-
nifiée, accompagnée d'une vanité puérile à laquelle il faut des *fiocchi* continuels.

La mort du roi de Portugal est venue rompre
toutes nos fêtes. Celle de l'impératrice, entre autres, est renvoyée au 22, lorsque le deuil sera
dans sa seconde phase. Les bouquets ont été con-
tremandés. Cependant M. Nigra m'en a envoyé
un énorme que j'ai fait remettre à Sa Majesté sans
lui dire de quelle part. Mais on a reconnu le masque, car il avait eu soin d'y mettre une profusion
de rubans aux couleurs italiennes.

Nous avions ici quatre highlanders sans la
moindre culotte : le duc d'Athole, lord Murray,
lord Dunmore et lord Tullybardine. Hier, ils ont
dansé des *reels* avec leurs *pipers*. Ils sont fort
bons diables, et ont l'air de s'amuser. Ce n'est
pas le cas pour tout le monde.

Si vous aviez entendu, il y a deux jours, l'empereur parler des affaires d'Italie, vous auriez été
assez content. Nigra, qui a passé les huit premiers jours du mois à Compiègne, m'a paru très
reconnaissant de l'accueil qui lui a été fait.
Cela ne veut pas dire qu'on quitte Rome ; mais je
crois que la question fait des progrès.

On descend pour déjeuner. Je n'ai que le temps
de vous dire adieu.

XC

Paris, 8 décembre 1861.

Mon cher Panizzi,

Depuis mon retour de Compiègne, je suis, de
deux heures jusqu'à six, en commission pour

le sénatus-consulte de M. Fould. Il m'avait prié d'intriguer pour en être et j'ai bravement voté pour moi dans mon bureau. J'ai failli avoir l'unanimité, ce qui aurait été fâcheux pour ma modestie. Nous sommes là à faire de l'éloquence, à fendre des cheveux en quatre, à chercher midi à quatorze heures, et, en attendant, le temps passe et nous n'avançons pas. Je crains que nous n'en ayons encore pour une douzaine de jours.

Pendant que nous nous exterminons pour la chose publique, il fait à Cannes, à ce qu'on m'écrit, le plus beau temps du monde. Cousin est établi à deux pas de chez moi. Il y a grande et nombreuse compagnie ; tous les jours arrivent des gens qu'on met à la porte faute de logement.

J'ai dîné hier avec Bixio, qui demandait de vos nouvelles. Il venait de recevoir une lettre de son fils, qui venait d'assister à sa première affaire, et qui l'avait prise avec le plaisir que l'on trouve aux balles dans sa famille. Il dit que c'est comme le premier baiser d'une femme. Ils ont tué une douzaine de bourboniens et en ont fusillé autant ; ce qui est moins drôle que de les tuer en combattant. Il prétend que Borges a été fusillé il y a

longtemps, mais qu'on en a un autre pour le remplacer. Les chefs qui courent les montagnes de la
Basilicate paraissent des gens très énergiques et
intelligents ; mais leurs soldats sont d'atroces canailles. Voilà le résumé du jeune Bixio.

Adieu, mon cher Panizzi ; dites-moi ce que vous
devenez et si nous partirons ensemble.

XCI

Cannes, 31 décembre 1861.

Mon cher Panizzi,

Si M. Fould remet nos finances en bon ordre, il
est probable que, pendant quelque temps, nous
serons dans la plus belle position politique où la
France ait été. Malheureusement tout dépend de
la vie et de la santé d'un seul homme. J'attends
beaucoup de l'excellente mesure qu'il a prise et
que *notre ami* a provoquée. Il s'est très sagement
lié les mains, se sentant entouré de gens disposés
à lui tendre les leurs en toute occasion. M. Fould
a notablement augmenté le nombre de ses ennemis, mais il n'en a cure. Je le crois très solide.

pour le présent, parce qu'il est nécessaire. Plus
tard, cela deviendra grave. Vous avez dû être content de son discours au Sénat. C'est du langage
vraiment parlementaire et d'un homme d'affaires.
On est très peu habitué à ce style dans notre
Luxembourg, où, à tout propos, on répète Magenta
et Solferino.

On prétend que l'adresse sera l'occasion d'un
débat très vif. Le prince Napoléon fera un autre
discours. Je compte me priver de tout cela, et ne
revenir à Paris qu'après les grands froids passés.

Adieu, mon cher ami ; je vous souhaite santé et
prospérité pour 1862 et la fin du siècle.

XCII

Cannes, 3 février 1862.

Mon cher Panizzi,

Je ne sais quel sera le projet d'adresse du
Sénat. D'après la composition de la commission,
il n'est pas facile de le deviner. Il n'y a pas de
papistes déclarés ; seulement des gens qui voudraient ménager la chèvre et le chou. La publi-

cation de la correspondance de M. de la Valette
avec M. Thouvenel et le cardinal Antonelli est, ce
me semble, un assez bon symptôme. Il est évident
qu'on a voulu donner une preuve matérielle de l'en-
têtement de la cour romaine. Je vois un autre
symptôme dans la mention faite, dans le rapport
de M. Fould et dans d'autres documents, de la
dépense que coûte l'entretien d'un corps d'armée
à Rome. Je ne doute pas que l'intention de l'empereur ne soit de le retirer le plus tôt qu'il
pourra.

Maintenant le point le plus difficile, c'est la situation de Rome. Dès que nous serons sortis, il est
fort à croire qu'on voudra pendre Antonelli. Si
vous gardiez du loup un mouton obstiné, vous ne
seriez peut-être pas entièrement à l'abri de tout
reproche, le jour où, après avoir bien admonesté
ledit mouton, lui avoir représenté ce qu'il avait à
faire pour être tranquille et n'avoir rien à craindre, vous vous en iriez avec l'assurance qu'il sera
croqué par sa faute. Ou, si la comparaison du
mouton ne vous semble pas assez respectueuse
quand il s'agit de la sainte Église romaine, prenez
un fou qui a la monomanie du suicide. C'est le cas

de ces messieurs. L'empereur craint la responsabilité du médecin quand son malade s'est jeté par la fenêtre.

Adieu, mon cher Panizzi. Vous paraissiez croire, il y a quelque temps, à une aggression de l'Autriche. Je ne la crois pas possible dans la situation politique et financière où elle se trouve. Les blagues de Benedek ne prouvent rien. Il faut de l'argent pour mettre une armée en mouvement ; seulement, il est à croire que les Autrichiens ne seraient peut-être pas fâchés d'être attaqués. Si le Parlement italien conserve du calme, il ôtera cette espérance au cabinet de Vienne. La guerre la plus sûre que vous puissiez faire à l'Autriche, c'est de la laisser se consumer en préparatifs inutiles et ruineux.

XCIV.

Cannes, 10 mars 1862.

Mon cher Panizzi,

Je reviens d'une excursion dans nos montagnes [1]. A deux mille pieds au-dessus du niveau

1. A Saint-Césaire, chez le docteur Maure.

de la mer, nous avions chaud et les orangers ont dès fruits mangeables. Il y croît des asperges sauvages dont nous nous régalions et qui me rappelaient l'Italie. Les aimez-vous ? on les adore ou on les déteste.

Notre discussion de l'adresse a dû vous intéresser. Bien que nos gens soient des vieillards très goutteux, très écloppés pour la plupart, ils ont montré une ardeur toute juvénile à crier et à faire tapage. Nous autres gens sensés et philosophes, nous ne pouvons pas nous figurer ce que deviennent de vieux généraux en pouvoir de femmes. La peur du diable les prend, et, par suite, l'amour de notre saint-père le pape, dont le diable est le gendarme ou le premier ministre, si vous voulez.

On m'écrit que c'est encore bien pis dans les salons de Paris. On vous appelle un homme sans mœurs si vous doutez que le pape ne soit un saint martyr et M. de Goyon un tison d'enfer crucifiant le vicaire de Jésus-Christ. Par contre, il ne parait pas que le reste du public se montre très enclin à cette mode de dévotion. On m'a écrit que les étudiants font du tapage, que les ouvriers disent de mauvais propos aux prêtres, enfin qu'il y a une agitation assez mauvaise des deux côtés.

La discussion de l'adresse dans le Sénat me
semble au fond assez bonne. M. Billault a usé du
dernier argument, qui, à parler franchement, est
le seul bon, au point de vue français. C'est lorsqu'il a dit qu'après avoir occupé Rome, nous serions mal reçus à vouloir empêcher un autre de
l'occuper. Or, cet autre, ce sont les Autrichiens,
que le pape appelle de tous ses vœux. Nous ne
sommes pas en position d'entamer une guerre qui
pourrait devenir générale. Cependant, à la manière dont il a parlé de l'obstination de la cour
de Rome, il y a lieu d'espérer que le gouvernement français comprend la nécessité d'en finir.

Ici, on est, ce me semble, assez effrayé du
changement du ministère italien. Je ne parle que
par l'impression que me donnent les journaux
et le peu de lettres que je reçois. On ne croyait
pas que M. Ricasoli fût bien disposé pour la
France, on le regardait même comme décidément
hostile à l'empereur ; mais, en même temps, il
avait la réputation d'être très franchement contraire au parti du mouvement qui est le plus dan-
greuxe et pour vous et pour nous. J'ai rencontré

plusieurs fois M. Ratazzi à Paris. Il ne paye pas
de mine ; il a l'air timide et embarrassé ; cela
tient peut-être à ce qu'il ne parle pas le français
très facilement. Il a fait, d'ailleurs, un bon discours dans un dîner qu'on lui a donné ici.

Adieu, mon cher Panizzi ; miss Lagden et mistress Ewers me chargent pour vous de mille amitiés
et compliments.

XCV

Cannes, 22 mars 1862.

Mon cher Panizzi,

Votre lettre, qui a dû se croiser avec la mienne,
et qui m'a été adressée à Paris, je ne sais par
qui, portait cette suscription : à *Kenné-Vard.*
Cependant, elle est arrivée à Cannes (Alpes-Maritimes). Ce qui fait grand honneur à l'administration des postes.

M. Fould m'a fait nommer membre du jury
international pour les faïences et porcelaines.
Il en résulte que je serai à Londres le 1er mai,
sinon plus tôt. Je n'ai pas besoin de vous dire

que je m'arrangerais merveilleusement de votre
hospitalité, qui m'est déjà si connue ; mais je ne
sais pas encore bien de quelle façon je dois
être à Londres et pour combien de temps. Non
pas que je craigne que vous n'abusiez de votre
position pour me faire voter en faveur de votre
fabricant de pots de chambre ; mais, d'une part,
si la chose durait longtemps, je ne voudrais pas
vous embarrasser ; de l'autre, je ne sais pas s'il
n'y a pas un hôtel pour les infortunés dans ma
position. Enfin nous verrons. Quand je serai à
Paris, j'en saurai plus long et je vous dirai tous
mes projets.

Je quitte Cannes mardi prochain, désolé de
laisser des champs couverts de violettes et d'ané-
mones pour les boues de Paris.

Je suis sans nouvelles ici. Il me semble qu'il
y a de l'agitation à Paris, ce à quoi la discussion
de l'adresse n'a pas peu contribué. On nous a
rendu des institutions parlementaires ce qu'il y a
de plus inutile, sinon de plus nuisible. Cependant cela peut avoir un bon effet, celui de prouver à l'Europe que la parole est assez libre dans
nos assemblées politiques.

Il me semble qu'il résulte de la discussion du paragraphe relatif aux affaires de Rome, que tout le monde s'accorde à décerner au gouvernement du saint-père un brevet d'incapacité et de sottise. C'est quelque chose, mais pas encore assez. Je compte beaucoup, pour terminer la question, sur l'emploi du vinaigre, dont nos prêtres font un si grand usage.

Mais qu'arriverait-il si, au lieu de dépenser quinze ou vingt millions par an à tenir garnison à Rome, on en dépensait cinq ou six à acheter les consciences du sacré collège? Je me suis toujours laissé dire que la simonie était pratiquée à Rome sur une grande échelle. Le duc de Modène, votre légitime souverain, obtenait ce qu'il voulait avec une douzaine de *zampetti*.

Cousin a quitté Cannes hier. Il est guéri de son mal de gorge, mais le sang qui le tourmente s'est jeté dans ses jambes. Il a des varices qui l'inquiètent, et il va à Montpellier pour se faire faire des caleçons en gutta-percha. Je l'ai trouvé très raisonnable, mais les lettres de ses amis les burgraves, qu'il me montrait de temps en temps, ne le sont guère. Ce sont des fous qui ne pensent qu'à détruire, sans examiner si l'édifice ne leur tomberait pas sur la tête.

M. Fould dans une de ses dernières lettres me demandait de vos nouvelles ; sa conversion de la rente a eu plein succès, mais il a contre lui une masse d'ennemis dont les plus dangereux ne sont pas les déclarés. Cependant il me paraît avoir bon courage, et bonne disposition de mordre qui le mordra.

Adieu, mon cher Panizzi ; mille amitiés à nos amis. Jeudi ou vendredi prochain, je serai à Paris, et vous aurez bientôt communication de mes plans.

XCVI

Paris, 31 mars 1862.

Mon cher Panizzi,

Il y a certainement beaucoup d'agitation sourde à Paris et ailleurs ; mais les choses sont loin d'en être au point où Duvergier de Hauranne et autres grands politiques les voient. On souffre de la crise monétaire, de la crise alimentaire, de la crise religieuse. Les orléanistes et les légitimistes se donnent beaucoup de mouvement pour faire tomber la voûte sur leurs têtes. Bien qu'ils soient experts en cette manœuvre, elle me parait encore solide ; mais il est certain que ni les ministres ni les Chambres ne plaisent au public. On aspire vers quelque chose qui ne soit ni le passé ni le présent.

Le prestige de l'empereur n'a pas diminué dans les masses ; et les classes qui se disent intelligentes aboutiront, je crois, avec tous leurs efforts, à donner à son gouvernement une tendance plus démocratique. Je ne suis pas de ceux qui s'en réjouiront, mais je ne vois pas trop comment il pourrait en être autrement. La passion est si aveugle, que les parlementaires et les aristocrates, qui pourraient empêcher la balance de pencher d'un côté, la précipitent au contraire. Malgré le goût furieux qu'on a pour l'argent aujourd'hui, il y a une foule de gens qui, au risque de compromettre leur fortune, mettent des bâtons dans les roues de M. Fould.

La grande nouvelle est le retour de la Valette. Il parait qu'il est venu dire ici qu'il était impossible de vivre à Rome avec Goyon, et qu'il fallait en retirer ou lui, la Valette, ou bien l'autre.

Ce soir, on disait que le maréchal Niel allait remplacer l'un et l'autre et être à la fois ambassadeur
et commandant du corps d'armée. Ce serait une
singularité qu'un ambassadeur avec une armée;
mais, enfin, cela vaudrait mieux que ce qui existe
et ce qui a trop duré.

Un officier français qui revient d'Italie me dit
que la fusion des volontaires avec l'armée régulière est très malheureuse et qu'il en résultera un
affaiblissement notable pour l'armée italienne.
Nos armées républicaines d'autrefois ne se sont
pas trop mal trouvées de semblables mesures;
mais, ici, ce qui me paraît grave, c'est la force
que cela va donner au parti progressiste, aux
impatients qui peuvent tout perdre. Ce temps-ci
devrait pourtant conseiller la patience.

L'Allemagne, avec ses princes imbéciles, se
détraque davantage de jour en jour. Le roi de
Prusse me paraît avoir des velléités d'imiter
Charles X, et il pourrait bien avoir le même sort.
Il se trouve dans une singulière position, pouvant
se mettre à la tête d'une révolution où il a tout à
gagner, ou bien d'une contre-révolution où il a
tout à perdre.

Adieu, mon cher Panizzi. Je pense que je dois être à Londres pour le 1er mai. Je crains que vous n'ayez de moi plus que vous n'en voudrez.

XCVII

Paris, 9 avril 1862.

Mon cher Panizzi,

On est toujours ici dans la sotte situation dont je vous ai parlé il y a quelques jours. Tout le monde voit le mal et fait des prédictions sinistres ; on dit à Sa Majesté où le bât blesse, et il ne paraît pas près de prendre une résolution.

En attendant, l'anarchie fait des progrès. Les prêtres imaginent tous les jours quelque sottise nouvelle. L'archevêque de Toulouse veut célébrer par une grande fête l'anniversaire d'une conspiration huguenote à Toulouse, et a annoncé une fête solennelle en commémoration d'un petit massacre qui eut lieu en 1562. Il y a de quoi exciter une émeute à Toulouse, où il y a des rouges et des blancs, également mauvaises têtes.

J'ai diné hier avec trois ministres, tous les trois désolés et désespérant de se faire écouter. Un d'eux, et c'est le plus éloquent de la bande, m'a pris à part pour me prier de parler au maître et de lui diré l'état des choses. « Comment voulez-vous qu'on m'écoute, lui ai-je dit, moi, qui n'ai pas qualité pour être écouté? — C'est précisément à cause de cela, m'a-t-il répondu, que peut-être on vous écoutera. »

Les papistes du ministère, et il y en a plusieurs que bien vous connaissez, lui montrent la révolution déchaînée et lui disent qu'il n'y a de salut que dans les bras des prêtres et des blancs. On prête ce mot à une grande dame, mais je n'y crois pas : « Je n'aime ni les blancs ni les rouges, mais plutôt les blancs que les rouges! » Si cela continue, elle verra ce que peuvent les blancs et ce qu'ils feront pour la défendre.

On disait hier au soir que M. de la Valette allait retourner à Rome et que Goyon serait rappelé. Ce serait une bonne chose, mais il y a déjà long-temps qu'on nous promet cela, et toujours nous attendons. J'ai des nouvelles d'Italie de source que je crois très bonne. On me dit qu'à Naples l'im-

mense majorité est pour l'unité italienne, que les
bandes sont très peu nombreuses, très peu dan-
gereuses, et que le personnel ne se compose que
de voleurs. En Sicile, le désordre est plus grave ;
on pille et on vole partout avec impunité. Impossible d'avoir des recrues pour l'armée.

Au sujet de la tournée triomphale de Garibaldi,
on prétend que les journaux ont fort exagéré l'effet qu'il a produit. On est allé le voir et l'entendre
comme on va à un opéra nouveau. Personne n'attache grande importance à ce qu'il dit ni à ce
qu'il fait. C'est une bête curieuse. Le mal, à mon
avis, c'est qu'il y a tant de bêtes prêtes à suivre
celle qui va brouter sur le bord d'un précipice !

Pensez aux commissions que vous aurez à me
donner. Selon mon usage, je viendrai sans habits
et je puis vous apporter ce que vous désirerez ;
j'espère, d'ailleurs, que vous n'avez pas besoin
d'un piano à queue.

On joue un mélodrame [1] samedi prochain et l'on

---

1. Les Volontaires de 1814, par Victor Séjour, dont la première représentation n'eut lieu au théâtre de la Porte-Saint-
Martin que le mardi, 22 avril 1862.

s'attend à un tapage horrible ; car, maintenant, c'est au spectacle qu'on fait de l'opposition.

Adieu, mon cher Panizzi ; quand vous vous ennuyez où vous êtes, réfléchissez que vous êtes dans le seul pays où on peut être sûr de son lendemain.

XCVIII

Paris, 18 avril 1862.

Mon cher Panizzi,

Que vous dirai-je de la politique ? L'anarchie est toujours en nos conseils. On a cru un instant qu'on allait changer quelques ministres, puis rien ne s'est fait. Il est évident pourtant que les choses ne peuvent pas demeurer longtemps *in statu quo*, et il faudra bien que la balance penche d'un côté ou de l'autre.

Lord Palmerston n'a pas fait avancer la question de l'évacuation par son discours de l'autre jour. Était-ce de sa part étourderie naturelle à un jeune ministre comme lui ; mauvais vouloir pour nous ; ou désir de popularité ? je n'en sais rien ; mais je regarde son discours comme un embarras de plus dans une affaire où il y en a déjà tant.

Il paraît que Ratazzi offre maintenant de garantir au pape la possession des États qu'il conserve à présent, et qu'il prendrait l'engagement de les faire respecter. Mais comment empêcher les Italiens de Rome de mettre à la porte le saint-père s'il n'y a plus qu'eux pour le garder? Le voyage de Garibaldi, et surtout ce qu'il a dit au sujet de Mazzini, a fait ici un très mauvais effet. C'est un personnage dans le genre de la Fayette, que ses bonnes qualités, mêlées à la faiblesse de son caractère, rendaient très dangereux. On me dit que ces ovations qu'il reçoit partout ne prouvent pas qu'il ait une grande influence ; qu'on honore en lui son dévouement et son désintéressement sans adopter sa politique. Cela est possible ; mais, ici, on s'effraye facilement de tout ce qui ressemble à de l'agitation révolutionnaire, et, par peur du rouge, on en est venu à proscrire le rose.

On ne sait rien encore sur ce qui se fera pour l'ambassade de Rome. La Valette paraît bien décidé à n'y pas retourner s'il doit y retrouver Goyon. Les paris sont ouverts pour l'un et pour l'autre. Ce qui me paraît le plus probable, c'est

qu'on enverra à Rome quelque général qui réunira les fonctions diplomatiques et le commandement militaire. Encore une cote mal taillée !

Adieu, mon cher Panizzi. J'espère que votre
rhume vous aura quitté.

XCIX

Paris, 23 avril 1862.

Mon cher Panizzi,

On nous parle beaucoup de la confusion qui
règne dans la commission anglaise de l'exposition. Il n'y en a pas moins dans notre commission française, si bien que je ne sais pas encore
quel est mon destin. Les uns me disent que je
suis président d'une classe, les autres, simple
membre. Je me soucie autant de l'un que de
l'autre, pour l'honneur et le profit ; la grande
question, c'est de savoir quand je dois être à
Londres. De toute façon, j'y serai très prochainement ; mais je vous préviendrai toujours deux
jours d'avance.

Ce que je vous disais de l'offre faite par le

gouvernement italien, je l'ai entendu dire hautement à Vimercati chez le prince Napoléon, et
il le donnait comme la pensée du comte de
Cavour. Il n'y a qu'un inconvénient à cette combinaison, c'est la difficulté de l'exécution. Comment empêcher les descendants de Rémus, *ma-
gnanimi Remi nepotes*, de *sbudellare* Antonelli ?

Je persiste à trouver que le discours de lord Palmerston est peu politique, supposé que son désir
soit que nous évacuions, avec les dispositions de
jalousie qui existent dans les deux pays ; il n'y
a pas de pire moyen d'obtenir quelque chose que
d'avoir l'air de l'exiger. Assurément l'empereur
et les gens qui raisonnent savent les obligations
des entraînements d'un ministre devant une
Chambre ; mais le gros public n'y comprend rien,
et l'amour-propre national, s'en mêlant, crée un
embarras de plus.

J'en aurai long à vous conter sur les nôtres,
quand je serai au British Museum. Le pire, c'est
qu'il faudrait, pour en sortir, un peu d'énergie,
et, malheureusement, je crains qu'elle ne fasse
défaut.

Adieu, mon cher Panizzi ; vous savez que Violet-

Leduc est chargé des réparations du château de
Pierrefonds et d'autres travaux pour l'empereur.
Cela posé, je vous demanderai pourquoi un archi-
tecte est nécessaire pour le mariage de notre amie
la-charmante veuve, qui va épouser le duc de R...?
Réponse : parce qu'elle aura besoin de Viollet-
Leduc (ou de violer le duc). Il passe, en effet, parmi
les jeunes gens de son âge, pour être médiocre
entre deux draps.

XCIX

Paris, 26 avril 1862.

Mon cher Panizzi,

La reine de Hollande est ici, et il faut que je lui
fasse ma cour. Je suis invité aux Tuileries et à
l'ambassade d'Angleterre. Enfin ma vieille cuisinière est malade et j'ai des tracas par-dessus les
oreilles. D'ailleurs, il paraît que rien n'est prêt
à Londres et que le jury ne se réunira pas avant
le 7 de mai.

La Valette part lundi pour Rome. Il paraît cer-

tain que Goyon s'en revient. La Valette semble
satisfait et dit qu'enfin il a une mission.

Je vous écris à la hâte. Je dors sur tous les
draps possibles. Je ne demande qu'une chose,
c'est que vous ne me fassiez ni boire ni manger.
Je n'ai plus ni tête ni estomac.

C

Paris, 2 juillet 1862.

Mon cher Panizzi,

Si j'avais la moindre étincelle de poésie, c'est
en vers que je vous écrirais, pour vous décrire
l'affreuse mer que j'ai traversée hier sur *the
Queen Victoria*, laquelle secoue son homme
mieux que n'a jamais pu faire l'impératrice Mes-
saline. J'ai souffert le martyre, et, pendant que je
remplissais une cuvette placée entre mes mains,
la mer entrait par le collet de mon habit et me
mouillait le derrière, s'il est permis de s'exprimer
ainsi. J'ai trouvé mon dîner prêt, mais j'avais et j'ai
encore l'estomac trop brouillé pour manger. Il me
semblait même que mon lit dansait sur la vague.

Je vous écris du Sénat, en attendant qu'on nous renvoie dans nos foyers, car c'est notre dernière séance. Je trouve tout le monde assez préoccupé du Mexique, de la récolte qui inspire des inquiétudes, et des élections qui auront lieu cette année. On est assez sévère, ce me semble, pour l'impératrice, à qui on attribue l'expédition du Mexique.

De Rome, je n'ai rien appris. Le pape, qui donnait des espérances de passer dans une meilleure vie, paraît tout à fait remis et plus entêté que jamais.

L'empereur va partir pour l'Auvergne, où il pourra, chemin faisant, tâter un peu le pouls aux populations.

Le pauvre Landresse, le bibliothécaire de l'Institut que vous connaissiez, a été enterré avant-hier. Il est impossible d'être absent deux mois sans perdre quelqu'un de ses amis. Le chancelier Pasquier est toujours bien malade ; on dit qu'il ne passera pas la semaine. Il a un catarrhe et quatre-vingt-dix-sept ans.

J'ai voyagé avec Walewski, avec lequel j'ai joué un duo de cuvette ; avec le comte Branicki, qui n'a fait que manger pendant la traversée. C'est un cœur et un estomac cosaque, qui digérerait du lion et du chameau.

Adieu, mon cher Panizzi ; tenez-vous en joie, et faites-vous le moins de mauvais sang possible au sujet des hommes et des choses.

CI

Paris, 11 juillet 1862.

Mon cher Panizzi,

Je donne demain à dîner à Saint-Germain, au docteur Maure, à Cousin et Mignet, à miss Lagden et mistress Ewers. Nous boirons à votre santé. Précisément le prince Napoléon s'est avisé de m'inviter ce jour-là. Je suis allé faire mes excuses à son chambellan, qui m'a promis d'arranger l'affaire.

Le duché de Morny ne me paraît pas faire un très bon effet. Ce pays-ci est trop démocratique pour ces façons-là. Je croyais que Morny était trop peu poétique pour faire cas d'un titre tout sec.

L'empereur est admirablement reçu dans son petit voyage. Il a parlé bien à l'archevêque de Bourges.

Il y a quelques jours, la princesse Mathilde avait eu l'imprudence d'aller à la messe à Saint-Gratien, où elle a une maison de campagne. Le curé s'est avisé de faire une prière improvisée, pour que le bon Dieu ouvrît les yeux des grands de la terre, et leur inspirât de ne plus persécuter le vicaire de Jésus-Christ. La princesse s'est levée furieuse, et est sortie de l'église sur-le-champ. Le bon, c'est que toute l'assistance l'a suivie et le curé est resté tout seul avec son bedeau.

Adieu; portez-vous bien et accoutumez-vous à supporter sans émotion la vue de vos beaux arbres et de votre parc.

CII

Paris, 18 juillet 1862.

Mon cher Panizzi,

Je suis en grand ennui et tracas. Ma pauvre cuisinière est morte hier chez moi.

Je ne crois pas du tout à la paralysie dont vous me parlez, mais à quelque raison secrète et capitale que vous pouvez avoir pour ne pas vous arrêter à Paris. Vous ferez, au reste, comme bon vous l'entendrez. Vous n'êtes nullement de tempérament à avoir cette maladie que vous dites. Seulement, ainsi que je vous en ai averti bien des fois, vous ne faites pas assez d'exercice et vous vivez trop bien. Il vous sera bon de marcher un peu dans les montagnes, et, lorsque vous vous serez bien fatigué, je vous permettrai de manger des ortolans, s'il y en a. Il m'est absolument indifférent d'aller à Bagnères par Bordeaux ou par Lyon. La seule chose que je vous demanderai, sera un congé de huit jours pour une expédition mystérieuse, s'il y a lieu de l'entreprendre. Quand elle pourra se faire, je ne le sais pas encore.

Un de mes amis de Cannes est à Paris en ce moment. Il revient d'Italie. Il a vu l'entrée de Victor-Emmanuel à Naples et dit qu'il n'a jamais vu enthousiasme pareil. Cela a produit un très grand effet à Rome, où l'on avait prédit tout le contraire. Les propos de Garibaldi en Sicile sont bien fâcheux. Cependant, les journaux, ici, les prennent plus doucement que je ne m'y serais attendu.

L'affaire du Mexique préoccupe toujours beaucoup. On se plaint fort de la faiblesse de caractère du général et surtout de la coquinerie de nos
alliés, les Mexicains de Marquez. Ce sont eux qui
ont pillé un de nos convois. Dans ce pays, tout le
monde est voleur, et il n'y a que quelques grands
hommes qui sont assassins. Notre petite armée
est en assez bonne santé sur le plateau ; mais la
garnison de la Vera-Cruz souffre horriblement de
la fièvre jaune.

Adieu, mon cher ami. A bientôt, j'espère. N'en-
viez pas le dîner que nous avons fait avec le docteur Maure et le professeur Cousin. Ce jour-là, il
pleuvait des hallebardes. Prenant en considération les poitrines de Cousin et de miss Lagden,
j'ai envoyé une circulaire pour changer le lieu du
rendez-vous, et je les ai ajournés chez Véry au
Palais-Royal. Or il s'est trouvé, ce que j'ignorais,
que Véry est retiré des affaires. A sa place est
un autre restaurant. Je m'y suis établi avec mes
deux dames et j'ai commandé le dîner. Heureusement, il y avait une fenêtre sur la galerie, par laquelle j'ai fait le guet. Mes convives cherchaient

Véry et ne le trouvaient pas. Je suis parvenu cependant à les ramener un à un, à l'exception de Barthélemy-Saint-Hilaire, qui n'avait pas reçu ma lettre et qui s'en était allé bravement à Saint-Germain. Nous avons fait un très mauvais dîner, mais assez gai pourtant.

CIII

Paris, 20 juillet 1862.

Mon cher Panizzi,

Je reçois ce matin votre lettre d'hier. C'est un des avantages de l'irréligion d'avoir des lettres le dimanche.

Je voudrais bien vous laisser en route pour quelques jours, mais je ne sais encore rien de ce que je ferai; je ne sais pas même si je ferai cette mystérieuse expédition dont je vous ai parlé. Vous ne m'avez pas dit si vous voulez vous arrêter en route. Nous avons Tours, Poitiers, Angoulême et Bordeaux. Pour les amateurs de monuments, toutes ces villes-là ont leur mérite, Poitiers surtout.

Le prince Napoléon est enchanté d'avoir un garçon. La princesse est très bien. Elle a l'air d'être prête à recommencer.

Adieu, mon cher Panizzi. Je suppose que Londres commence fort à se dépeupler et qu'il n'y a plus d'autre dame aux pieds de qui vous puissiez me mettre.

CIV

Paris; 29 juillet 1862.

Mon cher Panizzi,

On croit que les actions de notre ami Fould sont en hausse. Des gens qui lui étaient très hostiles lui font la cour maintenant. Joignez à ce symptôme que madame *** paraît être fort en baisse. Il est certain que par un temps aussi chaud, il faudrait avoir le diable au corps pour en vouloir, sans parler des quarante et quelques printemps.

Adieu, mon cher Panizzi. Si vous vouliez faire une pointe à Madrid, on y va maintenant en vingt-huit heures de Bayonne. Mais il n'y a plus

personne : 30 degrés Réaumur; pas de taureaux
ni de bibliothèque.

CV

Paris, 31 juillet 1862.

Mon cher Panizzi,

J'ai dîné hier à Saint-Cloud. La maîtresse de
la maison m'a dit qu'elle désirait beaucoup vous
voir et que je devais vous amener dîner chez
elle, à moins que cela ne vous plût pas, et qu'elle
serait bien aise de vous remercier encore une
fois de toutes les attentions que vous avez eues
pour elle au British Museum. On dîne à sept
heures, en cravate noire. Il n'y a personne que
sa mère et les gens de la maison. C'est à vous
de voir si vous voulez y aller mercredi. Nous par-
tirions le jeudi suivant. Je vous conte la chose
telle quelle, sans chercher le moins du monde à
vous influencer. Il se pourrait que vous eussiez
quelque chose de bon à lui dire. D'un autre côté,
je ne comprends pas plus aujourd'hui que hier

votre grande presse de vous voir en rase campagne. L'heure de voiture entre Paris et Saint-Cloud est favorable à la digestion. Si vous me répondez oui avant dimanche, c'est-à-dire si vous m'écrivez demain en recevant ma lettre, ou même si vous m'écrivez samedi, je redîne dimanche, et je lui rendrai votre réponse.

Je ne crois pas un mot de toutes les histoires de brigands et de débarquements faits sous les yeux de la Valette. Il n'est pas homme à laisser faire sans rien dire.

Adieu, mon cher ami; portez-vous bien et venez nous voir le plus tôt que vous pourrez.

CVI

Biarritz, 29 septembre 1862.

Mon cher Panizzi,

J'espère que vous avez fait un bon voyage et que vous n'avez pas eu trop de regrets de votre expédition de la Rune[1]. Il n'a été question

1. Site aux environs de Biarritz. L'impératrice voyageait parfois sous le nom de comtesse de la Rune; c'est sous ce pseu-

que de vous à la ville. L'impératrice me charge
de vous dire combien elle a regretté de ne pas
vous voir hier matin ; mais elle était si fatiguée,
qu'elle n'a jamais eu la force de quitter son lit.
M. de Varaigne croyait que vous ne partiez qu'à
deux heures, et s'excuse de n'avoir pas été vous
serrer la main au moment où vous montiez en
voiture. J'ai aussi des excuses à vous faire : je
suis descendu sur la terrasse, mal rasé et médiocrement culotté, juste pour voir votre voiture
trottant en *high style* le long de l'avenue. Nous
attendons de vos nouvelles avec impatience. Sachez que vous avez ici la plus grande popularité
parmi les grands et les petits.

— Hier au soir, il y a eu une bataille en règle entre
Sa Majesté et moi, simplement *de questione ro-
mana*. L'affaire a été engagée avant que j'aie eu
le temps de me reconnaître et de l'éviter. Elle
parlait avec une grande vivacité, mais sans colère. Il me semble que j'ai été aussi ferme que
possible, mais me maintenant très calme sans rien
ménager. On m'a dit que j'avais été convenable.

donyme que Mérimée lui a dédié sa nouvelle *la Chambre
bleue.*

Point d'honneur ; désir de montrer à M. Keller
et à pareille espèce qu'on n'a pas peur ; désir de
montrer à l'Angleterre qu'on ne fait rien sous la
pression d'une menace ; inquiétude de donner aux
rouges une occasion ; voilà ses arguments.

J'ai dit qu'on ne devait pas plus céder à des
menaces qu'à des prières et des cajoleries hypo-
crites ; qu'il ne fallait jamais prendre le contre-
pied de la politique de ses ennemis ; que *in medio
virtus ;* qu'il y avait plus de courage à mépriser
des calomnies qu'à se jeter dans l'embarras pour
les réfuter ; enfin qu'on avait charge d'âmes, qu'on
était responsable d'une dynastie et d'un grand
pays et que la politique de sentiment ne valait
pas mieux que la politique dite (à tort) machiavé-
lique.

La discussion a fini par l'épuisement des go-
siers, et il y a eu un grand silence de huit à dix
minutes ; après quoi, il m'a semblé qu'elle était
plus prévenante pour moi qu'à l'ordinaire, évidemment pour me montrer qu'elle n'était pas
fâchée. Elle a même demandé à madame de
Rayneval si elle croyait que je n'avais pas été
blessé. Vous la reconnaissez à ce trait. En un

mot, c'est avec la vivacité de son caractère, et
avec ses préjugés particuliers, par les mêmes
considérations que votre *auguste hôte*, qu'elle
envisage toute l'affaire.

Je crois que, si les ministres anglais veulent
sincèrement l'évacuation de Rome, ils ne l'obtien-
dront qu'en ménageant des susceptibilités généreuses et, par cela même, plus difficiles à effacer.
Vous avez vu ce que peu d'étrangers ont vu, *leur*
intérieur, et vous en savez sur leur caractère
plus que tous les ministres de l'Europe. Vous pouvez faire beaucoup de bien, je crois, en disant vos
impressions. Je ne doute pas qu'à part celle que
vous a laissée la montagne de la Rune, elles ne
soient excellentes.

Ce matin, j'avais découpé un masque en papier
pour le prince impérial. Il est entré dans le salon
après le déjeuner, en disant : « Je suis monsieur
Panizzi qui revient. »

Nous avons tous plus ou moins des inquiétudes
dans les mollets. Un des chevaux est resté malade
à Sarre. Ce n'est pas le *vôtre*, mais un de ceux
de Sa Majesté. Les marins de Saint-Jean de Luz
sont venus rendre visite à l'empereur hier. Cela

faisait très bon effet de la terrasse. Il y avait une flotte de vingt bateaux. Vous pouvez penser que cela a fini par un fameux pourboire.

Ce soir, il y a bal. Nous avons fort admiré deux Circassiennes arrivant du Caucase, avec des yeux de gazelle et des cheveux tombant en tresses défaites sur de blanches épaules ; très agréable mélange de civilisation et de sauvagerie, promettant de fameux profits pour le consommateur.

Bonsoir ; portez-vous bien et recevez les compliments et les regrets de tous les habitants de la villa.

CVII

Paris, 9 octobre 1862.

(Très confidentielle.)

Mon cher Panizzi,

Un mot à la hâte. Nous sommes partis à huit heures et demie de la villa Eugénie hier, et arrivés à Paris à minuit un quart. Nous avons passé assez mélancoliquement les derniers jours. Qua-

torze personnes, dont Leurs Majestés, ont eu
des maux d'estomac, coliques et vomissements la
même nuit, à la même heure. Votre serviteur a
été des plus maltraités. Hier, tout le monde allait
bien, sauf l'impératrice et Piétri, qui souffraient
encore un peu.

Il est question d'un grand remue-ménage ministériel. Un de nos amis m'a dit ce matin que, si
ce changement avait pour objet de mettre de
l'homogénéité dans le cabinet, il y applaudirait
de tous ses efforts ; mais que, si, comme il le
craignait, il en résultait le renforcement du parti
clérical, il se proposait de rendre son portefeuille.
Je l'approuve complètement pour lui, car il a remis la barque à l'eau et la laisse dans un état
excellent. Tous ces hauts et ces bas sont déplo-
rables. Je me prends quelquefois à penser que
c'est dans l'espoir d'arriver au bien qu'il commence par le pire. Très mauvais système.

L'impératrice me charge de vous remercier de
votre lettre, qui lui a fait grand plaisir. Mes-
dames de Rayneval et de la Poëze, M. de Varaigne
et *tutti quanti* vous disent mille amitiés.

J'ai copié votre lettre pour qu'elle fût lue plus

I. 18

facilement et aussi pour substituer l'empereur à César, qui aurait pu être pris pour une ironie.

Je vous écrirai demain plus au long au sujet de la conversation de Broadland [1]. Le courrier me presse.

CVIII

Paris, 11 octobre 1862.

Mon cher Panizzi,

L'indisposition dont je vous ai parlé n'a pas eu de suites. Je crois comme vous que nous avons mangé du vert-de-gris. Les cuisiniers jurent leurs grands dieux qu'il n'y en avait pas; mais les symptômes de notre indisposition me semblent concluants. Pour ma part, je suis parfaitement bien, aussi bien que votre cheval, qui, quoi que vous puissiez dire, est un animal vigoureux.

Vous savez quelle est mon opinion sur la question romaine; mais je ne puis m'empêcher d'être surpris qu'un homme aussi fin et aussi pénétrant que lord Palmerston ne connaisse pas mieux les

1. Maison de campagne de lord Palmerston.

hommes et les choses du continent. C'est le défaut de tous les Anglais. Leur politique est fondée
sur l'intérêt du pays, et ils se soucient peu d'être
logiques. Par exemple, ils trouvent très bien que
les Romains veuillent un autre gouvernement que
celui du pape, et très mal que les Ioniens en demandent un autre que le leur. Il est de leur intérêt que l'Italie soit libre et unie, ils ne veulent pas
lâcher les sept îles, et trouvent le gouvernement du sultan excellent. Je me rappelle encore
le beau sang-froid de lord Palmerston, qui, il y a
quelques années, me disait que les Druses étaient
les plus honnêtes gens du monde. Malheureusement, sur le continent, et surtout chez nous, on ne
se gouverne pas par le principe de l'intérêt du pays.

L'empereur le disait fort justement : « La
France fait la guerre pour des idées. » Pour ma
part, j'en suis bien fâché, mais on ne refait pas
le caractère d'une nation. Bien que voltairienne,
il est plus que douteux que la France vît avec
plaisir, et même de sang-froid, culbuter ce vieil
imbécile dont elle se moque aujourd'hui.

Je suppose qu'il n'y ait à Rome qu'une force
insuffisante pour empêcher une émeute; que

cette émeute eût lieu et que nos gens fussent
maltraités, vous verriez toute la nation prendre
feu comme pour cette affaire stupide, du Mexique. Les Mexicains ont eu la bêtise de ne pas se
laisser battre par une poignée de Français, et
maintenant il n'y a pas un homme en France
qui osât dire qu'il vaudrait mieux traiter avec
Juarez que de lui envoyer des coups de canon qui
coûtent fort cher.

Croyez qu'il est difficile de retirer toutes nos
troupes de Rome ; mais cela vaudrait cent fois
mieux que de n'y laisser que deux ou trois bataillons. Le premier parti est possible et j'espère
qu'il prévaudra ; mais le second est ce qu'il y a
de plus dangereux. Considérez encore que les
fous de Rome peuvent fort bien demander aux
Autrichiens de remplacer les Français, et que
nous n'aurions pas de trop bons arguments à
leur opposer. Si l'Angleterre était disposée à
nous seconder dans le cas d'une nouvelle rupture
avec l'Autriche, ce ne serait que demi-mal ; et
l'Autriche, selon toute apparence, ne bougerait
pas ; mais lord Russell n'a-t-il pas dit que la
Vénétie devait appartenir à l'Autriche?

Votre belle hôtesse me disait : « Pourquoi les Italiens, au lieu de prendre Rome, ne prennent-ils pas la Vénétie, qui a encore plus à souffrir que les Romains ? » Je sais ce qu'il y a à répondre ; mais c'est un argument populaire et qui frappe les masses. Enfin songez qu'il y a en France trente-quatre millions de catholiques assez *coglioni* pour tenir, sans jamais être allés à la messe, à ce qu'on chante du latin à leur enterrement.

La Valette se loue fort de Montebello, qui, arrivé papiste, s'est converti promptement, voyant à quelles canailles il avait affaire. Dès qu'il y a quelque disposition à l'orage, il enferme les soldats du pape, met la clef dans sa poche, et tout se passe en douceur.

Il se brasse en ce moment quelque chose pour la reconnaissance des États du Sud. Je ne doute pas que la France et l'Angleterre ne soient tout à fait d'accord, et je m'en réjouis, parce que c'est un lien de plus pour leur alliance.

Adieu, mon cher Panizzi ; portez-vous bien et triomphez d'avoir été proclamé le plus solide écuyer des montagnes.

CXI

Paris, 15 octobre 1862.

Mon cher Panizzi,

Avant-hier soir, à ma grande surprise, j'ai reçu une lettre autographe de *votre hôte*, lequel m'accusait réception de votre lettre. Il me dit *litteratim :*

« Il y aurait bien des choses à répondre, mais
» je me borne à dire que, lorsqu'un souverain est
» responsable de ses actes, il doit plus que tout
» autre rester fidèle à ses engagements et ne pas
» abandonner son allié qui a compté sur lui. »

Cadmus serait embarrassé. Malheureusement, le craquement ministériel a commencé hier matin. Thouvenel et Persigny ont été remerciés. Voilà qui est fait. Maintenant, ce qui est à faire, c'est de les remplacer et d'en remplacer d'autres encore. Fould, Rouher et Baroche ne veulent pas rester dans un cabinet dont Walewski serait le chef apparent. Billaut est à la campagne, faisant le mort, dit-on ; mais il est probable que, s'il y avait une conversion complète, il ne pourrait pas décemment chanter la palinodie au Sénat et au Corps législatif.

On dit à Fould : « Rien n'est et ne sera changé à la politique » ; on y ajoute des compliments, on laisse même entendre que, si on recule, c'est pour mieux sauter. Il répond qu'il n'a pas envie de rester avec des collègues pour lesquels il n'a pas de sympathie, qui naguère lui ont joué de mauvais tours; qu'il ne veut pas avoir l'air de s'associer à une politique qu'à tort ou à raison, on croira opposée à celle qu'il soutenait, etc., etc., etc. Votre *hôte* et votre *hôtesse* semblent déterminés à faire les plus grands efforts pour le retenir jusqu'à présent, et il paraît décidé.

L'ami d'Antonio [1] a été hier dîner à Saint-Cloud, où il a trouvé la maîtresse de la maison encore souffrante du vert-de-gris, peut-être encore plus de la crise actuelle. Il a fait vos commissions à *monsieur*, à *madame* et au *petit*, qui a demandé de vos nouvelles, comme papa et maman. On a été on ne peut plus gracieux pour

1. L'ami d'Antonio (Panizzi), c'est-à-dire Mérimée lui-même.

l'ami d'Antonio, mais on n'a parlé que d'histoire ancienne.

Quand on s'est retiré, la maîtresse de la maison
a couru après lui et l'a chargé de dire à Fould de
venir lui parler, et de ne rien faire sans lui parler.
Je crains un peu pour Fould des séductions de
ce genre. Je vais aller aux nouvelles, et je ne
fermerai ma lettre qu'après avoir vu Fould ou
Persigny.

Au milieu de tout ce tracas, il serait fort ha-
sardeux de faire des prédictions; mais, comme je
ne suis pas encore infaillible, vous n'êtes pas
forcé d'y croire. Je suis convaincu (ce que je ne
pourrais vous expliquer que si j'étais au British
Museum avec votre table entre nous), je suis
convaincu que les intentions, telles qu'on vous les
exposait il y a quinze jours, ne sont pas chan-
gées; qu'on prend un chemin de traverse; mais
à mon avis ce chemin est très dangereux. S'il n'y
a pas d'embourbement, la conclusion sera peut-
être plus prompte et dans le sens que nous dé-
sirons. Mais cela n'est pas une raison pour que
les cochers s'y engagent, voyant très clairement
les fondrières et fort obscurément le but qu'on

veut atteindre. Je regarde encore comme possible
un raccommodage général ; mais ce qui est certain, c'est que le cabinet Walewski ne peut durer.

On prétend que la reine de Naples est entrée
dans un couvent et demande la résolution de
son mariage, qui n'aurait jamais été *consommé*,
dit-elle. Toutes ces vieilles dynasties finissent
par l'impuissance. À quoi sert de descendre de
Henri IV ?

Adieu, mon cher Panizzi. Nous avons le projet d'aller vendredi manger une bouillé-abaisse
à Marseille, et d'installer *inter pocula*, les bateaux de l'Indo-Chine.

P. S. Tout est rarrangé, ou plutôt il y a suspen-
sion dans la crise. Thouvenel seul s'en va. Persigny reste et tous les autres. Cela me semble une
triste combinaison ; c'est remettre à six semaines
ou un mois une bataille décisive, avec moins de
chances de la gagner. — C'est Drouyn de Lhuys
qui remplace Thouvenel. C'est du gâchis légitimiste et papalin !

CX

Paris, 15 octobre 1862.

Mon cher Panizzi,

Ce matin, M. Fould est allé voir notre *hôte* et notre *hôtesse*, et leur a dit tout ce qu'il avait sur le cœur. *Monsieur* disait qu'il ne voulait rien changer à sa manière de faire, qu'il n'y avait pas lieu de le quitter, et qu'avant trois mois il aurait mené à bonne fin la question embarrassante. Il se plaignait qu'on l'abandonnât et qu'on n'eût pas confiance en lui.

D'ailleurs, *madame* et *lui* n'ont rien épargné pour retenir les trois qui voulaient partir. De son côté, Walewski avait embouché la trompette et avait annoncé qu'il allait mettre au *Moniteur* un petit entre-filet qui promettrait à notre saint-père Rome et la protection impériale à toujours. Après d'assez longs débats, pendant lesquels il y a eu de dures vérités dites, on s'est mis à capituler. Des trois qui voulaient s'en aller, il y en avait deux, Rouher et Baroche, qui ne deman-

daient qu'à rester. On leur a présenté cette combinaison, qu'il n'y aurait que Thouvenel rem-
placé, et que Persigny resterait, que rien ne
serait changé à la politique et qu'on serait amis
comme devant.

Sur cette belle invention, la paix s'est faite.
Nous avons cherché noise à notre ami à cette occasion. Il se défend en disant qu'en restant il empêche un grand mal; que, s'il ne renverse pas ses
ennemis, du moins il les empêche de gagner la
bataille.

Le côté bouffon, c'est de voir qu'on renvoie un
homme d'esprit pour le remplacer par un pédant;
un homme dévoué à la dynastie par un légitimiste
qui, il y a quelques années, renvoyait le brevet
de sénateur avec dédain. Le plus drôle encore,
c'est que MM. Fould, Rouher et Baroche insis-
tent pour conserver Persigny, dont ils ont mille
fois demandé le changement, et qu'ils ne veulent
aujourd'hui garder qu'afin de ne pas paraître
tout à fait opprimés.

Je crois que l'effet produit sera détestable.
Tout le monde perd en considération ; de tous
les côtés, il y a faiblesse. Notre aimable *hôtesse*

se fait un tort immense et se livre à des gens
qui la trahiraient demain, ou qui la conduiraient
dans un précipice. Tout cela est parfaitement
bête et triste. Nous allons voir comment Drouyn
de Lhuys va débuter. Il n'est pas impossible que
la bataille recommence sous très peu de jours.

Adieu ; je n'ai pas eu le temps de venir écrire
cela avant le courrier.

CXI

Marseille, 19 octobre 1862.

Mon cher Panizzi,

Tout ce que vous dites est parfaitement vrai, et
le grand malheur de l'affaire, c'est que personne
n'y gagne, au contraire tout le monde s'y amoin-
drit, depuis le directeur du spectacle jusqu'aux
acteurs.

Outre les considérations que je vous ai dites et
qui ont influé sur la détermination de M. Fould,
il y en a encore d'autres assez importantes. Le
commerce et les gens d'affaires, qui ont grande
confiance en lui, l'ont supplié de rester, protes-

tant que sa retraite causerait des catastrophes terribles. D'autre part, il était à craindre que ses collègues, qui l'avaient soutenu jusqu'à un certain point, ne le lâchassent lorsqu'une transaction quelconque aurait été proposée.

Ici, cette péripétie a paru encore plus extraordinaire qu'à Paris, parce qu'on ne savait rien des disputes qui l'ont précédée, et l'effet a été des plus mauvais. Ce qui me fâche le plus, c'est qu'on en rend responsable notre aimable *hôtesse*, et je ne doute pas qu'on ne lui attribue dorénavant tout le mal et toutes les fautes qui se feront.

M. de Persigny, qui est parfois éloquent et toujours passionné, a dit les choses les plus fortes à cette occasion. «Vous vous laissez gouverner comme moi par votre femme ; moi, je ne compromets que ma fortune et je la sacrifie pour avoir la paix, tandis que vous, vous sacrifiez vos intérêts, ceux de votre fils et le pays tout entier. Vous faites croire que vous avez abdiqué, vous perdez votre prestige et vous découragez tous les amis qui vous restent et qui vous servent fidèlement. » On dit que cette sortie n'a pas été mal reçue et qu'elle a fait une assez grande impression.

Dans cette ville-ci, je trouve beaucoup de mécontentement, et tout le monde me dit que, si les élections se faisaient cette année, elles ne seraient pas bonnes. Je crois fermement que plus on tardera, plus on risquera que la question cléricale ne soit le *schibboleth* demandé aux candidats. La chose est assez grave pour qu'on y fasse attention.

J'ai dîné jeudi avec Nigra. Il ne semblait ni découragé ni préoccupé. Peut-être est-ce contenance diplomatique. Je ne serais pas surpris, d'ailleurs, qu'il eût reçu de bon lieu quelques paroles rassurantes. Lisez l'article du *Constitutionnel* d'hier samedi. Il me paraît d'une plume assez bonne et différente de la plume ordinaire.

C'était hier l'inauguration des docks de Marseille, et, aujourd'hui, nous allons voir partir le premier bateau des Messageries, qui va en Chine. M. Fould a bien parlé et a été très bien reçu. Le dîner était bon, quoique nous fussions environ trois cents à le manger, ce qui est bien du monde pour un dîner. La grande merveille, c'est que tout avait été cuisiné par le personnel de la compagnie et servi dans leur argenterie. Marseille est tout en fête. On y gagne un argent prodigieux.

Adieu, mon cher Panizzi. J'ai reçu une lettre d'Ellice, toujours au milieu d'un essaim de beautés. Je lui ai conté vos exploits et vos succès dans les Pyrénées et sur un terrain qui passe pour être encore plus glissant que les montagnes. Il prétend que vous êtes devenu tout à fait courtisan..

CXII

Paris, 28 octobre 1862.

Mon cher Panizzi,

Vous avez raison dans tout ce que vous dites au sujet de M. Fould. Je crois qu'il s'aperçoit lui-même à présent qu'il a pris le plus mauvais parti. D'un autre côté, on ne lui en sait pas le moindre gré ; au contraire, on se souvient et on se souviendra de l'envie qu'il a eue de planter là tout, et je ne doute pas qu'un de ces jours, précisément quand il n'y pensera plus et qu'il sera plus disposé que jamais à rester, on ne lui donne son congé. D'un autre côté, il ne faut pas se dissimuler qu'en restant, lui et les autres, ils ont empêché leurs adversaires d'en faire à leur tête. Après ce combat, il n'y a pas eu de vainqueurs. Walewski et sa clique se plaignent d'avoir été trahis au plus beau moment et d'être réduits à l'impuissance.

Le grand *auteur* de tout cela n'a pas fait moins fiasco que les autres. Il avait un plan et a été obligé de le remettre dans son carton. Reste à savoir si ce n'est pas une raison de plus d'en vouloir à ceux qui ont fait échouer la combinaison projetée. En attendant, c'est le *statu quo.*

Le prince de Latour d'Auvergne n'est nullement papalin, et n'a accepté qu'après avoir fait ses conditions, c'est-à-dire que rien de ses anciennes possessions ne serait rendu au saint-père; qu'il ne serait fait aucune tentative de contre-révolution, et, par contre, qu'il ne serait pas chargé de donner congé au locataire du Vatican. Voilà ce que disait le prince de Latour d'Auvergne avant de partir pour Berlin.

On croit que Garibaldi est perdu et que la seule

question est de savoir s'il mourra avec sa jambe
ou si on la lui coupera avant sa mort. Tout cela
fait beaucoup d'honneur à ce Partridge et aux
trente ou quarante médecins ou apothicaires qui
se sont abattus sur le blessé comme des corbeaux
sur un cadavre.

L'affaire de Grèce fait ici beaucoup de sensation, non qu'on s'intéresse beaucoup au roi Othon
ou à son petit peuple, mais c'est un premier craquement dans le bâtiment oriental que lord Palmerston croit si solide. Ici, on a remarqué le lau-
gage des journaux anglais, qui tout d'abord, avant
qu'on ait rien su des causes de la révolution,
ont pris parti pour elle. Ils sont fidèles à la théorie
fort sage de l'intérêt national, et il est évident que
les îles Ioniennes à côté d'une Grèce libre sont
difficiles à gouverner.

D'un autre côté, il va devenir fort embarrassant
de donner un successeur à cet affreux Bavarois
qu'on a mis à la porte. Les Grecs, autant que j'en
puis juger par ceux que je connais ici, voudraient
le duc de Leuchtenberg, c'est-à-dire le protecto-
rat russe. On parle aussi d'un prince piémontais,
mais il n'y en a pas de trop pour l'Italie. Je ne

I. 19

serais pas surpris si cette affaire prenait bientôt des proportions considérables.

On nous promet pour le mois prochain un procès très curieux à Poitiers. Il s'agit d'une séparation de corps. On entendra un révérend père jésuite qui donnait des consultations à la femme sur l'attitude ou les attitudes qu'elle devait prendre dans l'exercice de ses devoirs conjugaux. Il y a, m'a dit le juge instructeur, qui m'a offert une place dans la cour, un mélange très agréable de religion et de luxure dans toute l'affaire. Berryer et Jules Favre doivent plaider.

Adieu, mon cher Panizzi. Il fait ici très beau, mais froid.

CXIII

Paris, 31 octobre 1862.

Mon cher Panizzi,

Toutes vos lettres me sont arrivées à bon port. Lorsque vous m'avez parlé du dîner que vous donniez au commentateur d'Homère, je n'avais aucun moyen d'en parler à nos amis. D'ailleurs, il est évident qu'on est très peu communicatif en ce moment. Je crois vous l'avoir dit : l'affaire que l'on voulait arranger par ce remue-ménage a manqué par l'opposition que nos amis y ont apportée. César avait-il son plan? Cela est probable. Ce plan a manqué, et le résultat a été un désappointement pour tout le monde.

La grande difficulté serait de faire comprendre à vos amis de Piccadilly et de Carlton Terrace [1] qui, fort judicieusement, prennent l'intérêt pour base de leur système, que, du côté de César, le sentiment joue un rôle si grand et si extraordinaire. D'un autre côté, on juge tout aussi mal. On veut voir partout des malices et des combinaisons ténébreuses. On se croit réciproquement plus mauvais qu'on n'est en réalité. Il n'y a pas moyen de s'entendre.

Quant à M. Fould, en y songeant bien, il lui était difficile de faire autrement qu'il n'a fait. Cela ne veut pas dire qu'il a eu raison ; seulement, lorsqu'il avait repris sa position, il a eu tort de ne pas insister davantage pour qu'on le débarrassât des intrigants et des drôlesses qui pouvaient lui nuire. Aujourd'hui, laissant sa casse-

1. Lord Palmerston et M. Gladstone.

role sur le feu, il aurait eu l'air d'avoir renoncé à
l'espoir de faire un bon ragoût. Puis ses collègues
n'étaient pas trop pressés de le suivre. Enfin, tout
le monde des gens d'affaires était prêt à lui jeter
la pierre et à l'accuser personnellement de toutes
les conséquences. Je crains, ainsi que vous, que
bientôt il n'ait à se repentir d'avoir cédé à toutes
ces considérations; mais, d'ici à quelque temps du
moins, on a trop besoin de lui pour le *kick out*.

Adieu, mon cher Panizzi. Je vous écris fort à la
hâte. On m'a fait perdre du temps et voici l'heure
de la poste.

CXVI

Paris, 18 novembre 1862.

Mon cher Panizzi,

Je suis arrivé depuis cinq minutes, et, pendant
tout le temps que j'ai passé à Compiègne, je n'ai
pas eu une minute. Ce n'est pas comme à Biarritz. On est pris du matin au soir. Ajoutez à cela
que j'ai eu deux rôles à apprendre en très peu
de temps et des répétitions soir et matin. Tout
s'est, d'ailleurs, fort bien passé.

L'impératrice s'est montrée très aimable pour le chevalier Nigra et pour un attaché nommé Alberti qui lui donnait des leçons d'italien.

On a chassé, dansé et joué la comédie. C'est M. de Morny qui avait fait les deux pièces jouées devant Leurs Majestés. La seconde était un impromptu commandé par l'empereur, qui en avait donné lui-même le sujet. Cela s'appelle *la Corde sensible*.

Il y avait un point assez délicat : c'était de faire des épigrammes sur les gens présents, à commencer par Leurs Majestés. Tout cela entremêlé de calembours et de lazzis de toute sorte. M. de Morny, qui était en scène avec moi, était un peu ému. Pour moi, connaissant de longue main la débonnaireté de nos hôtes, je n'avais pas la moindre inquiétude du succès.

M. de Morny a commencé par faire les honneurs de lui-même. Ensuite nous avons passé à lord Hertford qui, en entendant son nom, a eu une peur de chien. Il a été très heureux de trouver que tout se bornait à un calembour. Il a une maison de campagne au bois de Boulogne qui s'appelle Bagatelle, et je demandais à M. de

Morny s'il était vrai que ce seigneur anglais si riche ne s'occupât que de *bagatelles?* Puis est venu le tour de l'empereur, que nous avons impitoyablement raillé sur son goût pour les antiquités romaines. Enfin est venu le tour de l'impératrice, pour sa passion de meubler et d'arranger les appartements de manière à ce qu'on ne puisse s'y remuer.

Nous avons eu un grand succès de rire et nous nous sommes assez amusés, nous autres acteurs, de la peur que nous faisions. On a voulu me retenir, mais je me suis défendu, et, à la fin de la semaine, je partirai pour Cannes, où se trouvent déjà mademoiselle Lagden et sa sœur. Vous devriez bien y venir respirer le parfum de nos fleurs.

Adieu, mon cher Panizzi; portez-vous bien. Je suis aussi fatigué de mes dix jours de cour que si je descendais de la Rune.

CXV

Cannes, 30 novembre 1862.

Mon cher Panizzi,

Lord Brougham est arrivé depuis trois jours e n

état de conservation assez extraordinaire pour un jeune homme de quatre-vingts ans. Le professeur Cousin est établi, depuis quinze jours, dans son ermitage, et il m'a paru rajeuni. Il est vrai qu'il va tous les dimanches à la messe, ce qui fait beaucoup de bien au corps et à l'âme.

En quittant Compiègne, j'ai été pris de douleurs d'estomac et de spasmes très douloureux. J'ai consulté la faculté. Je ne sais si l'on m'a flatté, mais le verdict de mon Esculape n'a pas été aussi mauvais que je l'aurais craint. Je croyais avoir quelque fâcheuse affaire au cœur ou dans ces parages. On m'a déclaré atteint et convaincu d'*emphysème* : c'est-à-dire que mes poumons fonctionnent comme les vieux soufflets. De plus, j'ai un rhumatisme des muscles intercostaux. On ne peut rien faire pour réparer les premières avaries, mais le rhumatisme peut guérir. On me dit d'aller à Aix ou dans les Pyrénées prendre des eaux sulfureuses. Enfin on me garantit encore cet hiver, ce qui me semblait fort hardi, il y a quelques jours. Je me trouve, d'ailleurs, bien du changement de climat. Il pleut depuis deux jours, et cependant il fait chaud comme en été.

Les Anglais que j'ai vus disent tous qu'on ne veut pas du trône de Grèce pour le prince Alfred. Cependant sa candidature fait des progrès. Je pense que lord Palmerston, qui croit que la Turquie est en progrès, et qu'elle peut se conserver en Europe, refusera le trône brûlant, ou bien il sera obligé de changer son style et sa politique en Orient. De toute façon, j'espère que nous ne nous mêlerons en rien de cette affaire.

Je ne sais pas encore comment aura fini la discussion dans le parlement italien. Quand j'ai quitté Paris, il me semblait que Ratazzi avait l'avantage. Croyez-vous que Garibaldi, maintenant que sa balle est sortie, recommence sa chasse au pape? Des gens qui viennent de Naples disent que le pays ne va guère bien. Si vous y allez, prêchez-leur la patience et faites un beau commentaire sur ce texte : que Paris n'a pas été bâti en un jour.

Vous savez que je disais à notre *hôte* de Biarritz que les légitimistes montreraient le bout de l'oreille dans les prochaines élections. En effet, presque partout ils se remuent et se coalisent avec les rouges. J'espère que cela ne réussira pas, mais que cela montrera à notre hôte susdit de quel côté il doit chercher ses amis.

M. Fould est à Compiègne depuis avant-hier. Il m'a écrit par le télégraphe que Leurs Majestés voulaient avoir de mes nouvelles. Vous a-t-on écrit par le *Times*? Comme on fait là beaucoup de projets qu'on n'exécute pas, il se peut bien que celui-ci ait eu le sort de tant d'autres.

Adieu, mon cher Panizzi; donnez-moi de vos nouvelles ici et de celles de vos amis.

CXVI

Cannes, 6 décembre 1862.

Mon cher Panizzi,

Je suis en peine des élections. D'après ce que je vois, je crains que les prêtres ne nous taillent des croupières. Le pouvoir de ces gens-là est grand. Ils disposent de la moitié et de la plus belle du genre humain, et cette moitié mène l'autre. Dans quelques départements, les cléricaux font ménage avec les rouges, et presque partout ils exercent une influence considérable.

Ellice m'écrit qu'il passera par Cannes vers le 25 et qu'il viendra me demander à dîner. Il m'annonce des faisans. Faites en sorte qu'il ne les oublie pas, si vous le voyez avant son départ.

Adieu ; je suis horriblement pressé et n'ai que le temps de vous souhaiter santé, joie et prospérité.

CXVII

Cannes, 13 décembre 1862.

Mon cher Panizzi,

Je suis sans nouvelles d'Ellice et des faisans. Je crois le *bear* à *Bowood;* mais je ne l'attends guère qu'à la fin de l'année. Je sais qu'il ne se presse pas quand il est dans de bons quartiers, et il m'a dit qu'il comptait passer quelques jours chez M. Duchâtel, qui lui fera boire du vin du cru, lequel, pour arrêter les voyageurs, est bien supérieur, à mon avis, au chant des sirènes.

Nous avons ici un temps merveilleux, même pour le pays. Depuis dix heures jusqu'à la nuit, on est en plein été, et, comme il y a eu quelques

jours de grande pluie, tout est vert et florissant.
Je désire que vous ayez à Naples un temps pareil.
Il ne peut pas être plus beau. J'ai envoyé l'autre
jour à l'impératrice une patate venue en pleine
terre à Cannes, qui pèse cinq kilogrammes trois
cents grammes. Que dites-vous de ce sol et de ce
climat? Je ne crois pas qu'on ait quelque chose
de semblable à Malaga.

  J'ai eu des nouvelles de la comtesse de Montijo, qui me demande comment vous vous portez.
Elle est réinstallée à Madrid sans rhume. Elle
m'annonce une session assez chaude. Je crois
pourtant que O'Donnell conservera la position.

  Je vois qu'en Italie on a fait un ministère anti-
français. Cela n'est pas trop habile. Au reste, je
crois assez au bon sens des Italiens, et j'espère
que les nouveaux venus ne donneront pas une
nouvelle représentation des fredaines garibaldiques. Cet infortuné Garibaldi écrit des lettres in-
concevables. Avez-vous lu celle qu'il écrit à Né-
laton ? *He out herods Herod.*

  L'empereur a eu un succès véritable, l'autre
jour, à l'ouverture du boulevard du Prince-Eugène.
Son discours, qui était fort adroit, a produit grand

effet. Les ouvriers du faubourg Saint-Antoine lui
savent gré d'avoir nommé, d'après un simple ouvrier, devenu par son talent un riche fabricant,
un des nouveaux boulevards. Je ne sais où il se
renseigne pour si bien comprendre les instincts
du peuple. Je voudrais qu'il satisfît également un
autre désir de la nation française en tenant un
peu mieux en bride ses évêques et son clergé.

Quand vous serez à Naples, vous me direz
candidement quelle est la situation. Je vous promets, si vous le désirez, de tenir vos renseignements sous le boisseau. Je reçois de ce pays des
rapports si contradictoires, que je ne puis m'empêcher de croire qu'il y règne une grande diver-
sité d'opinions, ou plutôt qu'il y a deux partis
bien dessinés, très forts l'un et l'autre et difficilement réconciliables. Le mal, c'est que la plupart
de nos diplomates qui ont été à Naples sont, par
leurs relations sans doute, très attachés au parti
bourbonien.

Adieu, mon cher Panizzi ; je vous souhaite une
belle traversée. J'ai eu hier la visite du roi Louis
de Bavière. C'est un bon diable, très vicieux et
spirituel.

CXVIII

Cannes, 3 janvier 1863.

Mon cher Panizzi,

Ellice m'a apporté des journaux américains très curieux, qui contiennent une relation de la bataille de Fredericksburg. C'est une horrible boucherie sans le moindre résultat. Il y a de part et d'autre de très bons soldats, mais pas de généraux. Cela continuera probablement encore cette année et le destin des chats de Kilkenny est le seul augure qu'on puisse tirer pour l'avenir de ce pays.

Je suis impatient de savoir comment vous avez trouvé Naples et ce que vous pensez du présent, du passé et du futur. Mon journal me dit que Garibaldi doit aller prochainement à Naples. Croyez que ce roi des niais n'a pas encore dit son dernier mot, et qu'il y a encore des bêtises dans son sac.

Ici, depuis que la question du Mexique a pris

des proportions inquiétantes, on ne se préoccupe plus tant de la question italienne. Nous la verrons cependant reparaître lors de la discussion de l'adresse. Si je suis assez bien, comme je l'espère, je compte aller à Paris pour l'ouverture des débats, c'est-à-dire vers le 20 de ce mois. Je reviendrai ensuite ici pour y passer les mauvais temps du mois de février et du commencement de mars. Décidément je veux vendre cher ma peau, et me défendre contre le froid et la vieillesse aussi longtemps que je le pourrai.

Votre ami le prince impérial a été très souffrant d'un gros rhume ; il est à présent parfaitement remis.

Comment vous trouvez-vous du climat de Naples ? Je pense avec envie aux macaronis que vous mangez, aux *trigli di noglio* et autres productions du pays qui, au palais de lady Holland, doivent être fort embellies par l'art. N'oubliez pas de m'acheter une main de corail pour me préserver de la jettature, et de garder note du prix.

Rothschild, comme vous avez pu voir, a donné à l'empereur une chasse et un déjeuner magnifiques dans son château de Ferrières. On dit que, lorsque l'empereur est reparti pour Paris, Rothschild lui a dit, avec l'accent et le français germanique que vous lui connaissez : « Sire, mes enfants et moi, nous n'oublierons jamais cette journée. Le mémoire nous en sera cher. »

J'ai vu ce matin lord Brougham, qui me semble bien vieilli et cassé. On dit qu'il écrit ses mémoires, lesquels seront longs et peut-être pas trop véridiques.

Adieu, mon cher Panizzi ; santé, joie et prospérité en cette présente année comme dans les suivantes.

CXXI

Cannes, 16 janvier 1863.

Mon cher Panizzi,

Je vous ai demandé des considérations politiques sur l'Italie méridionale, mais ce n'est pas une raison pour ne pas me donner des nouvelles des fouilles de Pompéi et d'ailleurs. Si quelque mémoire très curieux à ce sujet venait à paraître, et qu'il ne vous surchargeât pas trop, pensez à le rapporter à votre féal. Je me recommande égale-

ment à vous pour une petite boîte de bonbons à
la cannelle.

Adieu, mon cher ami ; je vous envie la vue du
Vésuve et le dîner que vous venez de faire. Ellice
est à Nice, guéri, fort comme un lion. Il viendra
faire mon oraison funèbre.

CXXI

Cannes, 3 février 1863.

Mon cher Panizzi,

Mille remerciements pour le rapport de M. Set-
tembrini sur les moulages de Pompéi. C'est un
peu poétique et pas assez précis ; mais le rensei-
gnement que vous m'avez donné sur la façon
dont les Romains se rasaient, vaut toute la des-
cription du journal.

Je ne puis vous parler politique à une si grande
distance des lumières. Je n'admets pas ce que
vous me dites de l'influence exercée sur l'Italie
par l'occupation de Rome, quelque opposé que
je sois, comme vous savez, à la chose. Le bri-
gandage est facile dans un pays où il y a de mau-

vaises routes, où les centres de population sont
très éloignés, où enfin il y a des lois qui empêchent
de procéder comme faisait le général Manès, qui,
en un an, avait fusillé tant de coquins et tant de
soi-disant coquins, qu'il n'est plus resté que des
gens aussi vertueux qu'on en voit dans les romans.
Sous cette administration philanthropique, on
pouvait se promener avec de l'or plein ses poches
de Naples à Tarente. On effrayait les pauvres
diables qui craignaient d'être fusillés, si on venait à perdre cet or.

Ce système appartient au premier empire et à
celui de Nicolas, et n'est plus applicable maintenant. Mais voici ce que j'ai vu faire par une
bonne administration. Aucun pays n'est plus convenable aux brigands que l'Espagne. Il y en avait
eu sous tous les régimes. Le duc de la Ahumada
a été chargé d'organiser la gendarmerie. Il a si
bien fait, qu'au bout d'un an il n'y a plus eu un
brigand en Espagne. Le gendarme espagnol est
aussi actif, aussi solide, et plus désintéressé, que
le policeman de Londres, qui reçoit une couronne avec reconnaissance. Le gendarme espagnol serait chassé du corps s'il acceptait une

rémunération, et j'en ai vu qui refusaient des cigares de votre serviteur. Vous n'aurez plus de brigands dans le sud de l'Italie, lorsque vous aurez une bonne administration. Pour cela, il ne faudrait pas changer trop souvent de. ministres.

On est très inquiet du Mexique, et chaque jour fait regretter davantage cette expédition. Il se fait tant de bêtises en Allemagne, que quelqu'un qui aurait les millions et les milliers de soldats du Mexique, pourrait joliment pêcher en eau trouble.

Je ne comprends pas et je déplore la campagne de lord Russell en faveur des Polonais, campagne dans laquelle il veut nous entraîner, et nous a probablement entraînés. Je tiens pour vrai un proverbe russe qui dit que le bon Dieu a pris ce que vous savez d'un ciron mâle pour faire la cervelle de tous les Polonais.

Adieu, mon cher Panizzi. Portez-vous bien et donnez-moi de vos nouvelles.

CXXII

Cannes, 5 février 1863.

Mon cher Panizzi,

J'ai reçu votre lettre et je suis bien fâché de vous savoir toujours souffrant de rhumatismes. Si le beau climat de Naples n'y peut rien, vous devriez essayer de la gymnastique. Payez un homme pour lui donner des coups de poing, cela vous dégourdira les bras, et, au bout d'une semaine, vous verrez qu'il vous demandera un supplément. J'avais une douleur dans l'épaule gauche qui a disparu au moyen de l'*archery.*

Vous aurez appris la mort de lord Lansdowne. C'est le dernier des grands seigneurs que j'ai connus. Il n'y a pas eu d'homme plus heureux au monde, du moins en apparence, si la considération générale fait quelque chose au bonheur. Lord Brougham ici en est très affecté. C'est d'ailleurs un avertissement, et je crois qu'il était l'aîné de lord Lansdowne.

Ellice est-il ou n'est-il pas lord Glengurry? On

dit non à présent. Je lui ai écrit il y a quelques
jours, au *Right honorable* tout bonnement, et je
n'ai pas de réponse. Je sais qu'il a refusé d'être
lord de je ne sais quoi, il y a quelques années. Au
reste, comme disait M. Royer-Collard à M. Pasquier lorsqu'il fut fait duc, « cela ne le diminue
pas ».

Que dites-vous de cette énorme brioche de
notre ami Odo Russell, doublée de celle de son
oncle? Représentez-vous les rires homériques du
sacré collège. A quoi sert-il d'avoir de l'esprit ?
N'avez-vous pas remarqué que les Anglais, et
les gens du Nord en général, ne comprennent pas
du tout la plaisanterie des gens du Midi? Le frère
de Meyerbeer, qui était Prussien et poète, se figu-
rait toujours que je me moquais de lui, et, si je lui
offrais des épinards à dîner, il me disait : « Épar-
gnez-moi. » Cette offre faite au pape par lord
Russell, et sa note sur les affaires de Schleswig
sont de lourdes charges pour un ministre des
affaires étrangères, et je crois que lord Derby les
lui fera cruellement expier.

J'ai laissé voter l'adresse, *nemine contradicente.*
M. Billaut s'en est tiré assez bien. Tout le monde

attend quelque chose. Je suis intimement convaincu qu'il n'arrivera rien. Les réformes du pape
sont une facétie à laquelle personne ne croit ;
mais les mesures qu'il prendra auront pour effet
de montrer la corde, comme on dit. Il est impossible qu'il puisse entretenir son état-major sans
l'employer à mal faire, et il n'y a point de pape
sans état-major. *Ergo!* Tout cela est pour l'année
prochaine. La grande affaire est que, d'ici là, les
affaires en Italie aillent tranquillement et que Garibaldi ne fasse pas des siennes.

Les orléanistes, les rouges et les carlistes se
donnent beaucoup de mouvement pour les prochaines élections, et presque partout les trois
partis se coalisent. Cela ne fait honneur à aucun
d'eux. Je crains un peu le résultat. Notre ami le
docteur Maure est candidat ici, agréé par le gouvernement, grâce à M. Fould et à votre serviteur;
mais tous les calotins sont déchaînés contre lui
et inventent chaque jour quelque petite noirceur.

Adieu, mon cher Panizzi. Avez-vous entendu
parler de la saisie d'un livre du duc d'Aumale sur
la maison de Condé? Je n'y comprends rien et
cela m'afflige.

CXXIII

Cannes, 11 février 1863.

Mon cher Panizzi,

Le docteur Maure m'a conseillé de rester ici m'assurant que, si j'allais me fourrer en cet état dans les boues et les brouillards de Paris, je deviendrais sérieusement malade. J'ai donc pris mon parti très facilement et d'autant plus qu'on m'écrivait que la discussion de l'adresse ne donnerait lieu à aucun incident. En effet, tout a été bâclé sans conteste. Le prince Napoléon a, je crois, mal fait de voter contre. Il eût mieux valu ne pas voter du tout; mais il ne sait pas résister au plaisir de faire une malice. Il est toujours prêt à faire des sottises et il ne manque pas de gens qui les lui conseillent. Son discours, lors de la distribution des récompenses aux industriels, avait été habile, il aurait dû en rester là.

Je reçois ce matin une lettre d'un de mes amis qui revient de Sicile. Il dit le pays très agité et très mal disposé. Les routes sont peu sûres, mais plutôt par suite de l'insuffisance des moyens de répression contre les voleurs que par excitation politique.

Lord Russell ne se tire pas trop mal de la bévue de son neveu, qui a pris pour argent comptant une plaisanterie du pape.

Les prêtres font tous les jours des progrès. Je pense aller à Paris vers le 20 pour une dizaine de jours. Cousin est toujours ici se portant à merveille. Je vais voir Ellice demain. Il n'est pas et ne veut pas être lord Glengurry. Il dit qu'il veut vivre et mourir comme il a vécu, *a citizen of the world.*

Adieu, mon cher Panizzi ; tâchez de secouer vos rhumatismes et de faire provision de santé pour les rigueurs du printemps.

CXXIV

Paris, 21 mars 1863.

Mon cher Panizzi,

Merci de votre lettre. Il me semble que vous voyez les choses en noir. Du désordre me paraît

probable à Naples, mais je ne crois pas à une révolution, ni même à des mouvements sérieux. Le
grand malheur de l'Italie, si je suis bien informé,
est que, depuis longtemps, les gens honnêtes et
éclairés ont été ou se sont tenus tout à fait écar-
tés des affaires. Il en résulte qu'on ne trouve
personne pour les faire. Prendre des Piémontais
est le moyen d'exciter la jalousie des autres Italiens, et donner des administrateurs du pays à
chaque province est le moyen que rien ne marche
et qu'on fasse des bêtises. Il faut du temps et de
la patience.

Je viens d'assister aux dernières séances du
Sénat, séances assez orageuses, grâce au prince
Napoléon. Rien de plus éloquent, de plus incisif
et de plus spirituel que son discours, mais en
même temps rien de moins politique et de moins
princier. Il a une absence de tact incroyable
dans un homme d'esprit. Le résultat a été de
faire perdre aux Polonais une quarantaine de
voix. Je ne sais pas, à la vérité, si son but, en
prenant la parole, était d'être utile aux Polonais.
C'est un homme blasé qui cherche à s'amuser. Il
pense à l'effet qu'il produira, et tout est dit. De

ses clients, il s'en soucie fort peu. Tant il y a que
nous avons blackboulé la pétition des catholiques
et des académiciens.

La question polonaise d'ailleurs fait grand bruit,
du moins à Paris, car en province personne ne
s'en occupe. Selon l'usage, cette question a re-
jeté toutes les autres sur le dernier plan. On ne
pense plus ni à l'Amérique ni à l'Italie. Tous
les journaux sont pourvus de nouvelles venant
de Posen ou de Cracovie, toutes d'origine polonaise et qui sont, en général, des mensonges.
Cependant il est certain qu'il y a un mouvement
national très énergique. Quant au nombre des
insurgés, il n'est pas considérable, et ils se tiennent sur les frontières de Galicie, à la lisière des
forêts, afin de se ménager une retraite. Ce qui
est assez étrange, c'est qu'à Cracovie il y a un
bureau public d'enrôlement, avec drapeaux polonais et affiches majuscules, à quelques pas
d'une sentinelle autrichienne. Vous savez que
l'Autriche ne craint pas d'insurrection de ce
côté. Les paysans galiciens sont grecs ; les gentilshommes sont catholiques. L'Autriche a fait
du bien aux paysans, et, en 1846, lorsque les

gentilshommes ont voulu remuer, elle a lâché sur
eux les paysans, qui les ont massacrés. C'est toujours le magnifique exemple d'ingratitude que le
prince Félix Schwartzenberg annonçait après la
campagne de Hongrie.

· Vous aurez vu que, après un long entretien
avec l'empereur, M. de Metternich est parti pour
Vienne, d'où il revient la semaine prochaine.
Personne ne sait de quelles propositions il est
porteur, et, par conséquent, chacun donne ses
suppositions comme les tenant de bonne source.
Apprenez que l'Autriche va nous céder la Vénétie,
qu'elle envoie quatre cent mille hommes en Pologne, pendant que nous donnerons une raclée
aux Prussiens ; nous prendrons les provinces rhénanes et nous donnerons à l'Autriche la Silésie,
la Serbie, je ne sais quoi encore. Nous ferons un
royaume de Pologne et on le jouera aux dés.
Voilà ce qui se dit de plus sensé pour le moment.
La seule chose qui me semble probable, c'est un
rapprochement entre l'Autriche et nous. Ce que
cela peut amener, je n'en sais absolument rien.

On est mécontent ici de ce que fait, ou plutôt
ne fait pas, le général Forey au Mexique. On an-

nonce ce soir que le paquebot qui apporte les nouvelles était en vue ce matin ; ainsi on aura des
lettres demain.

J'ai diné mardi avec nos hôtes de Biarritz, tous
les deux en parfaite santé. Votre jeune ami, qui
vient d'avoir sept ans le 16 de ce mois, a passé
sa première revue et a manœuvré très bien avec
les enfants de troupe. On a demandé pour lui le
grade de sergent, mais on a répondu qu'il n'avait
pas encore le temps de service exigé par les règlements. Il n'a plus de *kilt*, mais des *knicker-bockers*
qui lui vont à merveille. Il est toujours très gentil
et commence à bien étudier.

Adieu, portez-vous bien. N'oubliez pas de m'apporter une corne contre la *jettatura*.

CXXV

Paris, 5 mai 1863.

Mon cher Panizzi,

Je suis allé hier aux Tuileries. L'impératrice m'a
demandé de vos nouvelles et pourquoi, passant
par Paris, vous n'aviez pas déjeuné avec elle ? Ni-

gra et les attachés de la légation italienne paraissent en grande faveur, faveur toute personnelle,
bien entendu. Hier, ou plutôt aujourd'hui, l'impératrice a retenu autour d'elle huit ou dix personnes, dont Nigra et deux attachés. On ne nous
a lâchés qu'à deux heures un quart.

On reçoit à l'instant la nouvelle que Puebla a
capitulé après deux combats dans lesquels les
Mexicains ont été complètement battus.

Rien de nouveau de la Pologne, si ce n'est la
publication dans *le Moniteur* de deux réponses
russes. Celle qui nous concerne est très douce. Il
me semble que, si j'étais à la place d'Alexandre,
je répondrais d'une autre encre.

Les élections, je le crains, se feront à la
diable.

Adieu, mon cher Panizzi. Je suis toujours souf-
freteux, respirant mal et de mauvaise humeur.

CXXVI

Paris, 11 mai 1863.

Mon cher Panizzi,

Vous ai-je conté l'histoire du général X... et de

sa femme, qui est une puritaine renforcée? Elle a fait
arranger son hôtel à ***, où il commande une division. Dans toutes les pièces, elle a fait mettre
des inscriptions tirées des Écritures; et, dans la
chambre à coucher, il n'y en a qu'une, notez-le
bien, à la manière anglaise; on lit en lettres d'or:
« Faites le bien tous les jours. » — Il a un peu
perdu la tête de *vanagloria*, comme disent les
Espagnols. Il donne lui-même le bras à la générale comme l'empereur à l'impératrice, ce qui
semble un peu drôle. Il disait à madame de Z...,
la fille du général qui commandait à *** avant lui :
« Comment votre père pouvait-il habiter une ba-
raque comme celle qu'il occupait? Moi, je n'ose-
rais pas loger ainsi mon aide de camp. — Oh!
général, mon père était un vieux soldat, et il était
trop grand seigneur pour faire attention à ces
choses-là. »

L'impératrice est très enrhumée pour être allée
à Fontainebleau essayer une gondole vénitienne
sur le lac. Je ne m'explique pas trop comment
elle peut entrer sous la *felce* avec la crinoline, ni
comment on manœuvre la gondole, si l'on n'a pas
apporté en même temps des gondoliers vénitiens.

Je vous ai raconté l'année passée une aventure fort étrange avec une dame inconnue dont j'ai fait cependant la connaissance. Cela m'en a attiré une autre dix fois plus extraordinaire et qui me donne une idée bien avantageuse de notre époque. L'espace me manque pour vous conter la chose et, d'ailleurs, ma moralité en souffrirait trop. Le fond de la question est que les jeunes gens n'aiment plus que les lorettes, de sorte que les femmes honnêtes sont obligées de recourir aux vieillards. C'est une personne fort bien d'esprit et de corps, folle, à ce que je crois.

Adieu, mon cher Panizzi; mille amitiés et compliments.

CXXVII

Paris, 21 mai 1863.

Mon cher Panizzi,

J'ai revu mon *incognita*, toujours fort brûlante, et je ne sais plus qu'en penser. Je lui ai promis de ne pas chercher à savoir qui elle est, et, dans le fond, cela m'importe fort peu. Les conjec-

tures que j'avais faites se sont trouvées tout à
fait mal fondées, en sorte que je n'y comprends
plus rien du tout. Elle a de l'esprit, elle est très
gaie et folle. Elle m'a dit qu'elle est Italienne,
et, en effet, elle parle l'italien très facilement, et, à
ce qu'il me semble, sans accent. Elle en a en
parlant français, mais pas l'accent italien. Comme
ce siècle de fer est drôle ! Je crois que, vous et moi
excepté, tout le monde est fou.

Il y a ici beaucoup d'excitation pour les élections. M. de Persigny ressemble à un cocher
qui tire sur les rênes et donne des coups de fouet
à tort et à travers. Sa lettre sur la candidature
de Thiers a fait mauvais effet parmi les gens
comme il faut; mais on m'assure qu'elle en a produit un tout autre sur les épiciers, qui forment la
masse des électeurs.

Notre ami du faubourg Saint-Honoré est allé
travailler l'élection de son fils, et manque un terrible déjeuner chez Ragelle. Il est parti plus
in spirits que lorsque vous l'avez vu. Personne
ne doute qu'après les élections il n'y ait un rema-
niement ministériel considérable; et, jusqu'à présent, l'apparence est que la couleur politique à

laquelle appartient notre ami sera renforcée.
Comme la chose dépend en dernière analyse de
la volonté de quelqu'un dont on ne sait jamais la
pensée, tout est encore fort incertain, sinon le
changement.

On s'occupe toujours beaucoup, et à mon avis
trop, des affaires de Pologne. Heureusement, jusqu'à présent, et j'espère que cela continuera, on
s'en occupe diplomatiquement et de concert avec
l'Angleterre et l'Autriche. Il faut que la guerre de
Crimée ait blessé la Russie plus fortement qu'on
ne pensait, pour qu'elle n'en ait pas encore fini
avec cette révolte qui, même en tenant compte
des exagérations des journaux, paraît s'étendre et
s'envenimer tous les jours.

Il y a maintenant à Paris un escadron de spahis
qui accompagne quelquefois le prince impérial. Au
milieu de ces gens noirs avec leur costume étrange,
faisant la fantasia autour de lui, il a l'air d'un de
ces princes des *Mille et une Nuits* enlevés par des
magiciens. Il a été très enrhumé dernièrement,
mais va très bien à présent. On dit qu'il commence à travailler. Son précepteur est un homme
intelligent, dit-on, et pas clérical. On ne lui don-

nera, pas de gouverneur, comme il semble. Je
mourais de peur que ce ne fût un évêque. Il avait
été question du maréchal Vaillant, qui avait ses
inconvénients aussi, quoique pas de ce côté-là.

Adieu, mon cher Panizzi; rappelez-moi au souvenir du British Museum.

CXXVIII

Paris, 1er juin 1863.

Mon cher Panizzi,

Nous sommes ici dans le fort de la fièvre électorale. Je ne sais pas encore ce qui sortira de
l'urne, mais très probablement l'opposition anti-
dynastique sera renforcée très notablement. On
croit que Thiers sera nommé à Paris, grâce aux
lettres furieuses de Persigny.

Si le gouvernement fait des folies, l'opposition
en fait de son côté. Les rouges et les blancs s'al-
lient sans la moindre vergogne. Le duc de Broglie reçoit chez lui Carnot, le ministre de l'instruction publique de 1848, qui signait les factums
de madame Sand. Cela effraye un peu les épiciers,

qui se souviennent du peu de poivre qu'on ache-
tait alors ; mais le bourgeois de Paris a toujours
du goût pour l'opposition. J'espère que notre ami
le docteur Maure sera élu, malgré son préfet, dans
les Alpes-Maritimes. Le fils de M. Fould le sera
sans la moindre difficulté à Tarbes, et Édouard
Fould dans son département, où ses bons dîners
lui ont gagné le cœur de tous les curés.

On est toujours fort inquiet des affaires de Pologne, plus encore que de celles du Mexique,
qui cependant n'avancent guère. Mais à quelque
chose malheur est bon. Le Mexique arrêtera sans
doute les velléités polonaises. Il est impossible de
dire plus de mensonges que tous les journaux n'en
débitent sur ce sujet.

Les interpellations de M. Grégory et les réponses de M. Layard au sujet de l'Orient m'ont
amusé. Lord Palmerston n'en démordra pas, et,
après l'Angleterre, il n'y a pas à ses yeux de pays
mieux administré que la Turquie.

Adieu, mon cher Panizzi. Je ne sais rien de
nouveau sur l'*incognita*, et je ne me mets pas en
frais d'espionnage. Elle me promet une visite
pour aujourd'hui.

CXXIX

Paris, 16 juin 1863.

. Mon cher Panizzi,

Vous aurez vu le résultat de nos dernières élections, où l'opposition a réussi assez notablement. C'est un enseignement dont je ne sais pas trop si l'on profitera. Ici, le cri général est qu'il faut changer de ministère, ou du moins modifier considérablement le ministère actuel. Bien que l'opposition, en dernière analyse, ne consiste que dans vingt-cinq voix, elle a une puissance énorme dans un pays où tout le monde aime à critiquer. Il faudra de toute façon compter avec elle, autrement on lui donnerait trop d'avantages. Si on jugeait les changements probables par ce qu'on désire et par ce qui serait agréable au plus grand nombre, les dépensiers et les courtisans seraient exclus du cabinet et remplacés par des hommes d'affaires. Mais le maître n'aime pas les visages nouveaux et n'admet pas trop, je le crains, qu'il y ait des hommes nécessaires. Cependant M. Billaut a, depuis quelque temps, de fréquentes conversations avec lui et paraît le conseiller dans ce sens.

Notre ami du faubourg Saint-Honoré me semble plus content et plus calme. Je sais, d'autre part, que M. Walewski, qui d'abord avait pris des airs triomphants, est maintenant un peu écorné et inquiet. Cependant rien n'est encore fait, et la situation peut durer encore longtemps; on ne paraît pas disposé à réunir la Chambre tout de suite pour la vérification des pouvoirs. C'est en novembre, à ce qu'il paraît, que la convocation aura lieu, ce qui me semble assez mauvais; car, d'un côté, il pourrait arriver tel événement qui exigeât une réunion immédiate, et cependant il faudrait encore perdre quinze jours à la vérification des pouvoirs. D'un autre côté, après la façon dont les élections ont été menées par les préfets, il faut s'attendre à plus d'un scandale, et il vaudrait mieux, à mon avis, confondre tout cela avec l'excitation électorale, que de laisser reposer les gens pour les réveiller et les exciter de nouveau. Machiavel, qui est toujours le prince des politiques, dit quelque part : *Debbono farsi tutte le crudeltà in un tratto.* A la place de *crudelta*, qui n'est plus de ce temps-ci, mettez un mot plus convenable, le principe reste toujours le même.

M. Thiers annonce l'intention d'être très modéré: Je le crois, au fond, un peu embarrassé de son entourage. Il ne peut pas se dissimuler qu'il est seul à la Chambre et que la queue plus ou moins rouge qui se ralliera à lui dans certaines occasions ne lui veut aucun bien. Il est partagé entre l'irritation très juste que lui donnent les circulaires de Persigny, et l'inquiétude que lui inspire le parti rouge. Je crois que, avec un autre ministère, il serait possible de l'amener, non pas à devenir le défenseur du gouvernement, mais à être un critique bienveillant et utile dans l'occasion.

Voici une petite histoire assez drôle : Prevost-Paradol, des *Débats*, avait acheté un cheval arabe d'un officier de spahis. La première fois qu'il le monte, il va au bois de Boulogne. Le prince impérial vient à passer avec son escorte de spahis. Aussitôt, le cheval se met avec eux, et, bon gré, mal gré, emmène M. Paradol jusque dans la cour des Tuileries.

Adieu, mon cher Panizzi; portez-vous bien et écrivez-moi.

CXXX

Fontainebleau, 25 juin au soir 1863.

Mon cher Panizzi,

Vous aurez vu que nous avons fait un ministère. Je crois que tout est pour le mieux. Les nouveaux venus peut-être n'ont pas assez de notoriété; mais le cabinet gagne cent pour cent en se défaisant de quelques-uns de ses membres. On peut dire que le dernier changement donne raison aux gens d'esprit. Les fous et les bêtes de moins, c'est une bonne chose.

Nous passons ici le temps très gaiement et en très bonne compagnie, presque aussi agréablement qu'à Biarritz, *breeches excepted*. Il n'y a pas de montagnes de la Rune, et nous faisons des promenades charmantes dans des bois magnifiques. Il y a devant le palais un grand étang que nous appelons honorablement le Lac. Il y a toute sorte de petites embarcations, un caïque de Constantinople avec un caïkdji et une gondole

vénitienne *quite in style* avec son gondolier. Cette
gondole a pris la parole, l'autre soir, et a dit, par
l'entremise de Nigra, d'assez jolis vers à Sa Majesté. En voici la fin :

> Donna se acaro sull' placido
> Tuo lazo, a quando a quando
> Teco verrà solando
> Il muto Imperator,
> Digli che in riva all' Adria
> Povera, ignuda, esangue,
> Geme Venezia e langue
> Ma viva — e aspetta ancor !

Je crains qu'on n'ait répondu : *Aspetti.* Cependant Nigra est très festoyé ici. Il y a un autre
Italien, compatriote à vous, je crois, un comte
Sormani, qui est bon garçon et homme d'esprit.
Il est de Modène, je crois, et aussi dévoué à ses
ducs légitimes que vous pouvez l'être. Avec
M. Billaut, qui est homme du monde et très aimable, c'est le seul personnage officiel du séjour
et cela ne le gâte pas.

Nous avons vu des figures assez drôles pendant la crise ministérielle. C'est amusant d'être
aux premières loges et d'assister à la comédie
quand on n'est pas acteur, et qu'on n'a pas la

prétention d'y jouer un rôle. Je n'ai pas revu
M. Fould depuis mon départ de Paris ; mais on
me dit qu'il est très content.

J'ai vu M. Thiers, que j'ai trouvé fort sage et
moins irrité que je ne l'aurais cru. A vrai dire, il
aurait tort de l'être, car c'est aux colères de
M. de Persigny qu'il doit sa nomination. Il m'a
parlé en très bons termes de l'empereur et paraît
déterminé à se séparer de l'opposition. Je crois
qu'il cherche une position intermédiaire. Il voudrait qu'on fît un pas en avant ; mais il croit que
ce pas consoliderait la dynastie. *Hic jacet lepus*
Mais, enfin, je crois que ce n'est pas une mauvaise chose qu'un homme comme lui, acceptant
franchement le gouvernement de l'empereur
et voulant améliorer au lieu de renverser,
chose rare dans les oppositions françaises. Je ne
doute pas qu'un de ces jours nous ne le voyions
ici.

Les affaires de Pologne continuent à donner
beaucoup d'inquiétude. Je ne trouve pas que le
jeu qu'on joue en Angleterre soit très loyal. Il
rappelle trop l'histoire des marrons tirés du feu
par la patte du chat. Tout le bruit qu'on fait au

Parlement des violences des Russes, on aurait
pu le faire avec autant de raison à Saint-Péters-
bourg, lors de la révolte des cipayes dans l'Inde.
Personne ne trouvait à redire lorsque le capitaine
Hodgton tuait de sa main les deux fils du Grand
Mogol, coupables d'avoir eu des sujets qui avaient
violé des Anglaises (car ces Indiens ont de mauvaises manières), et l'on jette feu et flammes
lorsque les Russes pendent des officiers qui ont
quitté leur régiment pour prendre parti parmi les
insurgés. Nous faisons très justement fusiller à
Puebla des Français que nous avons attrapés.

Adieu, mon cher Panizzi. L'*incognita* m'écrit
des lettres italiennes toujours brûlantes.

CXXXI

Paris, dimanche 12 juillet 1863.

Mon cher Panizzi,

Je devais dîner avec Sa Majesté hier, et je
comptais lui remettre votre lettre ; mais, au moment de monter en voiture pour Saint-Cloud, est

arrivé un de ses écuyers m'annoncer que le dîner était remis, attendu que le duc de X... venait d'avoir une attaque, on ne sait pas bien de quoi, et qu'il était encore sans connaissance. Il y a deux divinités païennes qui peuvent être accusées du fait, pour lesquelles il avait trop de penchants ! On nous a remis à demain, pour le cas où l'accident ne finirait pas mal. Je vais envoyer savoir de ses nouvelles dans l'après-midi. S'il allait plus mal, ou s'il mourait *salute a noi*, j'enverrais votre lettre qui me paraît excellente.

Je ne vois pas encore bien clair dans l'avenir. Cependant je crois bien que vous me verrez apparaître vers le 20 de ce mois. Vous savez que je ne tiens pas beaucoup au monde et que je viens à Londres pour *vous* voir. Quant aux dîners, les vôtres me plaisent beaucoup mieux que ceux des aristocrates du West-End. L'exemple du duc de X... est là pour prouver que les jeunes gens de notre âge doivent se contenter d'un bifteck.

On vient de recevoir la nouvelle de la prise de Mexico. Ce serait excellent si cela finissait tout ; mais c'est un autre ordre de difficultés qui commence. César et M. Fould sont jusqu'à présent les seules personnes, à ma connaissance, qui pensent que l'affaire pourra devenir profitable à ce pays-ci.

On attend avec grande impatience et un peu d'inquiétude des nouvelles de Russie. La plupart croient que la réponse de Gortchakof sera très polie, et même qu'il acceptera la proposition de l'Autriche, sinon les nôtres, qui paraissent les mêmes que celles de l'Angleterre. Mais les Polonais n'en voudront pas, pas plus que de l'armistice timidement présenté par lord Russell. Alors quelle sera la conséquence? de laisser carte blanche à la Russie. Si on n'eût pas encouragé les Polonais, il est probable que l'insurrection serait déjà terminée. On se demande encore comment on traiterait avec le gouvernement national, qui ressemble fort au gouvernement des francs juges ou des inquisiteurs de l'État de Venise. Je pense que lord Russell ne sera pas embarrassé pour les découvrir, car il a le grand pontife Hertzen sous la main.

Je viens de voir une lettre de Thiers. Il a été reçu merveilleusement par l'aristocratie de Vienne. L'empereur l'a consulté sur la politique, et il a

modestement répondu qu'il ne pouvait qu'admirer
M. de Schmerling. Il paraît, d'ailleurs, très frappé
du mouvement *libéral* de l'Autriche et de la rési-
gnation des grands seigneurs à l'accepter. Il paraît bien résolu à ne pas faire ici d'opposition
tracassière; et même à se séparer très franchement des rouges ses collègues de Paris. Mais,
entre dicho y hecho, hay gran trecho.

Adieu, mon cher Panizzi ; à bientôt, j'espère.
Mille amitiés et compliments.

CXXXII

Paris, 16 juillet 1863.

Mon cher Panizzi,

Voilà le pauvre duc de X... qui paye cher
ses amusements trop tardifs. Il paraît qu'après
avoir bien dîné et avoir bu beaucoup d'eau-de-vie,
il est allé dans un bal champêtre, d'où il est revenu pour souper, en compagnie de deux gueuses,
et c'est en sortant de la Maison dorée, après un
souper très prolongé, qu'il est tombé sur le trot-

toir à demi paralysé. Je ne crois pas qu'il ait re-
trouvé sa connaissance.

J'ai dîné avant-hier chez madame Fould, qui
m'a donné des nouvelles de Vichy. Son mari était,
en apparence, en grande faveur auprès de Sa
Majesté. On est content, en général, du nouveau
ministère. Le ministre de l'instruction publique
a commencé par quelques mesures très antijésui-
tiques qui ont fait un très bon effet.

Je ne suis pas content de la note de lord Russell
ni de son discours sur la Pologne. La note est bien
médiocre de forme, surtout si on la compare à
celle de Drouyn de Lhuys et à celle de M. de
Rechberg. Il y a une grande naïveté au sujet
de l'armistice, naïveté dont, au reste, nous avons
à supporter notre part. On demande un armistice ; mais comment un armistice peut-il exister
sans frontières définies? Et le moyen de déterminer une frontière dans un pays où les insurgés
n'ont pas une ville, peut-être pas un village; où il
n'y a pas une lieue de terrain occupée par eux,
mais où il y a, dans chaque forêt, une troupe de
cent à deux cents hommes? Quelle réponse on
prépare au prince Gortchakof! Ajoutez à cela

l'assurance donnée au Parlement qu'on ne fera pas la guerre à la Russie, quand même elle répondrait par la négative aux six propositions. Il me semble que rien de plus imprudent, ni de plus timide à la fois, n'avait encore été signé par un ministre des affaires étrangères. Comme tout cela montre bien l'énormité de la puissance de la presse, qui fait faire tant de bêtises aux gens les plus sensés !

Adieu, mon cher Panizzi ; je vous écrirai bientôt, et ce sera j'espère pour vous dire le jour de mon arrivée.

CXXXIII

Paris, 21 août 1863.

Mon cher Panizzi,

Je suis arrivé hier soir à bon port dans mon domicile, non sans avoir offert un petit sacrifice à Neptune, moins à cause de sa fureur que par la présence de cent cinquante vieilles femmes qui remplissaient des cuvettes à l'envi.

Je n'ai pu aller aujourd'hui à Saint-Cloud. J'irai demain, je pense, et je vous écrirai au commencement de la semaine prochaine.

Il paraît décidé que nous aurons une session en novembre, non pas seulement pour la vérification des pouvoirs, mais pour faire des lois. Le peu de gens que j'ai vus ne croient pas à la guerre, et on m'assure que l'enthousiasme polonais se refroidit tous les jours.

L'archiduc Maximilien a écrit à l'empereur une lettre de huit pages pour lui faire ses remerciements. Il accepte et on dit que ce n'est ni la reconnaissance ni l'éloquence qui manquent à cette épître. On assure que nos affaires au Mexique vont bien. On a chargé un colonel Dupin de poursuivre les guérillas mexicaines-juaristes avec des spahis d'Afrique et des contre-guérillas mexicaines. Il a débuté comme il faut commencer avec cette canaille, par pendre et fusiller tout ce qu'il attrapait. Les gens du pays ont trouvé cela très bon et nous servent d'espions avec empressement. On croit que quelques mois de chasse suffiront pour rendre le pays parfaitement sûr. *Utinam.*

Ici, à la Chambre, on s'attend que l'opposition fera le diable à quatre et donnera beaucoup d'embarras. Je compte voir Thiers ces jours-ci.

L'empereur et le prince impérial sont au camp
de Châlons à faire de grandes manœuvres.

Adieu, mon cher Panizzi; portez-vous bien. Je
suis triste de vous avoir quitté et me console en
pensant que c'est pour peu de jours.

CXXXIV

Paris, 23 août 1863.

Mon cher Panizzi,

Je suis allé hier à Saint-Cloud, où j'ai trouvé
tout le monde en très bonne santé; je ne parle
pas des militaires grands et petits qui sont au
camp. On vous remercie beaucoup des photogra-
phies, qui ont paru faire grand plaisir.

On allait vous écrire; mais, comme c'est une
opération qui coûte beaucoup à cette petite main,
on me charge de la lui épargner. On m'ordonne
donc de vous demander quand vous venez. On
part le 31 de ce mois. Voulez-vous partir avec
elle? *Monsieur* ne revient à Paris que le 27. Il en
partira le 4 septembre. De toute façon, on compte
sur votre présence, vous laissant absolument

maître de décider le jour. Seulement ne tardez pas à répondre. Je suis à votre disposition tout à fait. Je fais une seule, non *objection*, mais *obser- vation*. Si nous partons le 31, il n'est pas clair que nous puissions nous en aller avant la fin du mois. Décidez...

Point de guerre cette année. Cela est évident. On est bien catholique. Le fils cependant me donne des espérances. Son précepteur lui a conté un vieux roman dont le dénouement a eu lieu sous Tibère, et lui a demandé si les juifs n'étaient pas d'abominables gredins d'avoir fait ce tour à Notre-Seigneur. Le petit a dit : « Mais pourquoi s'est-il laissé faire puisqu'il était tout-puissant ? » Je ne sais pas ce que le précepteur a dit. Tâchez de trouver une bonne réponse.

Adieu, à bientôt. Répondez-moi et décidez pour vous sans arrière-pensée, ni considérations de cérémonie. Vous avez des affaires et vous pouvez et devez les faire passer avant tout.

CXXXV

Biarritz, 27 septembre 1863.

Mon cher Panizzi,

Un mot très à la hâte, car je vais à la messe. L'impératrice est très souffrante d'un mal de gorge commencé vous savez où et continué dans une promenade en bateau sur la Nive. L'empereur est aussi un peu enrhumé et le prince impérial a été très souffrant hier de vomissements. Ce matin, il est à peu près complètement remis.

Nous avons eu un très agréable voyage de Tarbes à Pau et à Biarritz. Vos commissions ont été fidèlement remplies et aussitôt que possible.

Adieu. Je suis chargé pour vous de tous les compliments et tendresses des dames et des messieurs, à commencer par deux augustes personnages [1].

---

1. A cette lettre étaient ajoutés ces quelques mots de la main de l'impératrice :

« Je veux vous dire, mon cher M. Panizzi, tout le regret que j'ai de ne plus vous avoir parmi nous. Je vous demande de vouloir bien me conserver un de vos bons et meilleurs souvenirs.

» Votre alliée politique.

» EUGÉNIE. »

CXXXVI

Biarritz, 1er octobre 1863.

Mon cher Panizzi,

Les rhumes dont je vous ai effrayé vont à peu près bien, *ma questo è nulla.*

Le diable qui préside à nos affaires a envoyé dans nos parages le yacht impérial *l'Aigle*, et nous a suggéré l'envie de faire un voyage de circumnavigation autour de la péninsule ibérique. On doit embarquer quantité de cocodès, aller d'abord à Lisbonne voir si la reine de Portugal est bien accouchée, puis visiter Cadix, Séville, Malaga et Grenade, et s'en revenir par Marseille.

En Portugal, il n'y a guère d'autre inconvénient que l'inopportunité de la visite ; mais, en Andalousie, les choses deviennent plus graves : quantité de cousins ; le duc de Montpensier à San-Lucar ou à Séville ; les élections espagnoles ; une jeune personne à marier plus ou moins recommandée aux prétendants par l'entourage de cocodès et d'officiers de marine.

Cortina, l'ancien ministre des finances à Madrid,

que j'ai rencontré à Bayonne, me disait que l'arrivée de Sa Majesté en Andalousie pouvait être l'occasion de très graves désordres. Elle sera reçue, suivant lui, ou bien ou mal, mais de toute façon d'une manière scandaleuse et dangereuse. Il craint que les progressistes, qui sont gens à faire flèche de tout bois, ne profitent de cela pour faire quelque ovation aussi embarrassante pour celle qui en sera l'objet que pour le gouvernement espagnol.

Enfin, et c'est le plus grave, la presse est libre en Espagne, et l'arrivée et le cortège peuvent fournir aux journalistes le sujet de bien des malices et insolences, d'autant plus que Sa Majesté catholique et le duc de Montpensier ne manqueront pas de les exciter sous main.

Je me suis trouvé d'accord avec tout le monde ici pour déplorer ce projet malencontreux, mais à peu près seul pour parler. Cependant j'ai déterminé Mocquart à parler à l'empereur. Comme il m'a cité et que l'empereur m'a cité, j'ai eu sur-le-champ une bataille à soutenir contre l'impératrice.

Vous ne serez pas surpris quand je vous di-

rai que, bien qu'elle fût un peu irritée, elle n'a
pas cessé un instant d'être bienveillante et bonne
pour moi à son ordinaire. Mon attachement pour
elle, et le danger très réel de la chose, m'ont
donné hardiesse et franchise et je lui ai débité
très nettement ma râtelée, quelquefois avec plus
de vivacité que le respect ne l'exigeait. Elle a discuté loyalement, mais en avocat qui soutient une
mauvaise cause. Son grand argument était qu'elle
était bien libre de faire tout ce qu'un particulier
peut faire. J'ai répondu qu'elle n'était pas un particulier, qu'elle avait des charges et qu'elle devait
les supporter. Après une demi-heure de dispute
très animée, ayant dit tout ce que j'avais sur le
cœur, j'ai conclu en lui disant qu'une grande souveraine comme elle ne pouvait rien faire qui compromît et son mari et son pays, et qu'elle devait
se persuader qu'elle n'était pas libre ; qu'un roi
l'était moins que personne, et que c'était pour
cette raison que j'avais refusé toutes les couronnes qu'on m'avait offertes. Elle s'est mise à rire,
m'a dit que j'étais une bête ; mais il m'a paru cependant que mon discours l'avait ébranlée et lui
laissait quelques inquiétudes.

Comme elle ne sait pas céder, le voyage est résolu. On devait partir ce matin, mais la mer est furieuse. Impossible de gagner *Passages*, où attend *l'Aigle*. Je désire et j'espère un peu que le voyage se borne à quelques jours passés à Lisbonne. La mer, l'équinoxe, etc., peuvent modifier beaucoup les résolutions.

Adieu, mon cher Panizzi, portez-vous bien et donnez-moi de vos nouvelles. Ne parlez à personne du voyage, qui malheureusement ne sera bientôt plus un secret.

CXXXVII

Paris, 8 octobre 1863.

Mon cher Panizzi,

Je trouve ici qu'on ne s'occupe pas trop du voyage de l'impératrice, ce qui me fait grand plaisir. Elle est arrivée à Lisbonne en bonne santé et assez vite. Aujourd'hui, elle doit être à Cadix. C'est malheureusement là que les embarras commencent. Il paraît qu'elle n'a fait que paraître et disparaître en Portugal. On avait prévenu le roi, mais il n'y a pas eu d'entrée ni de *fiocchi*. D'un autre côté, elle envoie de Lisbonne à Madrid de Caux avec une lettre pour la reine, en sorte que la mauvaise humeur de Sa Majesté catholique soit conjurée autant que possible.

Je viens de déjeuner avec M. Fould, que j'ai trouvé assez gaillard et moins furieux qu'on ne le pouvait craindre de la part d'un homme qu'on arrache aux ortolans de Tarbes pour le relancer dans la politique et les finances. Il est très content de son maître et croit au maintien de la paix, du moins tant que ses alliés ne voudront pas la guerre.

J'ai trouvé ici un Portugais, homme assez riche, qui s'ennuie et qui a le goût des coups de fusil. Il est allé en tirer au Maroc avec O'Donnell, puis en Pologne, d'où il revient après avoir été deux fois pris par les Russes, dont il se loue assez, car on s'est borné à le renvoyer par la frontière la plus proche. Il dit qu'il n'y a pas un mot de vrai dans les bulletins polonais, et qu'il a passé son temps à être battu et à s'enfuir. Il n'a pas grande idée ni du patriotisme ni des ressources du pays.

La phrase de lord Palmerston que vous m'en-

voyez est jolie; mais c'est le mot d'un vieillard
qui n'espère plus rien, et qui ne demande plus
qu'à mourir tranquille. Ce n'est pas, ce me semble, le langage du premier ministre d'un grand
pays.

Adieu, mon cher Panizzi; je vous souhaite santé
et prospérité. Il fait un temps digne de Londres,
quoique pas trop froid.

CXXXVIII

Cannes, 20 octobre 1863.

Mon cher Panizzi,

J'ai pensé faire une fâcheuse expérience des
économies réalisées par les compagnies de chemins de fer, qui, pour ne pas retarder un train, le
font passer sur des traverses non calées ni conso-
lidées. Nous avons eu un accident entre Avignon
et Marseille qui aurait pu être assez grave. Tout
s'est borné pourtant à un wagon renversé, celui
de l'administration des postes, dont les employés
ont été tous un peu contusionnés. La diligence

où j'étais s'est arrêtée au bord d'un talus d'une
vingtaine de pieds. J'étais dans un coupé avec
un curé, et il y avait derrière trois capucins. Cela
explique l'accident. Il ne faut pas s'embarquer en
si mauvaise compagnie.

J'ai reçu des nouvelles de nos amis embarqués
sur *l'Aigle*. Un mot de madame de Lourmel et
une dépêche télégraphique de la comtesse de
Pierrefonds (sic), datée de Cadix 18, et ainsi
conçue : « Je pars de Cadix en très bonne santé.
Tout s'est bien passé. » Expliquez comme vous
pourrez le journal qui dit qu'elle est arrivée à
Valence le 17 et partie pour Madrid.

La mort de Billaut est un coup funeste pour
la réussite de la session qui va s'ouvrir. C'était
assurément le plus habile et le plus propre à lut-
ter avec avantage contre les orateurs de l'opposition, même les plus brillants. Ce n'était pas un
homme d'État, mais c'était un instrument merveilleux entre les mains d'un homme d'État. Je
ne vois que Rouher qui puisse lui succéder, non
le remplacer.

J'ai, d'ailleurs, d'assez bonnes nouvelles de
Thiers. Il est toujours sage et promet de con-

tinuer à l'être. Tiendra-t-il parole, cela est écrit dans les tablettes de Jupiter. Cousin, qui était un excellent conseiller, va venir ici et ne pourra plus le contrôler ni combattre l'influence fâcheuse d'un certain nombre de belles dames orléanistes dont notre ami estime les sourires à un très haut prix.

Adieu, mon cher ami ; j'espère que vous êtes en bonne santé et que vous ne regrettez pas trop le ciel des Pyrénées. J'étouffe de chaleur. Pas un nuage au ciel. La mer est comme une glace.

CXXXIX

Cannes, 27 octobre 1863.

Mon cher Panizzi,

Les motifs qu'on donne chez vous au voyage sont parfaitement ridicules. Il y a des gens qui ne croient pas qu'on boive jamais un verre de vin de Bordeaux sans quelque but politique. Du reste, la réception a été très belle et tout s'est passé pour le mieux. Dans quelque temps, j'aurai des détails dont je vous ferai part s'ils en valent la peine.

Hier, nous avons eu la visite de Cousin arrivant
de Paris et voyant les choses très en noir. Il croit,
et je crains qu'il n'ait raison, que toutes les belles
promesses de Thiers ne tiendront pas. C'est un
autre orgueil, et des plus grands. Il ne s'agit plus
d'être chef du cabinet : il faut être président ou
Dieu sait quoi. En attendant, il débute par ce qui
me semble une impertinence et une faute. Il n'ira
pas à la séance d'ouverture. Les nouveaux élus
sénateurs et députés doivent y prêter serment.
Croit-il que le serment prêté à la Chambre et devant le président oblige moins que s'il était prêté
devant Sa Majesté. Il dit que ce qu'il en fait, c'est
pour se mettre bien avec l'opposition, afin de
donner plus d'autorité à sa parole lorsqu'il lui
prêchera la modération.

Adieu, mon cher Panizzi. Nous avons toujours
un temps magnifique. Hier, on nous a donné un
gros bouquet de lilas; c'est la seconde cueillette
de cette année. Nous mangeons des pois et, si la
chaleur durait, nous aurions probablement bientôt
des fruits de l'année prochaine.

CXL

Paris, 9 novembre 1863.

Mon cher Panizzi,

L'histoire de lord Palmerston m'a mis en belle humeur pendant trois jours. Il paraît, par une lettre d'avocat, que la partie lésée ne veut pas entendre à un arrangement; et qu'il y aura procès. Que ce pauvre Ellice aurait ri avec nous s'il était encore de ce côté de l'Achéron. Lady Palmerston, qui est une femme d'esprit, doit au fond se soucier très peu de l'infidélité; mais le scandale, à cet âge, est plus grave, et la reine doit faire une grise mine à son premier ministre. En France, un homme d'État ne résisterait pas probablement à ce flot de ridicule. Je ne sais pas comment la chose sera prise en Angleterre. Du reste, si l'on fait une souscription pour élever une statue à lord Palmerston, inscrivez mon nom après le vôtre. Je crains qu'on ne nous en élève pas de semblables.

Il paraît que le discours de l'empereur a plu

généralement. Il est fort habile, et, quoique la réunion d'un congrès européen soit une chose pratiquement bien difficile à réaliser, il met tous les souverains dans un grand embarras, et les souverains qui refuseront seront mal notés par leurs peuples. C'était la seule partie vulnérable qu'il a touchée dans les notes du prince Gortchakof. Le discours de M. de Morny a également fait un bon effet par son ton conciliant et comme il faut. En somme, la session, qui semblait devoir s'ouvrir sous de très mauvais auspices, pourra bien être meilleure qu'on ne l'avait prévu. Je vais voir M. Fould et entendre probablement son rapport, qui, dit-on, est rassurant.

Adieu, mon cher Panizzi; tenez-vous en joie et santé s'il est possible. Rappelez-moi au souvenir de nos amis.

CXLI

Compiègne, 18 novembre 1863.

Mon cher Panizzi,

J'ai présenté vos hommages à Leurs Majestés. et en particulier à l'impératrice pour le jour de sa fête, le 15, dont vous ne vous étiez pas seulement douté, païen que vous êtes !

Tout s'est très bien passé, c'est-à-dire *exceptis excipiendis*. Au feu d'artifice, une femme qui voulait le voir de trop près et qui avait franchi le cordon sanitaire a été tuée tout raide par une fusée qui l'a frappée à l'œil. Nous avons joué une charade un peu leste, mais qui a été bien prise et qui a fait rire.

Puis, au dîner, le 15, votre ami le prince Napoléon, toujours gracieux, n'a pas voulu porter la santé de l'impératrice. Il était assis à sa droite, *pro consuetudine*, et l'empereur lui a dit de porter un toast et de faire un speech. Il a fait la grimace. De son côté, l'impératrice lui a dit : « Je ne tiens pas beaucoup au speech. Vous êtes très éloquent, mais vos discours me font un peu peur quelquefois. » A une seconde sommation de l'empereur, il a répondu : « Je ne sais pas parler en public. » On s'était levé, tout le monde attendait sans trop comprendre ce qui se passait au milieu de la table. Enfin Sa Majesté a dit : « Vous ne voulez pas porter la santé de l'impératrice? — Si Votre Majesté veut bien m'excuser, je m'en dispense-

rai. » Le prince Joachim alors a porté le toast,
et on a quitté la table un peu ému.

Cette frasque a semblé assez forte pour le faire
prier d'aller voir au Palais-Royal si Leurs Majestés
y étaient ; cependant l'*hôte* et l'*hôtesse* ont gardé
leur sang-froid ordinaire, et l'impératrice a même
pris son bras pour passer au salon. Le prince est
resté là fort isolé, tout le monde l'évitant; lui,
faisant une mine boudeuse et méchante qui le
faisait ressembler fort à Vitellius.

Le matin, il y a eu beaucoup d'allées et de
venues dont le résultat paraît avoir été un replâtrage. Jamais je n'ai vu homme plus mal gracieux. Quant à moi, je n'aurais pas souffert pareille incartade ; mais vous connaissez la longani-
mité de l'empereur ; il le regarde comme un enfant
et lui passe ses mauvaises humeurs. Je trouve fort
triste, au fond, que, dans un temps comme celui-
ci, les Bonaparte ne se serrent pas tous autour du
chef de leur maison. Le prince, qui a parfois, je
suppose, des velléités de jouer un rôle politique,
se fait détester par ses mauvaises manières. Il
flatte les rouges et s'imagine peut-être que, dans
une révolution, il serait épargné. L'histoire du

duc d'Orléans est là pour lui apprendre quel serait son sort si la République s'établissait jamais dans ce pays.

Je reste ici encore une huitaine de jours. Aujourd'hui arrivent les Allemands, M. de Metternich et le ministre de Prusse, le comte de Goltz, tous gens peu amusants. Peut-être que la mort du roi de Danemark nous privera des belles toilettes et des valses de ces dames.

Je pense être de retour à Paris pour le milieu de la semaine prochaine. J'y resterai jusqu'après la discussion de l'adresse; puis j'irai attendre à Cannes la fin de l'hiver. Viendrez-vous nous y voir?

Adieu, mon cher Panizzi; tenez-vous en joie et recommandez-moi à nos amis.

CXLII

Compiègne, 22 novembre 1863.

Mon cher Panizzi,

Nous vivons ici en grandes occupations. Votre serviteur est directeur de théâtre, auteur et acteur. Il fait de plus des révolutions dans les beaux-

arts et de la polémique avec l'Institut. Dans ses
moments de loisir, on lui donne des recherches à
faire sur l'histoire romaine. Il est, d'ailleurs, libre
de faire ce qui lui plaît depuis une heure du matin
jusqu'à huit heures. Heureusement que, mercredi,
je redeviens homme libre.

La réponse de l'Autriche est arrivée, très ami-
cale, acceptant en principe, mais demandant des
renseignements. M. de Goltz, qui est ici, a apporté,
je crois, une lettre semblable du roi de Prusse. En
somme, je pense qu'il y aura bien des protocoles,
mais qu'il y aura un congrès. Je doute qu'il fasse
grand'chose, mais il aura empêché la guerre, ce
qui est un grand point.

Adieu; portez-vous bien et donnez de vos nouvelles.

CXLIII

Paris, 7 décembre 1863.

Mon cher Panizzi,

Il semble que César n'a pas trop mal vu la lettre
de lord Russell. C'est pour l'Angleterre un parti

I. 23

pris de devenir une puissance de second ordre ; du
moins elle fait le plongeon toutes les fois qu'on
l'invite à faire acte de puissance du premier ordre.
C'est son affaire, et, à un certain point de vue, je
trouve qu'elle a raison et que nous avons tort.
Mais, d'un autre côté, trouvez-vous bien l'excessive
hâte de son refus, et les termes employés par lord
Russell? On n'est pas habitué de sa part à la po-
litesse, mais on aurait voulu qu'il prît la peine de
lire la lettre de l'empereur. Tandis que toutes les
puissances de l'Europe se bornent à demander
qu'on spécifie les questions à traiter, il répond
qu'il est impossible de s'entendre, et que ce n'est
pas la peine de commencer. Observez que, naguère encore, il se plaignait de la grandeur des
armements de la France, qui obligeait toute l'Europe à l'imiter. Or l'empereur, dans sa lettre, dit
que la question du désarmement général doit
occuper le congrès. Supposé que toutes les puissances refusassent de traiter les affaires qui agi-
tent en ce moment l'Europe, qu'elles voulussent
qu'on en restât sur l'*uti possidetis*, et qu'on se
bornât à reproduire les articles non abrogés des
traités de 1815, en leur donnant une sanction nou-

s'elle, la question du désarmement pourrait cependant être traitée sans difficulté. Si chaque puissance prenait vis-à-vis des autres l'engagement de réduire son état militaire à ses besoins personnels, ne serait-ce pas un grand avantage pour toute l'Europe? C'est à quoi lord Russell ne répond même pas.

L'impression de sa lettre a été très mauvaise ici, de quoi sans doute il se soucie très peu. Ce qui paraît certain, c'est que, supposé, ce qui est probable, que l'insurrection polonaise soit anéantie au printemps prochain et que l'empereur Alexandre fasse preuve de quelque humanité ou de quelque politique à l'égard de ses sujets polonais, il y aura un rapprochement entre la France et la Russie, dont l'Angleterre pourra craindre un jour les effets, si nous ne sommes pas en pleine anarchie lorsque la question d'Orient éclatera.

La discussion des pouvoirs de la Chambre a montré à nu le suffrage universel. Le gouvernement n'a pas été justifié, et l'opposition a été convaincue d'avoir fait usage des mêmes moyens de corruption et d'intimidation. Maintenant que

les candidats ont à faire la cour à la canaille, ils
sont obligés d'employer des agents ignobles, qui
font toutes les turpitudes imaginables. Il est
fâcheux qu'on ait mis cela au grand jour. En Angleterre où la matière électorale est beaucoup plus
élevée, on a grand soin de passer l'éponge sur
toutes les saloperies de cette nature.

Adieu, mon cher Panizzi; portez-vous bien.
Que devient le procès de lord Palmerston? On
dit que, ayant demandé conseil là-dessus, à
Thiers, Thiers lui a répondu : « Faites la vérification des pouvoirs. »

CXLIV

Cannes, 30 décembre 1863.

Mon cher Panizzi,

Depuis que je suis ici, je ne sais plus rien de la
politique que par Cousin, qui a des correspondants
parmi les grands hommes d'État, et par quelques
mots que M. Fould m'envoie de temps en temps.

La discussion de l'emprunt a été meilleure que
je ne l'aurais espérée. M. Thiers a été convenable.

Entre nous, il me semble qu'il n'a rien appris ni rien oublié, comme vos amis les Bourbons. Il avait besoin de parler et a parlé sur la pointe d'une aiguille. Il a traité la Chambre avec des airs de supériorité qui n'ont pas plu beaucoup, et il n'est pas arrivé à un autre résultat qu'à prouver qu'il ne dirigeait pas l'opposition, et qu'elle n'avait guère de confiance en lui. Il prendra peut-être sa revanche sur la question du Mexique, qui est un bien meilleur champ de bataille pour l'opposition. Je ne sais pas trop comment M. Rouher et M. Chaix d'Est-Ange se tireront de ce mauvais pas.

On annonce de mauvaises nouvelles d'Italie et de Hongrie. Le parti rouge, qui est de tous les pays, comme le parti clérical, et qui dans toute l'Europe agit avec un diabolique concert, se remue terriblement et promet pour le printemps prochain une explosion générale. Vous avez vu la proclamation de Kossuth. Je ne sais pas si le gouvernement d'Italie est assez fort pour empêcher les volontaires et Garibaldi de recommencer quelque autre sottise. Il est fort à craindre qu'il ne soit pas trop préparé pour s'y opposer. Ce qui est certain, c'est que les rouges et les cléricaux, ces

deux ennemis du sens commun et de l'humanité,
sont les uns et les autres pleins de confiance et
annoncent de grands événements pour l'année
qui va commencer après-demain. Je ne crois pas
au succès des uns ni des autres, mais je crois à
un gâchis terrible, funeste pour tout le monde et
pour nous plus que pour personne.

On parlait à Paris ces jours derniers de changements ministériels, entre autres de celui de Drouyn
de Lhuys. Je n'y crois pas trop, bien que persuadé
qu'il serait fort à désirer que nous fussions débar-
rassés de ce faiseur de phrases qui n'a pas une
idée à lui, et qui, même en matière de phrases,
est fort au-dessous du prince Gortchakof.

Lord Brougham est ici, bien faible, chancelant
sur ses jambes, mais toujours *busy body*, curieux
de tout savoir et passablement gobe-mouche. Il
est devenu fort dévot. Cela donne de l'espérance
pour vous et moi quand nous aurons quatre-vingt-
cinq ans.

J'ai consulté, avant de quitter Paris, le plus habile médecin pour l'asthme. Il m'a ordonné un
traitement que je vais suivre et il me promet une
guérison complète si je l'observe exactement.

C'est de l'arsenic qu'il s'agit d'avaler. Cela fait grand bien aux moutons, aux chevaux et aux Tyroliens ; mais c'est une question de savoir si mon estomac est comme celui des quadrupèdes et bipèdes à qui l'arsenic réussit. Enfin il faut essayer.

Adieu, mon cher Panizzi ; finissez bien cette année, commencez bien l'autre, et suivez le précepte philosophique *recte agere et lætari* que le père Dubois, le médecin de Napoléon Ier, traduisait par faire son affaire et se f..... du reste.

FIN DU PREMIER VOLUME

TABLE

TABLE   363.

1861

TABLE   365

TABLE 367

FIN DE LA TABLE DU PREMIER VOLUME

615-80. — Corbeil. Typ. et stér. J. Crété.